Wolfgang Bolz

Die Bar am Andromeda-Highway

sf-Erzählungen

Über den Autor:

Wolfgang Bolz schreibt und zeichnet »schon immer«, wird aber meistens nicht fertig, sodass sich die Manuskripte bis zur Decke stapeln. Vorliegendes Buch verringert die Stapel nur marginal.

Aufschlussreicherweise im Sputnik-Jahr geboren, ist seine Begeisterung für sf aber doch ursächlich zwei Personen geschuldet: *Cliff Allister McLane* und *James Bolivar »Slippery Jim« diGriz*. Erst einige Zeit später kam *Flaming Bess* dazu und noch um einiges später: *Captain Malcolm Reynolds*.

Wolfgang Bolz

Die Bar am Andromeda-Highway

sf-Erzählungen

Bibliografische Information der Deutschen Bibliothek.
Die Deutsche Bibliothek verzeichnet diese Publikation in
der Deutschen Nationalbibliografie.
Detaillierte bibliografische Daten sind im Internet unter
www.dnb.ddb.de
abrufbar.

Zweite, durchgesehene Auflage, 2017
Copyright: © 2015 Wolfgang Bolz,
c/o Papyrus Autoren-Club,
Pettenkoferstr. 16-18, 10247 Berlin
Lektorat, Satz und Layout: Lektor-hoch-drei
www.lektor-hoch-drei.de

ISBN: 9783744890014

Herstellung und Verlag:
BoD - Books on Demand, Norderstedt

Coverbild: © Wolfgang Bolz
Umschlaggestaltung: Branwen Arts
Alle Rechte vorbehalten

Inhalt

Das Universum ist groß

Aber manchmal nicht groß genug.

Der Steckbrief war diesmal wirklich erstklassig. Selbst der nachrüstungsbedürftigste Scanner im hintersten Winkel der letzten Galaxie vor dem großen Abgrund hatte eine reelle Chance, mich zu identifizieren. Das musste ich widerwillig anerkennen.

So war die Situation.

Du merkst mit einem Mal, dass das Universum einfach nicht groß genug ist.

In ähnlicher Lage hatte vor Zeiten der supragalaktisch gesuchte Trickbetrüger Hürbelwu Eu einen panstellaren Krieg angezettelt, um seine Spur zu verwischen: Myriaden zerblasener Welten und Hyperionen von Toten. Ich halte das für übertrieben.

Die Kredit-Chips, die ich momentan bei mir trug, boten mir noch ausreichend Spielraum. Ich wählte das *Honeymoon-Session*, jenes luxuriöse Giganthotel am Rande der Materiestrudel, das vorzugsweise von frisch Vermählten, Handlungsreisenden und Heiratsschwindlern frequentiert wurde.

»Wir hätten da die Oligarchen-Suite. Mit Blick auf das Zentrum der Strudel«, säuselte der Empfangsautomat hocherfreut, nachdem ich einen Milliarden-Chip in den Bereich seiner Aufnahmeoptik geschoben hatte.

Ich lächelte. Mein hinter das linke Ohr geklebter Scan-Detektor summte beruhigend. Solange du dich im Voraus als ausreichend kreditwürdig präsentierst und die allgemeinen Verkehrsregeln nicht gerade grob missachtest, schalten sie die Identifikations-Scanner erst gar nicht zu. Es wäre auch der Bettenbelegung abträglich.

»Mit allen Extras?«, fragte der Automat eher rhetorisch, denn er nahm die entsprechenden Abbuchungen bereits vor.

»Selbstverständlich«, entgegnete ich trocken.

Der Automat spuckte meinen Chip aus. Ungerührt nahm ich ihn in Empfang; die darauf verbliebenen Kredits würden gerade noch für ein Glas Leitungswasser an der Hotelbar reichen. Ohne Eis.

Wenig später betrat ich die Suite.

Der Anblick der Materiestrudel war wirklich atemberaubend.

Nur geringfügig weniger atemberaubend allerdings war der Anblick der hochbusigen Luxus-Geisha, die mich bereits erwartete.

»Ich gehöre zu den Extras«, erklärte sie überflüssigerweise und zupfte an einer Winzigkeit von Kleidungsstückchen, das sich alle Mühe gab, so etwas wie einen BH darzustellen.

Luxus-Geishas sind in der Regel nicht so aufdringlich. Gut, aber damit hatte ich gerechnet. Sofort warf ich meine Reisetasche von mir und mich selbst zur Seite. Ein Nervenblock-Lähmstrahl fauchte über mich hinweg und hämmerte drei hochgerüstete Zugriffsbeamte mit geblockten Nerven zurück in den Flur. Sie waren mir ziemlich unauffällig aus der Lobby gefolgt.

Zwei weitere Beamte, die sich aus der Wandverkleidung herausgeschält hatten, wirbelte meine gnadenlose Bein-Ellenbogen-Kombination auf den flauschigen Teppichboden vor dem Panoramafenster, hinter dem majestätisch die Materie strudelte. Dort lag mit sich krümmendem Unterleib bereits ein dritter. Meine an den Kanten tückisch verstärkte Tasche hatte ihn empfindlich in die Weichteile getroffen.

Ich riss mich herum und entging weiteren Nervenblockern, mit denen sich die abfeuernden Beamten unvorsichtigerweise gegenseitig außer Gefecht setzten. Unkontrolliert ausgelöste Schüsse peitschten durch die Suite. Einer davon erwischte leider den monströsen Kronleuchter und dieser wiederum mich am Hinterkopf.

Die Geisha warf sich auf mich und rammte mir einen dieser unangenehmen Synapsengefrierer in die Nase. Hämischerweise ließ sie sich die Zeit, humorlos zu lächeln, bevor sie durchzog. Ich fragte mich, woher sie diesen Gefrierer bloß genommen haben mochte.

»Phagoneres Cephyrillis«, sagte sie amtlich, »du bist verhaftet.«

Mit einem Synapsengefrierer verhält es sich wie folgt: Bei richtiger Dosierung gefriert er die Synapsen deiner Grobmotorik ein, sodass du zu keiner Bewegung mehr fähig bist, ansonsten aber hellwach. Bei falscher Dosierung kann es zu Herz- und Kreislaufstillstand kommen.

Du kannst einen Gefrierer aus einem bestimmten Abstand auf eine Person abfeuern – wirklich durchschlagende Erfolge aber erzielst du, wenn du ihn zuvor in eine Körperöffnung einführst. Was angeblich gewissen Leuten ganz besonderen Spaß bereitet.

Daher wusste ich schon, mit wem ich es zu tun hatte. Es wäre nicht mehr nötig gewesen, sich direkt über mich zu stellen und mit absolut aufreizenden Bewegungen den Kunstbusen abzuschnallen. Möglicherweise wollte sie aber auch nur anhand meiner Reflexe die Wirkung ihres Gefrierers testen.

»Special-Forces, hier Captain Throntho«, wandte sie sich ihrem Kommunikationsgerät zu, das sie plötzlich um ihr Handgelenk trug.

»Special-Forces. Wir hören.«

»Auftrag ausgeführt. Schickt Abholkommando und Medocorps.«

»Sind unterwegs. Special-Forces, Ende.«

Sie aktivierte die Hotel-Internanlage.

»Zimmerservice ...«

Weiter ließ ich sie nicht kommen, sondern jagte ihr den Injektionsnadler meiner Stiefelspitze in die Wade. Mit absolut ungläubigem Blick fiel sie auf den Rücken. Ich erhob mich, überzeugte mich davon, dass sie nichts mehr wahrnehmen konnte, und schnallte meinerseits die Kunstnase ab, die gehörig zu jucken begonnen hatte.

Mit gezückten Waffen traf das Abholkommando ein. Erfahrene, aufeinander eingespielte Männer und Frauen des eher bulligen Typs, denen man ansah, dass sie wenig Worte machten und noch weniger Fragen stellten. Sie stürmten die Suite.

In ihrem Gefolge einige aufgelöste Hotelbedienstete, darunter der Empfangschef, der vergeblich Protest einlegte unter Hinweis auf den delikaten Hotelbetrieb. Die übrigen Lakaien beschränkten sich hauptsächlich darauf, nervös mit den Armen zu fuchteln, bedenklich mit den Köpfen zu wackeln und sich die Haare zu raufen, wobei sie unartikulierte Schreie ausstießen.

Noch während das Kommando damit befasst war, Objekt, Lage und erste Spuren zu sichern, trat das Medocorps auf den Plan – allein durch seine Ankunft wie Anwesenheit die Tätigkeit des Kommandos empfindlich störend. Grundlegende Fragen Kompetenzen, Zuständigkeiten und Prioritäten betreffend wurden mit zunehmender Lautstärke sämtlicher Beteiligten erörtert.

Tatsächlich bot sich ein wenig überschaubares Bild. Die Suite war nahezu vollständig verwüstet, die Einrichtung weitgehend zerstört. Bewusstlose Zugriffsbeamte hatten über, unter und zwischen den Trümmern Positionen eingenommen, die auf vieles hinwiesen – nur nicht auf eine erfolgreiche Verhaftung. Die Einsatzleiterin lag merkwürdigerweise auf dem Pneumobett, stocksteif, mit offenen Augen, aber nicht ansprechbar. Offensichtlich waren den Beamten, auch denen, die noch halbwegs bei sich, aber in erster Linie damit beschäftigt waren, sich stöhnend die matschigen Köpfe zu halten, sämtliche Identifikations-Chips abgenommen worden.

Gerne hätte das Abholkommando diesen Tatbestand näher untersucht, wurde jedoch vom Medocorps in der Ausübung seiner Pflichten schwerstens behindert, dadurch dass letzteres rigoros mit Erste-Hilfe-Tragen, Infusions- und Beatmungsgeräten, Belebungsspritzen, Kreislaufstabilisatoren und Heftpflastern in die Oligarchen-Suite drängte und keinerlei Anstalten zeigte, sich in irgendeiner Form um die Sicherheitsabsperrungen zu kümmern.

»Name?! Dienstgrad?!«, bellten sich die Leiter der beiden aktiven Trupps gegenseitig an, wurden aber in ihrer Bellerei von dem Kronleuchter unterbrochen, der sich just in diesem Moment dazu entschlossen hatte, endgültig herunterzukommen.

Im langsam sich legenden Staub wurde eine Figur in Hotellivree sichtbar.

»Ihr hattet den Zimmerservice bestellt ...?«, piepste sie zaghaft.

»Er ist also wieder einmal entkommen!«, schnaubte Fyrnfux Bigoblust, der etwas in die Jahre gekommene ehemalige Crash-Spezialist der Special-Forces, und zog seinen Bauch ein.

Captain Throntho lächelte gequält. Viel mehr blieb ihr auch nicht übrig. Vom Hals abwärts hielt die Lähmung immer noch an, und auch das Sprechen bereitete ihr nach wie vor Mühe. Sie steckte in einem Ganzkörper-Medoplast-Behälter. Dieser wiederum war an einem fahrbaren Gerüst befestigt, welches man vor ihren Vorgesetzten gerollt hatte. Da hing sie nun in seinem Büro, pendelte sanft vor sich hin und musste die Manöverkritik über sich ergehen lassen.

Fyrnfux liebte längere Auslassungen mit mancherlei Ausschweifungen, während derer er mit Vorliebe auf seine eigene Zeit im aktiven Dienst zu verweisen pflegte.

»Mannmannmann!«, fauchte Fyrnfux und stampfte seinen schweren Körper vor die Vitrine, die seine hochpolierte Waffensammlung enthielt. Sehnsüchtig glitten seine Augen über die Exponate. Seine fleischigen Finger zuckten leise.

Die Spur war völlig verloren.

Der Schichtdienst an den Timing-Terminals hatte keinerlei Erkenntnisse gebracht. Das Durchsieben der Melderegister, das Abtragen und erneute Aufstapeln der Schichtspeicher, die Durchforstung des Programmblätterwaldes, die Analyse der biochemischen Distanz- sowie Konvergenzprozesse, die Durchleuchtung der geregelten wie ungeregelten Katalyseströme, die Vektorisierung der Membranmatrizen, die Strukturierung der wandelbaren Up- und Download-Ereignisse, das Surfen im Ultranet – alles ohne Erfolg.

Nicht einmal die Straßensperren hatten gefruchtet.

Fyrnfux hatte es schon vorher geahnt. Gedankenverloren öffnete er die Vitrine und nahm seine alte Dienstwaffe heraus.

»Mannmannmann!«, wiederholte er. »Wie stehen wir da? Was haben wir?«

»Immerhin ... eine Festnahme«, krächzte Captain Belindaia Throntho.

Müde schickte Fyrnfux seinen Blick hinüber zu der Optik, die in Dauerübertragung ein Bild aus dem Hochsicherheitstrakt lieferte. Angesichts der kümmerlichen, zusammengekauerten Person, die dort zu sehen war, wurde er noch müder. Warum genau sie diese armselige

Figur in Gewahrsam genommen hatten, konnte er immer noch nicht so recht nachvollziehen. Diese armselige Figur vom Zimmerservice.

Oberinspektor Airdan Manipul lehnte sich zurück, innerlich grinsend und die Hände reibend, äußerlich mit unbewegtem Gesicht, die Finger etwas zu locker auf den Funktionsleisten. Im Gegensatz zu Fyrnfuxens zeigte *sein* Terminal mehrere, ja verschiedenste Bilder aus der gesamten Station der Forces. Denn im Gegensatz zu Fyrnfux beherrschte er, Manipul, die hochmodernen Technologien.

Armer, alter Fyrnfux Bigoblust. Stationskommandant Bigoblust! Deine Tage sind gezählt ...

Du kannst schon lange nicht mehr Schritt halten. Schon immer ein Mann der Tat, der Aktion, der Praxis ... In der verwaltungstechnischen Führungsspitze und als sozusagen Leiter des stationären Gigantomax-Archivs der Forces hier und überhaupt völlig fehl am Platz ...

Bald wird es heißen: Stationskommandant Manipul! Leb wohl, Fyrnfux Bigoblust. Die Weichen sind gestellt, und du hast keine Ahnung ... Diese Figur vom Zimmerservice – nur ein weiterer Mosaikstein auf deinem Weg in die Stolperfalle:

»Was hat es mit dieser Person Zimmerservice auf sich, StaKo Bigoblust?«

»Entschuldigung: Stacko? Was soll das ...?«

»StaKo, nicht Stacko. StaKo. Stationskommandant.«

Stille.

»Nun, StaKo Bigoblust?«

»Bitte?«

»Beantworte meine Frage.«

Verlegenes Räuspern seitens des Stackos.

»Wie war ... die Frage noch mal ...?«

»Zimmerservice ... Hochsicherheitstrakt ...«

Leichter Unmut in der Stimme.

»Ach so. Ja.« Gequältes Lachen. »Keine Ahnung. Es sind keine Daten verfügbar.«

»Keine Daten? Stationskommandant! Wir haben alle Daten ... Über alles und jeden. Wohin mögen sie verschwunden sein?«

»Keine Ahnung. Daten können nicht verschwinden.«

»Eben. – Weshalb wurde er verwahrt, dieser Zimmerservice?«

»Nun, die Verdachtsmomente eben.«

»Verdachtsmomente?«

»Verstrickung. Sein plötzliches Auftauchen am Tatort.«

»Verstehe. Du hast wirklich keine Ahnung. Und du hast seine Daten verloren.«

»Ja. – Nein! Ich nicht. Irgendwo im System müssen sie abgelegt sein. Fragt doch ...«

»Wen?«

»Keine Ahnung ...«

»Aha. Gut. – Und wie konnte es geschehen, dass er in seiner Zelle – im Hochsicherheitstrakt, wohlgemerkt – vergessen wurde?«

Schweigen.

»Nun, Stationskommandant?«

»Keine ... Ahnung ...«

Manipul gestattete sich tatsächlich ein schmales Lächeln, während er sich die Szene vor dem Untersuchungsausschuss ausmalte. Und auf Wiedersehen, Stacko Bigoblust!

Stationswart Rollo Bryschygge runzelte die Stirn. Er las die Schadensmeldung noch einmal. Runzelte die Stirn stärker. Kratzte sich über das lange, unrasierte Kinn. Las noch einmal. Die Meldung lautete wie zuvor. Er traute seinen Augen nicht.

Verstopfte Klos?

Das war schlichtweg unmöglich.

Die gewissen Örtlichkeiten arbeiteten auf desintegrativ-transferenergetischer Basis. Was bedeutete, die Körperausscheidungen fielen zunächst durch ein niederenergetisch aufgespanntes Gitternetz, zerstäubten dadurch in ihre atomaren Bestandteile und wurden daraufhin in reine Energie umgewandelt, die ihrerseits den stationsinternen Energietanks zugeführt wurde. Oder der Nahrungsmittelaufbereitung. Da war Bryschygge sich nicht ganz sicher.

Die Schadensmeldung hätte demnach lauten müssen: Energiegitter-Leck oder Transfer-Fehlfunktion. Es gab keine Leitungen mehr, die verstopfen konnten. Oder? StaWa Bryschygge seufzte, begann aber, seine Werkzeugtasche zu packen. So genau konnte man nie wissen! Vorsichtshalber nahm er an mechanischem Gerät mit, was irgend vorhanden war. Schlüpfte auch schon mal in die Gummistiefel.

Stationskommandant Fyrnfux Bigoblust runzelte die Stirn. Las die Meldung noch einmal. Runzelte die Stirn stärker. Wischte sich über den kahlen Schädel. Las noch einmal. Die Meldung lautete wie zuvor. Er traute seinen Augen nicht.

Pizzaschnelldienst.

Wer um alles im Universum bestellte den Pizzaschnelldienst?

Oberinspektor Airdan Manipul runzelte die Stirn. Las die Meldung noch einmal. Runzelte die Stirn stärker. Was ihm nicht schwerfiel, denn auf den ersten Blick bestand sein Gesicht aus nichts anderem als einer Stirn.

Echtbild wurde bereits ersetzt. Wünschen Sie eine Ersetzung der Ersetzung? Ja – nein?

Captain Belindaia Throntho runzelte die Stirn. Nachdem die Körperlähmung abgeklungen war, war sie endlich wieder dazu in der Lage.

Sie stand tropfnass in der Duschzelle ihrer einfachen Unterkunft und angelte blind nach einem Handtuch. Aber wo war ihr Multifunktionsbüstenhalter?

Oberinspektor Manipul bestätigte: *Nein. Ersatzbild nicht ersetzen.* Danach machte er sich auf die Suche nach dem Echtbild.

Er fand es nicht.

Er fand auch nicht die Schnittstelle, von der aus das Echtbild ersetzt worden war. Somit auch keinen Anhaltspunkt, wer dafür verantwortlich sein könnte.

Fyrnfux? – Eigentlich undenkbar.

Er linkte sich in den Bildschirm des Stationskommandanten. Auch dort das bekannte Ersatzbild.

Manipuls Stirn war mittlerweile eine einzige Runzel. Wer konnte ein Interesse daran haben, dieses Bild zu ersetzen? Und vor allem: Was spielte sich dort jetzt tatsächlich ab? In der Zelle des Zimmerservices?

Sicherheitsoffizier Zosch verschränkte die Hände hinter seinem Stiernacken. Behaglich streckte er sich auf seiner Liege aus. Im Gegensatz zu den anderen hatte er keine Stirn, die er hätte runzeln können. Dafür grinste er breit.

Natürlich hatte er Prioritätszugang zu sämtlichen Überwachungskameras. Und zu sämtlichen sonstigen Kameras, von deren Existenz niemand etwas ahnte. Und natürlich war es kein Zufall, dass sein Überwachungsschirm gerade dieses Bild zeigte. In Panorama-Großaufnahme mit Highlevel-50mgt-Pixel-4dAuflösung. Gigantisch.

Grunzend kratzte er sich am Oberschenkel.

Diese Throntho ... Wenn sie nur nicht immer diesen Büstenhalter tragen würde ...

Ultra-Datonaut und Leitender Stationsarchivar Lelander S. Waccado ordnete mit fahrigen Bewegungen seine Notizen. Wie immer hatte er sie auf Speicherkristalle übertragen, deren Kapazität weit höher war, als eigentlich nötig gewesen wäre. Tatsächlich hätte prinzipiell der Bruchteil nur eines einzigen Kristalls genügt, seine Notizen aufzunehmen. Aber er liebte das leise Klingen, das immer dann ertönte, wenn er mehrere Kristalle in seiner Hand hielt. Er liebte es, die Kristalle in einer ihm sinnvoll erscheinenden Reihe vor sich auf dem Pult zu ordnen. Er liebte ihr fröhliches Glitzern im Licht. Und sie glitzerten bei jeder Art von Beleuchtung. Noch schöner aber glitzerten sie, wenn er sie dann neu ordnete, diesen hierhin schob, jenen dorthin, diesen etwas so herum drehte und jenen anders herum.

Das war sein Element. Seine Welt.

Die anderen Stationsmitglieder? Er verachtete sie. Prinzipiell. Sie hatten nicht den geringsten Sinn für die Schönheit der Kristalle, sahen in ihnen nichts weiter als Informationsträger. Das war es, worauf es denen ankam: Information. Anhäufen und Verwalten. Sammeln, Speichern, Ordnen, Zugreifen. Ablegen. Nackte Materie. Er verachtete sie. Ihren kalten Blick. Allen voran: Stationskommandant Bigoblust.

Oberinspektor Manipul aber hasste er.

Gemocht hatte er ihn nie, diesen kühlen Praktiker. Der sich seit seinem Dienstantritt auf der Station in alles einmischte. Gut, das war seine Aufgabe irgendwie – als Oberinspektor.

Aber das Herz der Station war nun einmal das Archiv. Sein Archiv. Lelander S. Waccados. Er liebte es mit dem letzten Stäubchen seines Bewusstseins. Die anderen benutzten es nur. Und auf den Fahnen von Oberinspektor Manipul stand: *Effektivitätsmaximierung*.

Das war es, was Manipul dem Archivar prinzipiell von Anfang an suspekt machte. Und die Haltung Manipuls. Wie er alle anderen lediglich als seine Handlanger betrachtete. Ein Archiv hat zu funktionieren. Punkt. Kein Sinn für Schön- und Reinheit. Die Ästhetik des Wissens. Wie Waccado das verstand. Stattdessen der krasse, kalte Funktionalismus.

Mit Nichtmögen und Suspektsein hätte Lelander S. Waccado sich womöglich arrangieren können. Beides hätte genügend Nischen offen gelassen, sich einzurichten. Aber er hasste ihn, den Oberinspektor.

Er konnte außerdem auf den Zeitbruchteil genau sagen, seit wann er ihn hasste: seit letzten Mittwoch.

Oberinspektor Manipul hatte ihn an seinem Arbeitsplatz erwartet. Persönlich und unangemeldet. Prinzipiell: ein Sakrileg. Lelander S. Waccado schöpfte sofort Verdacht. Aber noch hasste er den Oberinspektor nicht.

Manipul leitete das Gespräch mit allgemeinen Fragen zu Waccados täglicher Arbeit ein. Aber Waccado kannte die Schliche. Er antwortete ebenso allgemein. Die Fragen wurden spezieller, Waccado allgemeiner. Manipul kam auf Speicherkapazitäten und Platzbedarf zu sprechen. Waccado konterte mit freien Strukturalflächen und ungenutzten Ressourcen.

Es kam der Moment, in dem Manipul das Elektron aus der Schale ließ. »Was hältst du von Speichern aus Flüssigkristall?«, fragte er wie beiläufig.

»Prinzipiell ... von Speichern aus Flüssig-...?«, konnte Waccado nur noch keuchen.

Und: ZACK!

Genau das war der Moment, seit dem Ultra-Datonaut und Leitender Stationsarchivar Lelander S. Waccado den Oberinspektor hasste. Manipul wollte ihm seine Festkristalle nehmen ...

Sicherheitsoffizier Zosch fluchte vor sich hin.

Stummer Stationsalarm! Wenn das wieder eine Übung war … dann sieh dich vor, StaKo Fyrnfux Bigoblust! Unangekündigte Übungen waren Bigoblusts Spezialität. Wenn er grimmige Blicke schleudern, Leute herumjagen und mit überdimensionalen Waffen fuchteln konnte, war er glücklich.

Zosch ließ die Verschlüsse seiner auch nicht eben winzigen Waffe schnappen. Das Geräusch beruhigte ihn ungemein. Ein letzter Blick auf den Bildschirm: die bereits wieder halbwegs angezogene Throntho. Gut. Die Show war für diesmal eh vorüber.

Und los!

Oberinspektor Manipul fluchte ebenfalls.

Diesen Mann in der Zelle kannte er nicht. Oder doch? Er hatte das dumpfe Gefühl, ihn kennen zu müssen. Aber er konnte sich an das Gesicht einfach nicht erinnern. Zur weiteren Irritation trug die Bekleidung des Mannes nicht unwesentlich bei. Sie bestand aus fleckiger Unterwäsche.

Nur eines war klar. Das konnte Manipul hier vor Ort im Sicherheitstrakt mit absoluter Sicherheit behaupten: Es war nicht der Mann, der es hätte sein müssen. Es war nicht der Mann vom Zimmerservice.

Manipul kochte vor Überraschung und Wut. Wie konnte so etwas praktisch unter seinen Augen geschehen? Was ging hier vor? Weshalb wusste er nichts davon? Konnte Bigoblust …? Nein, das war undenkbar. Oder doch?

Im Gegensatz zu Manipul wusste der Zelleninsasse nur zu gut, wen er vor sich hatte: den unnachsichtigen, völlig humorlosen, hart durchgreifenden, beinahe allmächtigen Oberinspektor der Station.

Und er wusste auch, dass er nicht erklären konnte, wie er in diese Situation gekommen war. Er würde etwas von verstopften Klos erzählen müssen – und der Oberinspektor würde ihm den Kopf abreißen. Soviel stand fest.

Kalte Angst peitschte durch seinen Körper und nagelte ihn an die Zellenwand.

Stationskommandant Fyrnfux Bigoblust stemmte sich in die Höhe. Trat zum wiederholten Mal vor seine Vitrine. Öffnete sie. Wählte diesmal die großkalibrige Shortcut-Attack. Wog sie in der Faust. Schwer und beruhigend. Doppelläufig. Verlässlich. Im Zeitalter der Energiewaffen gab es selbstverständlich kein Kaliber mehr, aber mit solch eher theoretischen Überlegungen gab sich Bigoblust nicht ab. Großkalibrig und Schluss. Jeder wusste, was damit gemeint war.

Er hatte keine handfesten Beweise, doch er konnte die Bedrohung körperlich spüren. Die Bedrohung der Station. Seiner Station. Auf seinen Instinkt hatte er sich stets verlassen können. Falls er sich irrte – besser ein Alarm zu viel als zu wenig. Rasch ging er noch einmal die letzten Meldungen durch.

Pizzaschnelldienst zur Lieferung einer Pizza ›Frutti d' Andromeda‹, wie passend. Gefolgt von einer Einheit des technischen Notdienstes. Angeblich Streuverluste bei der Datenemission. Ein Glückwunschtelegramm, vorzutragen von einer Geisha-Truppe. Ein Doktorand der Albert-Universität, Einblick in das Archiv wünschend. Seminarteilnehmer einer Hochsicherheitsschulung. Ein frühzeitig zurückkehrendes Einsatzteam. Zwei Mitglieder des Archivalen Aufsichtsrates. Eine Filmcrew zum Dokumentardreh. Eine Warenlieferung nicht näher bezeichneter Accessoires für Damen. Eine für Herrensocken. Ein Produktinformant der Flüssigkeitsspeicher-Industrie. Die derzeitige Lebensabschnittsgefährtin eines oder mehrerer Stationsangestellter. Ein Scheidungsanwalt. Die Aufsichtsbehörde für einwandfreien Stationsbetrieb im All. Die Liga für Drogen-Ge- und -Missbrauch. Die Gewerkschaft für Stationswarte und angrenzende Berufe. Ein Innenarchitekt zur Neugestaltung der Cafeteria. Der Alien-Beauftragte der Special-Forces. Und ein Schornsteinfeger.

Sie alle erbaten Zutritt zu oder wenigstens Besuchserlaubnis auf der Station. Alles in allem ein eher ruhiger Tag, was das betraf, und jeder andere hätte Erlaubnis erteilt. Aber nicht der amtierende Stationskommandant Fyrnfux Bigoblust. Die langen, harten Jahre im Dienst hatten ihn gestählt. Hatten ihn gelehrt, auch auf die kleinsten Kleinigkeiten zu achten. Ihn konnte man nicht so leicht hinters Licht führen — oder wohin auch immer! Gab es überhaupt Schornsteine auf der Station?

»Oberinspektor Manipul. Du hier?«, grinste Sicherheitsoffizier Zosch sein breitestes Grinsen. Die Einsatztruppe mit schussbereiten Waffen hinter sich hakte er lässig die Daumen in den Hüftgurt.

Airdan Manipul erblasste. Soweit das bei seiner an sich schon blassen Gesichtsfarbe überhaupt möglich war. Er hatte allen Grund dazu.

Seit seinem Dienstantritt auf der Station hatte er keine Gelegenheit ausgelassen, jedem Einzelnen zu zeigen, wen er oder sie ab sofort vor sich hatte: den Stationschef. Gnadenlos hatte er die Mängel einer jeden Abteilung aufgezeigt. Die Abteilungsleiter hatte er einzeln vortanzen lassen. Kompetenzen beschnitten, wo es welche zu beschneiden gab. Organisationsabläufe und Zuständigkeiten verändert, Arbeitsteams umstrukturiert, kurz, den Verwaltungsaufwand zur Steigerung der Effektivität um ein Vielfaches erhöht.

»Lass mal sehen«, sagte Sicherheitsoffizier Zosch genüsslich. »Was haben wir denn da? – Hochsicherheitstrakt. In Gewahrsam genommene Person der Kategorie Drei. Geöffnete Zellentür ... Die Anforderungen für diesen Fall: Einsatztruppe gewöhnlicher Mannfraustärke. Robot-Unterstützung. Gestaffelte Energieschirm-Formation. Visuelle Überwachung. Meldung auf Sicherheitsstufe Beta.«

Manipul knirschte mit den Zähnen.

»So hat man mich wenigstens belehrt«, wurde Zoschs Grinsen noch breiter.

Manipul konnte sich nur zu gut an die Belehrung erinnern.

»Also, wie gesagt, was haben wir denn hier ...«, fuhr Zosch jede Silbe auskostend fort. »Missachtung der gebotenen Sicherheitsvorschriften. Nichtautorisiertes Eindringen. Kompetenzüberschreitung, womöglich in Tateinheit mit Amtsanmaßung ... Der Zustand des Inhaftierten – nun, lass es mich so ausdrücken: Er dürfte dem Stationsbeauftragten für humanitären Strafvollzug nicht gerade gefallen ...«

»Zosch! Ich bitte dich ...!« Die Stimme des Oberinspektors klang längst nicht so selbstbewusst wie üblich.

»Sicherheitsoffizier Zosch, wenn ich bitten darf. Ich bin nicht zu meinem Vergnügen hier.«

Unterdessen verließ Captain Belindaia Throntho beunruhigt ihre Unterkunft. Zwar war sie noch nicht wieder dienstfähig beurteilt, doch es hielt sie nicht länger in den Rekreationstanks. Nicht, wenn offensichtlich *Stummer Alarm* gegeben worden war. Sie kannte die Anzeichen nur zu gut: die summende Anspannung, die plötzlich in der Luft lag, das Trampeln schwerer Kampfstiefel, das dumpf aus den Einsatzkorridoren drang, das Abspielen belanglos-beruhigender Fahrstuhlmusik über die interne

Stationsanlage. Ihrer charakterlichen Programmierung folgend, musste sie einfach ihren Platz einnehmen.

Sie trug die einfache Bordmontur ohne Bewaffnung, die sie im Falle eines Falles als Freizeitkleidung ausgeben konnte, sollten Fragen der Dienstfähigkeit zu erörtern sein. Sie wäre dann gewissermaßen rein zufällig ...

In diesen Gedanken stob sie um die Ecke in den Gang, der zum Zentrallift führte, und rannte schmerzhaft gegen den im Weg stehenden monströsen Werkzeugkasten. Kasten, wie dessen Inhalt, verteilten sich scheppernd im Flur, während sie sich aufschreiend das Schienbein hielt, auf dem anderen Bein hüpfend auf heimtückische Kleinteile geriet, die sich aus dem Werkzeugkasten ergossen hatten, den Boden verlor, diesen gleich darauf aber wiederfand. Der Schlag pflanzte sich vom verlängerten Rückgrat bis unter die Schädeldecke fort. Benommen starrte sie auf ihre Beine, die jetzt zu allem Übel unkontrolliert zu zucken begannen. Verfluchte Nachwirkungen der gerade überstandenen Paralyse.

Ein Mann im Overall des Wartungsdienstes drehte sich zu ihr um.

»Hoppla. Vorsicht, Ma'am.«

Belindaia blickte verwirrt in das Gesicht, das ihr merkwürdig vertraut schien.

»Stationswart Bryschygge ...?«

»Zuviel der Ehre«, half ihr der Mann auf die Beine. »Einfacher Stationsarbeiter. Geht's wieder?«

Das Zucken ließ nach, sie wippte nur noch arhythmisch in den Knien.

»Und was ...?«

»Halt das mal.« Er drückte ihr eine Ladung Kabelstränge mit daran baumelnden Steckverbindungen in die Arme. Schon machte er sich an der Wandverschalung zu schaffen, indem er sie mit geübten Griffen und einem drahtlosen Pneumoschrauber verschloss. Übrig blieb eine faustgroße Metallschachtel, aus der gekappte Energiekabel ragten und die verteufelt einem Verteilerkasten glich.

Stationskommandant Bigoblust lächelte grimmig.

Jetzt hatten sie den Bogen überspannt (wer auch immer *sie* waren)! Jetzt hatte er sie erkannt, wusste er genau, wo seine Gegner steckten.

Interner Untersuchungsausschuss!

Lachhaft. Warum nicht gleich der galaktische Rechnungshof?

Hahaha!, lachte er lautlos in sich hinein. Sollten sie nur kommen. Aus all den Besucherströmen, mit denen sie die Station zu überfluten gedachten, hatte er sie mühelos herausfischen können. Kümmerlich, ihre Versuche, ihn täuschen zu wollen.

Wie recht er hatte, zeigte ihm nicht zuletzt das Kribbeln in seinen Händen. Und vor allem das Kribbeln im Abzugsfinger seiner Schusshand.

Ultra-Datonaut und Leitender Stationsarchivar Lelander S. Waccado mochte prinzipiell keine außerplanmäßigen Störungen seines täglichen Arbeitsablaufes. Dieser bestand in Datenerfassung, -speicherung, -sicherung, -konservierung und -ablage, Überwachung der automatisierten Datenspeicher-Verteilerstraßen sowie der ihm zugeteilten Registratoren. Schon Frühstück und Mittagessen stellten unwillkommene Unterbrechungen dar.

Entsprechend missmutig betrachtete er den jungen Mann mit der enormen Sehhilfe auf der Nase. Doktorand der Albert-Universität, soso. In Forschungstätigkeit. Aha. Legitimiert durch einen Rektoral-Chip der Universität.

Fahrig sortierte der Archivar die Speicherkristalle auf seiner Schreibtischplatte neu.

»Prinzipiell kannst du Zutritt zu unserer Bibliothek nehmen. Die Ausleihmodalitäten wird man dir dort bekannt geben«, sagte Waccado genervt. »Das ist prinzipiell keine Frage, mit der man mich behelligen müsste. Das Bibliothekspersonarium ...« Er stockte.

Der Doktorand drehte kleine Schräubchen an den Rändern seiner Sehhilfe und beugte sich über den Schreibtisch, bis er seine Nase beinahe in die Kristallformation bohrte, die Lelander S. Waccado kunstvoll aufgeschichtet hatte.

Verkrampft lehnte Waccado sich zurück. Eine solche Person hatte einen Forschungsauftrag? Wollte prinzipiell im Archiv stöbern? Er schien doch so blind zu sein wie der sprichwörtliche, sensorlose Bohrwurm. Prinzipiell.

»Entschuldige«, piepste der Doktorand mit stockender Stimme. »Du benutzt megafein geschliffene Hochpolarisationskristalle mit spezialpolierter Digitaloberfläche? Gigafeinverästelung in den Membranspeicherebenen und n-dimensionaler Hochfrequenz-Kapazität?«

Damit hatte der Stationsarchivar nicht gerechnet. Dass jemand Sinn für seine Kristalle hatte. Überrascht betrachtete er den jungen Mann nun doch genauer. Dieser hatte nur noch Augen für die funkelnden Kristalle, die er ausgiebig studierte. Was bedeutete, dass er seine Nase von allen Seiten in die Kristalle steckte und dabei fast mit dem gesamten Oberkörper auf dem Schreibtisch zu liegen kam.

»Prinzipiell ... ja, natürlich«, antwortete Waccado irritiert.

»Mit hochauflösender Tiefenstruktur?«, begeisterte sich der Doktorand. »In gestaffeltem Auswahlverfahren von feingliedrigen Kristalltaucherinnen aus den Herzen der Quarzschlünde gebrochen? Mit seidigen Beinen und festen Brüsten? Bekleidet – wenn man den Legenden Glauben schenken darf – mit nichts anderem als einem winzigen Lendenschurz und der mechanischen Atemmaske? Jedes einzelne Körperhaar abrasiert, um die empfindliche Grundstruktur der Kristalle nicht zu tangieren?«

Stationsarchivar Lelander S. Waccado saß wie vom Donner gerührt. Offensichtlich teilte dieser Doktorand seine Leidenschaft. Kein Zweifel: Dessen Sehhilfe war beschlagen vor Begeisterung. Von innen.

»Nun ... prinzipiell ...«, brachte Waccado mühsam hervor. »Genau das ...«

Der Doktorand räusperte sich verlegen.

»Ja. Natürlich. Entschuldige bitte, ich habe mich hinreißen lassen ...«

»Ich bitte dich ...«, lächelte Waccado väterlich. »Das ist doch prinzipiell nur zu verständlich. Wir wissen doch beide, was wir vor uns haben.«

Mit Mühe konnte er sich konzentrieren. Visionen tanzten vor seinen Augen. Visionen der langbeinigen Sorte, unter Wasser in schillerndem Gegenlicht.

»So ... ist es«, rang auch der Doktorand um Fassung. »Was ich sagen wollte: Das Bibliothekspersonarium hat mich an dich verwiesen. Siehst du, meine Forschungsarbeit. Sie bezieht sich nicht auf Dateninhalte, sondern auf Datenträger und Speicherproblematiken. Sozusagen also auf das Primärphänomen des Archivwesens.«

Waccado warf erstmals einen genaueren Blick auf den Legitimations-Chip. Nahm den Arbeitstitel der Forschungsarbeit zur Kenntnis. »Auswahlverfahren der Datenkompilation«, las er. »Festkristallisierte Datensicherung im Hinblick auf Verflüssigungstendenzen der modernen Archivhaltung.«

Er schluckte mit trockenem Hals.

»Prinzipiell ...«, sagte er lauernd, »... willst du also einen Vergleich anstellen. Die Kapazitäten. Die Möglichkeiten. Ein Flüssigdatentank hat natürlich weniger

Platzbedarf bei höherer Transferdichte. Auch der Datentausch ist prinzipiell ...«

»Archivar!«, unterbrach ihn der Doktorand. »Ich musste natürlich das Thema meiner Arbeit neutral formulieren ... Darf ich offen sprechen?«

»Prinzipiell ...«

»Es geht um die Risiken der Flüssigspeicher. Was tun sie bei Druckausfall in den kommunizierenden Röhren? Bei Oberflächenverdunstungserscheinungen? Bei Trockenheit? Bei Überschwemmung? Bei einem Wasserrohrbruch? – Archivar, wir reden davon, dass sie uns die Kristalle nehmen wollen!«

Nur mühsam konnte Lelander S. Waccado seine Tränen zurückhalten.

Sicherheitsoffizier Zosch erreichte schwitzend und außer Atem die Garage im mittleren Stationsring. *Dreck!*, dachte er bei sich. *Hätte doch das Training nicht so schleifen lassen sollen!*

»Abteilung, still!«, keuchte er der Einsatzbrigade zu, die er an einem der Sammelpunkte unter Befehl genommen hatte. »In Hangar einrücken!«

Ohne besondere Anstrengung öffnete einer der Brigadisten das gewaltige Stahlschott, indem er das manuelle Schwungrad in Gang setzte. Mit donnernden Stiefeln besetzten die übrigen den Eingangsbereich. Nicht einer von ihnen atmete auch nur einen Deut schwerer als normal, nicht eine Schweißperle zeigte sich unter den geschlossenen Visieren. Bis in die letzte Körperfaser durchtrainierte Kerle. Vermutlich war nach dem Spurt durch die inneren Ringe noch nicht einmal ihr Puls erhöht. *Dreck!*, wiederholte Zosch innerlich.

»Auf die Gleiter aufsitzen!«, krächzte Zosch. »Ausschwärmen! Stationen besetzen nach Gefahrenplan Epsilon! Prioritätsstufe blau. Ausführung!«

Augenblicke später rückten sie ab. Vollbesetzte Mannschaftsgleiter fauchten durch die Station.

Transportbänder und Liftanlagen waren ausgefallen. Auf die Kommunikationsanlage war kein Verlass mehr. Nach Gefahrenplan hatte Zosch Initiative wie Befehlsgewalt über die Station übernommen. Es galt, die Schaltstellen der Station schnellstmöglich mit seinen Leuten zu besetzen. Der Sabotage musste Einhalt geboten werden.

Er selbst erreichte nach rasender Fahrt die Zentrale Leitstelle. Unter Gefahrenplan-Prioritätsorder scheuchte er die diensttuende Rumpfmannschaft von den Geräten, griff sich einen der Überwachungsbeamten, während seine Männer die Terminals übernahmen.

»Was ist hier los?!«, beutelte er den kraftlosen Beamten am Kragen. *Zivilistenpack!*, dachte er dabei abfällig.

»Durchgreifende Manipulation«, stammelte der Beamte mit grauem Gesicht.

»Das weiß ich selbst! Was tut ihr dagegen? Wer koordiniert die Einsätze? Wo steckt der Stationskommandant?!«

»Momentan nicht auffindbar ...«

Währenddessen hämmerte Stationskommandant Bigoblust auf die Falltür in der Mitte seines Büros ein. Die Tür führte in die direkt darunter liegende Zentrale Leitstelle. Vielleicht hätte er den *Stummen Alarm* erst auslösen sollen, sobald er sich in der Leitstelle befand, dämmerte es ihm. Jetzt waren die Zugänge hermetisch versiegelt.

Seine Shortcut-Attack war zwar geeignet, Brigadekämpfer in Einsatzmontur und selbst mittelschwere Roboter zu stoppen, auf dem ultra-atomar verdichteten Material, aus dem Wände und Böden der Station bestanden, hinterließ sie hingegen nur marginale Spuren.

»Leitstelle!«, brüllte er und gab sein vergebliches Hämmern auf.

Sicherheitsoffizier Zosch erschien auf dem Sichtschirm.

»Hier spricht Stationskommandant Fyrnfux Bigoblust! Sicherheitsoffizier Zosch, öffne Leitstellenzugang!«

»Negativ. Wir stehen unter *Stummem Alarm*. Du kennst die Gefahrenpläne.«

Bigoblust begann zu toben und hüpfte wild gestikulierend vor der Aufnahmeoptik seines Büro-Kommunikators herum.

»Absolut negativ«, erklärte Zosch ungerührt. »Die Stationskommunikation ist nicht verlässlich. Du kennst die Gefahrenpläne. Ich schalte jetzt ab.«

Bigoblusts weiteres Heulen verklang ungehört.

Captain Belindaia Throntho hatte die Lage analysiert, soweit ihr das anhand der zur Verfügung stehenden Mittel und Informationen möglich war. Die Station war gefährdet. Die Zustände chaotierten. Die Sicherheits-MannFrauschaften, denen sie begegnet war, sicherten die internen Schaltstellen. Man verständigte sich über Einsatzfunk, da man der Stationsanlage nicht vertrauen konnte. Und auf den Funk hatte Belindaia keinen Zugriff, denn sie war nicht diensttauglich und somit von der Einsatzkommunikation abgeschnitten.

Sie überlegte fieberhaft. Was konnte sie tun? Sich bewaffnen? Aber sie würde keinen Zutritt zu irgendeinem Arsenal erhalten, nicht mit ihrem derzeitigen Dienststatus und nicht unter den derzeitigen Gefahrenstand-Bedingungen. Die Zentrale aufsuchen? Diese war als Erstes gesichert worden, davon konnte sie ausgehen. Was also sollte sie dort? Zurück in ihre Unterkunft? Sie könnte sich dort mit ihrer Zweitwaffe versorgen. Aber würde der Gefahrenplan-Scan sie dann nicht als bewaffnete Gefährdung einschätzen?

Und wohin war dieser Stationsarbeiter auf einmal verschwunden?

Sicherheitsoffizier Zosch brummte zufrieden. Die Zentrale Leitstelle sowie sämtliche Schnitt- und Schaltstellen der Station standen unter seinem Kommando, die Sicherheit der Station war gewährleistet. Die Zugänge waren gesperrt. Die Techniker arbeiteten mit Hochdruck an der Wiederherstellung der Systeme. Seine Mann-Frauschaften durchkämmten die Anlagen und setzten verstreute Bedienstete oder Besucher fest. Was natürlich nicht ohne lautstarke Proteste und entsprechend mehr oder weniger sanfter Gewalt seitens seiner MannFrauen vonstattenging. Aber das musste man in Kauf nehmen. Oder hieß es FrauMannen? Er konnte sich momentan nicht an den politisch korrekten Begriff erinnern.

Noch zufriedener brummend machte er sich über die Pizza her. Der Pizzaschnelldienst in dieser Ecke des Universums war wirklich nicht zu verachten.

»Stopp!«, riss Brigadist Tyom seine Waffe hoch. »Wer da?!«

»Stationskommandant Bigoblust!«, brüllte es ihm entgegen.

Aber Brigadist Tyom hatte seine Befehle, was die Bewachung des Treppenhauses anging.

Von Sicherheitsoffizier Zosch persönlich.

»Das kann jeder sagen. Identifiziere dich!«

»Brigadist! Du kennst mich. Jeder kennt mich ...«

»Identifiziere dich, oder ich mache von der Schusswaffe Gebrauch!«

Die Befehle von Sicherheitsoffizier Zosch waren mehr als eindeutig gewesen.

»Brigadist«, kämpfte Bigoblust um innere Ruhe. »Ich kenne deine Befehle. Ich selbst habe sie zusammen mit dem Sicherheitsoffizier ausgearbeitet. Zosch und ich, wir haben die Gefahrenpläne gemeinsam ... Und ich bin der Stationskommandant ...«

Brigadist Tyom schluckte.

»Das werden wir sehen«, hielt er sich nach kurzem Zaudern doch lieber an die Dienstanweisung. »Identifiziere dich – und weg mit der Waffe!«

Bigoblust starrte auf seine Shortcut-Attack, an die er gar nicht mehr gedacht hatte. Seine Faust krampfte sich um den Griff, und sein Abzugsfinger begann zu zittern.

Oberinspektor Airdan Manipul massierte mit spitzen Fingern seine Schläfen. Der pochende Schmerz, der quer durch seinen Schädel bis in die letzten Gehirnwindungen zuckte, ließ sich davon nicht beeindrucken.

Ungläubig musste er mit ansehen, wie sich der Sicherheitstrakt nach und nach füllte. Zuerst war da nur dieser ausgemergelte Mann in seiner fleckigen Unterwäsche gewesen. Manipul war sich nicht mehr ganz sicher, ob es sich nicht doch um den Zimmerservice aus dem *Honeymoon-Session* handelte.

Er selbst war in der Nachbarzelle gelandet. Seine Proteste hatten nicht gefruchtet, und körperlich hatte er Zosch und dessen MannFrauen einfach nichts entgegenzusetzen. Nicht nur hatten sie ihn wenig sanft in die Einzelzelle – wenigstens das – verfrachtet, sie hatten ihm darüber hinaus sowohl seine Erkennungsmarke als auch die Zugangsplaketten abgenommen. Zuletzt waren seine Hände mit Plastomasse überzogen worden. Zwar konnte er sie weiterhin gebrauchen, doch die Finger- und Handabdruck-Sensoren, die Zutritt zu den sensiblen Abteilungen der Station gewährten, würden nun nicht mehr ansprechen.

Weitere Neuankömmlinge wurden in die gegenüberliegende Gemeinschaftszelle gestoßen. Den Uniformen nach zu urteilen, handelte es sich um Stationsbediensтеte. Offensichtlich hatten sie sich nicht auf den für sie vorgesehenen Posten aufgehalten oder sich nicht ausreichend identifizieren können.

Manipul begann, an der Brauchbarkeit des *Stummen Alarms* zu zweifeln. Wer konnte schon irgendeinem Gefahrenplan folgen, wenn er nicht wusste, dass ein solcher in Gang gesetzt war? Und von einem stummen Alarm wurden lediglich die Sicherheitsmannschaften in Kenntnis gesetzt. Hatte er tatsächlich einer solchen Maßnahme zugestimmt? Oder hatte nicht vielmehr Stationskommandant Bigoblust ...

»Rein da!« Das barsche Kommando unterbrach Manipuls Grübeleien.

Ein neuer Schwung Gefangener wurde in die Gemeinschaftszelle – gepfercht, denn dort wurde es bereits bedenklich eng. Diesmal handelte es sich offensichtlich um Zivilisten. Vermutlich mehr oder weniger zufällige Besucher der Station.

»Ich protestiere!«, giftete ein kleines, zappelndes Männchen mit hochrotem Kopf. »Ich protestiere aufs Heftigste gegen diese Behandlung! Ich bin Emyl Hoygerich! Direktor Emyl Hoygerich! Stellvertretendes Mitglied im Archivalen Aufsichtsrat!«

»Schnauze!«

»Ich muss schon sagen ... das ... das ist ungeheuerlich! Ich möchte sofort mit dem Stationskommandanten sprechen! Das wird ein Nachspiel haben!«

»Ich bin Stationskommandant Bigoblust«, krächzte Fyrnfux heiser. »Dein oberster Boss, du Würstchen!«

Brigadist Tyom schwitzte. Doch der Lauf seiner Waffe bewegte sich nicht um einen Bruchteil einer atomaren Maßeinheit. Dafür war er ausgebildet. Er zielte direkt in den Bauch des kolossartigen Mannes.

»Mag sein. Mag aber auch nicht sein. Identifiziere dich. Ohne ausreichenden Nachweis kann ich dich nicht passieren lassen.«

»Du weißt genau, dass die Codegeber im *Stummen Alarm* nicht funktionieren«, keuchte Bigoblust.

Tyom zuckte die Schultern. »Dann werden wir wohl warten müssen, bis ...«

»Blödsinn!«, explodierte der Kommandant. »Hast du sie noch alle?! Du wirst wohl deinen Kommandanten kennen!!!«

Natürlich kannte Brigadist Tyom seinen Kommandanten. Und zweifellos hatte der Mann vor ihm dessen Aussehen. Aber verhielt er sich auch so?

»Augenschein ist unter *Stummem Alarm* nicht als Handlungsmaxime zugelassen«, zitierte Tyom daher die Dienstvorschrift. Es entging ihm dabei nicht, dass der Mann seine Waffe nicht nur nicht hatte fallen lassen, sondern diese im Gegenteil langsam anhob.

Captain Belindaia Throntho schlängelte sich aus der Versorgungsröhre und ließ sich lautlos nach unten gleiten. Sie hatte das Herz der Station erreicht: das Archiv. Einer inneren Eingebung folgend hatte sie sich hierher aufgemacht. Je weiter sie vordrang, umso deutlicher wurde ihr, dass die eingeleiteten Sicherheitsmaßnahmen zwar jedes Eindringen in die inneren Ringe verhinderten – aber sonst keine weiteren Schritte vorsahen.

Der innere Zirkel war hermetisch abgeschottet. Aber wer oder was sich schon dort befand ...

Vermittels ihres Multifunktionsbüstenhalters hatte sie sich Zugang zu der Versorgungsröhre verschafft. Glücklicherweise hatte sie ihn wie immer angelegt. *Irgendwie zwanghaft*, dachte sie. Dann aber überlegte sie schon, ob sie Sicherheitsoffizier Zosch von dieser offensichtlichen Sicherheitslücke Meldung machen sollte oder lieber doch nicht.

»... haben wir hier somit das neueste Modell vor uns.« Dumpf kroch die Stimme aus den Tiefen des Archivs zu ihr empor und enthob sie weiterer Überlegungen.

»Liquid-Zerotech-Industries präsentiert euch hiermit: den Prototyp des mobilen Transpilators! Wir nennen ihn liebevoll: Flümotra. Ihr versteht: flüssig, mobil, Transpilator. Flümotra. – Seht ihn euch an! Flümotra X-Null! Kinderleicht zu handhaben, formschön bis in das letzte Detail. Energiesparend und selbstverständlich umweltschonend.«

Vorsichtig schob sich Belindaia auf die Stimme zu. Die Notbeleuchtung spendete ausreichend Licht, das von den in raumhohen Archivschränken aufgestapelten Speicherkristallen millionenfach gebrochen glitzernd reflektiert wurde.

»Er kann an jede externe Energiequelle angeschlossen oder durch seine Autobatterie betrieben werden. Dabei haben wir eine Betriebsdauer von nahezu unendlich, da sich die Batterie durch die im Transpilationsprozess freiwerdende Wärmeenergie selbst speist. Der Flümotra ist erhältlich in den Farben grün, blau, violett und – wie passend – kristall.«

Ein Tisch geriet in Belindaias Sichtfeld. Drei Personen, die darum gruppiert waren. Sie erkannte Stationsarchivar Lelander S. Waccado. Die beiden anderen kannte sie nicht. Ein Kerlchen mit lächerlich überdimensionaler Sehhilfe an der Seite des Archivars. Ein Typ, der verdammt nach Versicherungsvertreter aussah, auf der anderen Seite des Tisches. Letzterer schien die beiden Ersteren regelrecht festzunageln. Auf dem Tisch mehrere, zu einer Pyramide aufgestapelte Kristalle. Der Typ mit der Sehhilfe kam ihr bekannt vor – mit Ausnahme der Nase.

»Nun, seht mal. Durch die Überführung in Flüssigkristall, wie wir das nennen, spart ihr enorm Platz. Bei gleichzeitiger Erhöhung der Speicherkapazität. Im Auftrag von Liquid-Zerotech-Industries demonstriere ich euch hiermit: die lotion-tinkturale Revolution! – Ich darf mal kurz ...?«

Schon schnappte er sich den Speicherkristall von der Pyramidenspitze, drehte ihn kurz zwischen seinen Fingern und vor den Augen der entgeisterten Beobachter, ließ ihn in den trichterförmigen Aufsatz des mobilen Transpilatorgeräts Flümotra X-Null fallen. Archivar Waccado griff sich ans Herz. Der Flümotra X-Null pupste leise. Der Kristall wurde eingesaugt. Funktionslämpchen blinkten auf. Ein Tropfen platschte aus der Unterseite des Geräts auf ein Reagenzgläschen und befeuchtete dieses leicht.

»Seht ihr? Seht ihr?!«, begeisterte sich der LZI-Vertreter. »Wie sich die Masse reduziert? Wie die Flüssig-...«

»Es verdunstet«, unterbrach ihn Sehhilfe mit gebrochener Stimme.

»Bitte?«

»Es ... es verdunstet. Das Reagenzglas ist schon wieder völlig trocken ...«

»Ah. Ach so! Ihr vermutet, die Daten gehen verloren. Verschwinden sozusagen in die Atmosphäre ... Ahahaha! Weit gefehlt! Vielmehr ...«

Stationsarchivar Lelander S. Waccado heulte unartikuliert auf.

»Mörder! Prinzipiell!! Kristallmörder!!!«

Niemals hätte Belindaia vermutet, dass so viel Kraft in diesem ausgemergelten Körper stecken konnte. Überrascht verfolgte sie, wie Waccado den Tisch ergriff, diesen in die Höhe schwang und in einer unglaublich anmutigen, aber umso kraftvolleren Bewegung dem LZI-Vertreter über den Schädel schmetterte.

Der Liquid-Zerotech-Industrie-Mann fiel mit deformierter Stirn auf den Rücken, zuckte noch kurz zwischen den Trümmern des Tisches und lag dann reglos.

»Oh«, krächzte Sehhilfe. »Oh-oh. Ich ... äh ... glaube, wir sollten den hier ... äh ... irgendwie verschwinden lassen ... Möglicherweise ... Oder so.«

Während Stationsarchivar Lelander S. Waccado wimmernd auf allen Vieren herumkroch, um seine verstreuten Kristalle aufzusammeln.

Stationskommandant Fyrnfux Bigoblust zwang sich zu innerer Ruhe. Überdachte seine Optionen.

Früher, ja früher hätte dieses Würstchen von einem Brigadisten kein Hindernis für ihn bedeutet. Im Handumdrehen hätte er es entwaffnet und überwältigt, wie seinerzeit diese als Brauereivertreter getarnten Terroristen, die die Bar am Andromeda-Highway besetzt hielten. Im Alleingang, denn seine Vorgesetzten hatten sich täuschen lassen. Aber nicht er, nicht Fyrnfux Bigoblust, seinerzeit Crash-Spezialist der Special-Forces! Brauereivertreter, die nicht mal einen einzigen Kasten Bier bei sich hatten. Lachhaft!

Er grinste bei dem Gedenken an vergangene Großtaten, und wohlige Wärme erfüllte seine Bauchregion. *Gut so. Zügle deinen Zorn. Agiere stattdessen in kalter Wut. Wir stecken jetzt unsere Waffe weg und tun ganz harmlos, wie wir es gelernt haben. Wir loben dieses Brigadistenmännchen für seine Dienstauffassung, schleimen uns bei ihm ein, wiegen es in Sicherheit, und ehe es sich versieht ...*

Tatsächlich erhielt Brigadist Tyom nach diesen Vorfällen ob seiner vorbildlichen Haltung im Gefahrenfall eine hochgradige Belobigung des präsidialen Galaxisrates und wurde zum Leiter des Streifendienstes am Rande der Unendlichkeit befördert. Aber davon konnte zum jetzigen Zeitpunkt niemand etwas ahnen.

Vielmehr erlangte Fyrnfux Bigoblust wider Erwarten die kaltblütige innere Ruhe und machte sich bereit, seinen gestählten Schädel mitten in das knabenhaft rosige Gesicht Tyoms zu platzieren. Wie in alten Zeiten. Vorzugsweise direkt auf die empfindlich aussehende, stupsige Nase.

Ansatzlos stieß Bigoblust zu.

Tyoms Nase erwies sich als weitaus härter, als Bigoblust erwartet hatte.

Captain Belindaia Throntho wollte nicht glauben, was sich da vor ihren Augen abspielte. Sie hatten sich je ein Bein des Flüssigkeitsvertreters geschnappt und schleppten ihn zwischen die Schränke mit den gestapelten Kristallen. Vermutlich, um ihn dort zu verstecken.

»Throntho hier!«, zischte sie. »Verdächtige Vorgänge ... Ach, Scheiße!«

Ihr wurde klar, dass sie nicht im Dienst war. Niemand würde ihre Meldung zur Kenntnis nehmen. Sie war ja nicht einmal in der Lage, eine Meldung abzusetzen. Schließlich trug sie keinerlei Einsatz-Werkzeug, abgesehen von ... Sie rückte ihre Brüste zurecht und überzeugte sich dadurch vom optimalen Sitz. Sie konnte vieles damit bewerkstelligen, leider aber keinen Funkverkehr herstellen.

Ein Arm des Flüssigkeitstypen war zwischen die Schrankbeine geraten und hatte sich unter der Achsel verhakt. Offensichtlich wurde ruckartig weiter an den Beinen gezogen, doch der Körper ließ sich nicht mehr bewegen. Ächzende Stimmen stießen unterdrückte Flüche aus.

Belindaia trat vorsichtig vor. Den Multifunktionsbüstenhalter in Bereitschaft.

Stationsarchivar Lelander S. Waccado wankte aus dem kristallglitzernden Dunkel der Regalschlucht, sank, jetzt doch entkräftet, zu Boden, hob den Blick. Sein wässriges Auge traf direkt Belindaias.

Sicherheitsoffizier Zosch hatte ein Problem. Ein weiteres.

Die Aufnahmekapazität des Sicherheitstrakts war erschöpft, sämtliche Zellen zum Bersten gefüllt, mittlerweile auch die Einzelzellen. Selbstverständlich hatte Oberinspektor Manipul lautstark protestiert, als sie mangels Räumlichkeiten einen Schwall von Delinquenten kurzerhand zu ihm hineinquetschten. Zosch hatte ihm eins aufs Maul gegeben, und seither war Ruhe.

Doch unablässig schleppten seine MannFrauen weitere festgenommene Personen an.

»Okay«, sagte er zu niemand Bestimmtem. »Weitermachen.«

Stationskommandant Bigoblust taumelte zurück.

Was er in seinem benommenen Zustand nicht erfasste: Er hatte seinen stählernen Schädel keinesfalls wie geplant auf Tyoms Nase platziert, sondern gegen eine der noch stählerneren Wände der Station.

Denn Brigadist Tyom hatte sich heimtückischerweise geduckt.

Stationsarchivar Waccado und Captain Throntho durchbohrten einander mit Blicken. Keiner von beiden war fähig, auch nur einen Ton von sich zu geben. Geschweige denn, sich zu bewegen. Eine ganze Zeit lang.

Dann begann Waccado, gequält zu lachen.

»Ha. Ha. Ha. Es ist nicht so, wie du denkst ...«

Belindaia wurde klar, dass sie überhaupt nicht dachte. Aber sie hätte denken sollen – und vor allem: Etwas tun. Irgendetwas. Aber was? Ihr dämmerte, dass sie tatsächlich nicht diensttauglich war. Denn ansonsten hätte sie längst reagiert, das Richtige getan … Oder?

»Archivar?«, brachte sie schließlich krächzend heraus.

Lelander S. Waccado straffte sich.

»Genau. Prinzipiell … Kannst du uns hier mal zur Hand gehen?«

Den Vorsitz des einberufenen Untersuchungsausschusses hatte Direktor Emyl Hoygerich inne.

»Der ehrenwerte Richter Emyl Hoygerich. Bitte erhebt euch!«

»Danke. Wir fahren in der Beweisaufnahme fort. Nehmt Platz. – Was haben wir hier?«

»Beweisstück 538a. Prototyp Flümotra X-Null.«

»Bitte?«

»Der Prototyp des mobilen Flümotra. Flüssig, mobil, Transpilator. Flümotra. Flümotra X-Null.«

»Gerichtsschreiber, bitte notieren: mobiler Prototyp Flümodingsdaundsoweiter. X-Null, oder so.«

»Herr Vorsitzender! Ich muss schon sagen! Wir verweisen auf unsere bisherigen Befangenheitsanträge. Offensichtlich bist du als Betroffener keinesfalls zu objektiver …«

»Jajaja. Gerichtsschreiber: Die Vorbehalte der Verteidigung werden zum wiederholten Male zur Kenntnis genommen. – Weiter!«

»Beweisstück 538b. Reagenzglas als Bestandteil des Flümotra X-Null. Mit aufgebrachtem, verflüssigtem Speicherkristall.«

»Da ist kein Speicherkristall.«

»Nun ja, er ist eben … aufgebracht.«

»Aufgebracht.«

»In der Tat. Auf das Reagenzglas.«

»Verstehe. – Weiter.«

»Nein! Nein, du verstehst eben nicht ...!«

»Gerichtsschreiber: Eine Verwarnung gegenüber der Verteidigung wird ausgesprochen. Schon wieder. – Weiter.«

»Beweisstück 539. Zerbeulte Tischplatte mit Resten von Blut. Beweisstück 540. Enorme Sehhilfe mit Justierungsschrauben. Beweisstück 541. Ein rechter Schuh. Beweisstück 542. Ein linker Schuh.«

»Gerichtsschreiber: Wir fassen zusammen: ein Paar Schuhe.«

»Es sind aber zwei verschiedene ...«

»Also schön. Weiter. 543 ...?«

»... 28 Speicherkristalle, unbeschriftet. Beweisstück 544. 17 Speicherkristalle, leer.«

»Moment mal: unbeschriftet, leer ... Wo soll denn da der Unterschied sein?«

»Im Gegensatz zu *unbeschriftet* bedeutet in Bezug auf Speichermedien der Ausdruck *leer* ...«

»Mit Verlaub, ehrenwerter Vorsitzender! Das geht zu weit. Wir können uns hier doch nicht mit simpelsten Technodefinitionen aufhalten!«

»Gerichtsschreiber: Eine Verwarnung gegenüber der Verteidigung wird ausgesprochen. Bei der nächsten Verwarnung wird eine Konventionalstrafe wegen Missachtung des Gerichts festgesetzt. Weiter.«

»Dann darf ich aber trotzdem darauf hinweisen, dass wir hier keinesfalls eine Gerichtsverhandlung führen, sondern lediglich einen Untersuchungsausschuss.«

»Da irrst du dich.«

»Inwiefern?«

»Nach Statut des Galaxisrates legt der Vorsitzende den Verfahrensmodus fest. Also ich. – Wir arbeiten hier in einem Untersuchungsausschuss mit Gerichtsbarkeit-Spezifikation. Wie du unschwer der Seite 6.066 meiner Einberufungsagenda entnehmen kannst. Darüber hinaus sei die Frage gestattet, was denn ein Verteidiger bei einem einfachen Untersuchungsausschuss zu suchen hätte. Fragst du dich das nicht auch? – Gerichtsschreiber: Die Konventionalstrafe wird auf 500 Arbeitsstunden bei einem noch näher zu bestimmenden Sozialleistungsträger festgesetzt. Weiter.«

»Beweisstück 545. Ein Sortiment Damenunterwäsche, originalverpackt. Beweisstück 546. Ein Sortiment Herrensocken, ausgepackt aber unbenutzt. Beweisstück 547. Eine Pizza ›Frutti d’ Andromeda‹, angebissen. Beweisstück 548. Ein Stationswart-Werkzeugkasten mit Inhalt. Der Inhalt ist dem Zusatzprotokoll der Beweisaufnahme zu entnehmen. Beweisstück 549. Ein Multifunktionsbüstenhalter.«

»Ein was?«

Der Rest des Tages verstrich unter eingehenden Demonstrationsvorführungen. Die Konventionalstrafe des Verteidigers erhöhte sich auf insgesamt 2.500 Stunden.

Direktor Emyl Hoygerich kostete die Situation voll und ganz aus. Mühelos verzehnfachte er den üblichen Zeitaufwand und weidete sich an der steigenden Ungeduld der übrigen Beteiligten. Nicht einmal die Fortpflanzungsversuche, die er in jungen Jahren durchaus unternommen hatte, hatten ihm eine solche Befriedigung verschafft.

Die Beweisaufnahme ging nun schon in die dritte Standardwoche. Ein Ende war nicht abzusehen. Wenn es nach ihm ginge, er würde auch noch die letzte Schraube oder die allerletzte Niete der aufgelassenen Station katalogisieren. Selbst das hinterletzte Kristallstäubchen! Nein, rief er sich zur Ordnung, das geht ja gerade nicht. Das hinterletzte Kristalltröpfchen, musste es heißen.

Bedenkenlos hatte er seine Sekretärmannfrauinnen angewiesen, sämtliche Termine der nächsten und ferneren Zeit zu streichen. Irgendwelche Aufsichtsratssitzungen? Gestrichen! Arbeitsessen mit der pangalaktischen Bankenaufsicht? Weg damit! Einweihung des Weltraumbahnhofs in Telemark Filodendron? Wen interessiert's? Einladung zum Jungfernflug des galaktopräsidialen Supdupra-Raumers *Sargophag*? Keine Chance! Besichtigung der Untertunnelungsarbeiten am Schwarzen Kaiserloch? Blödsinn! Die Liste schien endlos. Alles gestrichen.

Falls ihn ein Anflug des geringsten Zweifels tangierte – ein Blick auf die Delinquenten in ihren erfreulich unangenehm raumresistenten Formenergie-Zellen belehrte ihn stets eines Besseren. Der Blick auf Fyrnfux Bigoblust und Airdan Manipul, die Kapitalverantwortlichen, wie sie in ihren Kammern schwitzten ... Sowie der Blick auf die bereit stehenden, leider derzeit leeren Kabinen für namentlich noch nicht benannte Kryptoverantwortliche ... Sie würden sich schon finden lassen, die Kryptoverantwortlichen, beziehungsweise füllen, die Leerkabinen, da war er sich sicher ...

Und der Katalog der Zeugen der Anklage war lang, wie er sich freuen konnte. Allein die Aufnahme der Personalien würde ein halbes Standardjahr in Anspruch nehmen.

Es störte ihn allerdings, dass er verschiedene Nebenkläger hatte zulassen müssen. Er musste ein scharfes Auge auf sie haben ... Es bestand die Gefahr, dass sie seine Anklage verwässerten ... Allen voran dieser Pizzaschnelldienst ...

Außerdem störte ihn, dass er Grendoxümorum Zosch, Sicherheitsoffizier Zosch, nicht ebenfalls am Arsch packen konnte. Der die wenig rücksichtsvollen Inhaftierungen durchgeführt hatte. Seine, Hoygerichs, davongetragenen blauen Flecken waren noch immer deutlich zu sehen ... Stattdessen hatte er ihn, Zosch, aus verfahrensstrategischen Gründen als Kardinalzeugen benennen müssen. Aber, wer weiß, am Ende steht für ihn vielleicht eine dieser leeren Kabinen bereit ...

Paraphrasiertes Exzerpt aus der Aussage des Kardinalzeugen G. Zosch, seinerzeit Sicherheitsoffizier der dispergierten Station. Verhandlungsstandardtag 481.

Er habe sich strikt an den Gefahrenabwehrplan gehalten. Selbstverständlich (!) sei dem Kapitalverantwortlichen F. Bigoblust dieser Abwehrplan bekannt gewesen. Nicht nur bekannt, er habe ihn, den Plan, in weiten Teilen selbst entworfen. Gelegentliche Härten der Maßnahmen seien beim Entwurf bewusst in Kauf genommen worden. Dass diese bei der operativen Ausführung tatsächlich zum Tragen gekommen seien, läge nicht in seiner, des Kardinalzeugen, Verantwortung. Jawohl, der Kapitalverantwortliche F. Bigoblust habe versucht, sich über die eigenen Anordnungen gewaltsam hinweg zu setzen. Nur unter Aufbietung aller zur Verfügung stehenden Mittel sei es gelungen, ihn zur Vernunft zu bringen. Leider habe das letztendlich in die Inhafticrung des Kapitalverantwortlichen gemündet. Sekundärzeuge Tyom, Brigadist, könne das bestätigen, sobald er aus der Intensivstation entlassen sei. Nein, der Stationswart sei nicht auffindbar gewesen. Beziehungsweise: ja. In die Belange der eingeleiteten Sicherheitsmaßnahmen sei er jedoch weder eingeweiht noch daran beteiligt gewesen. Sein Aufgabengebiet habe ausschließlich die Funktionalität der Station betroffen. Tatsächlich und in der Tat habe sich mittlerweile herausgestellt, dass der Stationswart als einer der ersten festgesetzt und somit aus dem Verkehr gezogen worden sei. Und zwar, darauf weise er, der Kardinalzeuge, ausdrücklich hin: nicht von ihm, sondern von anderer Seite. Federführend bei der Inhaftierung des Stationswarts sei der Kapitalverantwortliche

A. Manipul gewesen, dessen sei er, der Kardinalzeuge, sich sicher. Jawohl, der Stationswart habe die Zelle erst während der Evakuierung der sich dissoziierenden Station verlassen. Er könne somit die Wasserhähne nicht geöffnet haben. Und jawohl, er habe von der Pizza ›Frutti d' Andromeda‹ gekostet.

Paraphrasiertes Exzerpt aus der Aussage der Sekundärzeugin B. Throntho, Captain der Special-Forces, ihrerzeit stationiert auf der dispergierten Station. Verhandlungsstandardtag 485.

Ja, sie sei nicht dienstfähig gewesen. Ja, der Multifunktionsbüstenhalter sei ihriger. Er sei ihr während der Vorkommnisse im Stationsarchiv abhandengekommen. Ja, Stationsarchivar L. S. Waccado habe unter Aufbietung all seiner Kräfte versucht, der ausströmenden Flüssigkeit Einhalt zu gebieten. Der Überfunktion des Flümotra habe er allerdings nichts entgegensetzen können. Ja, der Vertreter der Flüssigkeitsindustrie sei mit unbekanntem Aufenthalt verschwunden. Falls es ein solcher gewesen sei. Es könne sich auch um einen terroristischen Attentäter gehandelt haben. Stationsarchivar L. S. Waccado habe versucht, ihn zu überwältigen, sei aber auch daran gescheitert. Er sei ihr, Zeugin B. Thronto, möglicherweise irgendwie bekannt vorgekommen, dieser Flüssigkeitsverteter, aber sie sei sich jetzt nicht mehr sicher, warum oder woher. Nein, über die Pizza ›Frutti d' Andromeda‹ könne sie keine Auskunft geben.

Paraphrasiertes Exzerpt aus der Aussage des Sekundärzeugen – Name aus Datenschutzgründen nicht öffentlich protokolliert –, Doktorand der Albert-Universität, seinerzeit Besucher der dispergierten Station. Verhandlungsstandardtag 486.

Er habe sich mit Stationsarchivar L. S. Waccado über
Speicherkristalle ausgetauscht. Während der zunehmend
turbulenten Vorkommnisse habe er allerdings sowohl
seine Sehhilfe als auch infolgedessen jede Übersicht verloren. Über den Verbleib des Flüssigkeitsvertreters sei
ihm nichts bekannt. Sicher, er habe mit ihm gesprochen,
wie er sich trübe zu erinnern meine, zusammen mit dem
Stationsarchivar. Ein Schwall verflüssigter Kristalle habe
ihm unvermittelt die Sehhilfe vom Kopf gerissen, genau
in dem Moment, in dem Sekundärzeugin B. Throntho
der Multifunktionsbüstenhalter abhandengekommen
sei, entsprechend abgelenkt sei er, Sekundärzeuge –
Name aus Datenschutzgründen nicht öffentlich protokolliert –, gewesen. Von Blut auf einer Tischplatte wisse
er nichts und könne dazu auch keine Erklärungen abgeben. Er könne sich nur vorstellen, dass der Flüssigkeitsvertreter fluchtartig die Räumlichkeiten verlassen habe,
sobald der Flümotra seine unkontrollierbare Tätigkeit
aufgenommen habe und durch nichts zu stoppen gewesen sei. Stationsarchivar L. S. Waccado habe sich hel-
denhaft der Flut gestellt, sei aber hinweg gespült worden. Sekundärzeugin B. Throntho habe derweil mit einem vollständig durchnässten T-Shirt gerungen, wozu er
aber keine näheren Angaben machen könne, da ihm
leider bekanntlich seine Sehhilfe gefehlt habe. An eine
Pizza könne er sich dunkel erinnern, ob es allerdings
eine Pizza ›Frutti d' Andromeda‹ gewesen sei, könne er
nicht mit Bestimmtheit sagen. Einen Schuh, weder einen
rechten noch einen linken, habe er nicht verloren.

*Paraphrasiertes Exzerpt aus der Aussage des Sekun-
därzeugen und Nebenklägers Lelander Sebastobald
Waccado, seinerzeit Ultra-Datonaut und Leitender Stationsarchivar auf der dispergierten Station. Verhandlungsstandardtag 491.*

Die Ausmaße seien katastrophal. Er habe prinzipiell immer davor gewarnt. Aber hätte man ihm Gehör geschenkt? Prinzipiell im Gegenteil! Man habe vielmehr die Verflüssigungstendenzen mehr und mehr forciert, gegen seinen, des Sekundärzeugen, Widerstand, wohlgemerkt. Die Verantwortung trage prinzipiell einzig und allein der Kapitalverantwortliche A. Manipul. *Und* der Kapitalverantwortliche F. Bigoblust, der den Umtrieben keinen Einhalt geboten habe. In Tateinheit. Mit bewusster Absprache, prinzipiell oder so. Über den vernetzten Datenverkehr mit der Galaxie und womöglich dem Rest des Universums wisse er nichts, genauso wenig über die Datenextinktion, die mit der Fluidisierung des Archivs einhergegangen sei. Prinzipiell sei seine Aufgabe die Hege und Pflege der Kristalle gewesen. Und die Kristalle, die er hier in Händen halte, seien die einzigen, die er habe retten können. Dem Sekundärzeugen – Name aus Datenschutzgründen nicht öffentlich protokolliert – sei keinerlei Vorwurf zu machen. Er habe vielmehr im Rahmen seiner Möglichkeiten getan, was er habe tun können. Was prinzipiell nicht viel gewesen sei. Der Flüssigkeitsvertreter hingegen habe sich hochgradig aggressiv gebärdet. Was im Übrigen nicht verwundern könne, schließlich sei er im Auftrag der Kapitalverantwortlichen unterwegs gewesen. Bigoblust und Manipul. Prinzipiell. Oder umgekehrt. Er, Sekundärzeuge und Nebenkläger, beschuldige hiermit alle drei der übelsten Machenschaften. Wie genau Sekundärzeugin B. Throntho ihren Multifunktionsbüstenhalter verloren habe? Er wisse gar nicht, was das sei. Wofür brauche man prinzipiell so etwas? Beziehungsweise frau?

Paraphrasiertes Exzerpt aus der Aussage des Sachverständigen Tripelprofessor Duodoktor Doktor Olgalgal Hintran, seinerzeit in die Vorgänge auf der dispergier-

ten Station in keinster Weise verstrickt. Verhandlungs-
standardtag 713.

Die Ausmaße seien in der Tat katastrophal, hätten aber nicht das Geringste mit Fluididaltendenzen in der Datenhaltung zu tun, was er im Übrigen nicht zu belegen brauche, da dieses Wissen allgemein bekannt sei. Prinzipiell trete hier lediglich eine der Phobien des Sekundärzeugen und Nebenklägers L. S. Waccado zu Tage. Für die Anspielung auf dessen Sprachmarotte bitte er um Entschuldigung. Es sei ihm so rausgerutscht. Die Daten seien verloren gegangen, weil die liquiden, mithin im wahrsten Sinn des Wortes liquidierten Kristalle einer unkontrollierten Dränierung ausgesetzt worden seien. Dabei seien die Flüssigdaten über verschiedene Rohrleitungen zum Ausguss in die Station und im weiteren Verlauf aus der Station gelangt. Mithin habe das fluidale Desaster aus noch unbekannten Gründen auf die Gesamtstation übergegriffen und auch diese der Verflüssigung zugeführt. Hinsichtlich der technisch elementaren Präpositionen hierzu verweise er auf die Aussage des Sekundärzeugen und mittlerweile angeklagten Kryptoverantwortlichen R. Bryschygge, seinerzeit Stationswart, sowie auf die noch ausstehende Einvernehmung des Vertreters der LZI, Liquid-ZerotechIndustries. Beziehungsweise beantrage er die erneute beziehungsweise längst überfällige Vernehmung derselben. Der LZI-Vertreter sei unauffindbar und er selbst als Sachverständiger nicht dazu befugt, eine Zeugenvernehmung anzuberaumen? Er danke dem gerichtlichen Untersuchungsausschuss für diesen Hinweis und fahre also mit seinen Explikationen fort. Die tatsächliche Katastrophe habe im Datenrückruf bestanden. Über die bestehenden Vernetzungen seien Daten galaxis-, universums- und womöglich-noch-weiter direkt in die Station zurückgerufen, dortselbst fluidiert und zuletzt ebenfalls dem Ausguss unterworfen worden, sodass von einem unüberschaubaren Datenverlust auszugehen sei. Wie man das habe bewerkstelligen können, sei bislang noch unklar. Er verbitte sich aber aufs Schärfste die hier zu Tage tretenden Anzweiflungen seiner Fachkompetenz.

Zu diesem Zeitpunkt wohnte ich der untersuchenden Verhandlung längst nicht mehr bei.

Es würde nun einige Zeit dauern, bis sie erneut einen wirklich guten Steckbrief von mir ausstellen konnten. Die Scanner in weiten Teilen des Universums, und nicht nur die nachrüstungsbedürftigen, würden wieder ihre gewissen Schwierigkeiten haben. Alles in allem war ich mit meiner Aktion ziemlich zufrieden.

Ein Langstecken-Linienflug trug mich hinein in die sprichwörtliche Weite und angebliche Schwärze des Alls. Behaglich lehnte ich mich in den komfortablen Sitz zurück, bestellte einen weiteren Drink und begutachtete die neue Uniform der Bordbegleiterinnen, die sich aus Gründen der Werbewirksamkeit mal wieder um eine Handbreite verkürzt hatte. Und zwar in beide Richtungen. Im Grunde existierte sie schon gar nicht mehr. Die Uniform.

Der Langstreckenflug bot mir ausreichend Gelegenheit, mich dem Terminplan zu widmen, den ich hatte mitgehen lassen. Dem Terminplan des stellvertretenden Mitglieds im archivalen Aufsichtsrat und derzeitigen Vorsitzenden des Untersuchungsausschusses zur gerichtlichen Klärung der Vorkommnisse bevor, während und nach der Fluidisierung des ehemaligen Stationsarchivs der Special-Forces. Dem Terminplan Direktor Emyl Hoygerichs.

Es standen einige vielversprechende Objekte darauf.

***

Sie kennen schon alles?

*Das Universum bietet Ihnen nichts mehr? – Das denken Sie! –
Sie kennen noch nicht: ANDROMEDA!*

*Besuchen Sie den Nebel von interstellarem Flair! Testen Sie
unsere exklusiven Sightseeing-Programme! Fühlen Sie sich
wohl in unserem galaktoiden Service!*

*Wir bieten alles für jeden. Außergewöhnliche Wünsche sind
unsere Spezialität. Nehmen Sie uns beim Wort!*

*Lassen Sie sich verwöhnen von unserem universalen Species-
Team. Erleben Sie den zyklusweiten Planetencrash. Robot-
Service, Gen-Programming, Geisha-Kloning – das sind nur
wenige Beispiele unserer Palette. Nichts ist uns fremd. Unser
planctenwcites Service-System befriedigt alle Ihre
Bedürfnisse.*

*Oder lieben Sie das Abenteuer?
Buchen Sie: Andromeda-Adventure-Tours! Wandeln Sie auf
den Spuren der Pioniere. Ausgesetzt auf einer unberührten
Welt, entdecken Sie, was es heißt, auf sich allein gestellt zu
sein ... (Nur gegen Vorkasse!)*

*Keine Währungsprobleme, keine Sprachschwierigkeiten, keine
ärgerlichen Gesetzesvorschriften. Infrastrukturelle
Kompetenz paart sich mit hypervariabler Kapazität.*

*Unser Programm reicht vom Sonnen-Surfing bis zum
unvergesslichen Black-Hole-Hopping!*

Besuchen Sie Andromeda – bevor alle es tun!

***

Die Bar am Andromeda-Highway

Um es gleich vorweg zu sagen: Andromeda ist nicht gerade mein Traumziel gewesen. Im Grunde hatte ich damals kein spezielles Ziel, schon gar nicht, um dort Urlaub zu machen oder irgendeinem Vergnügen zu frönen.

Ich hatte zwei Zyklen in der Corona einer unbedeutenden Sonne verbracht, die nicht einmal namentlich auf den interstellaren Karten verzeichnet war. Hier hatte ich auch diesen famosen Werbespot aufgefangen, der von einer heruntergekommenen Station im Leerraum zwischen den Galaxien mit minimaler Leistung abgestrahlt wurde – und aufgefangen hatte ich ihn auch nur, weil die Empfänger meiner Geräte auf höchste Empfindlichkeit gepegelt waren.

Aus Gründen, die hier nicht näher erläutert werden sollen, hatte ich es ziemlich eilig gehabt, die hochfrequentierten Abschnitte des bekannten Universums hinter mir zu lassen; und zwar möglichst ohne weitere Begleitung.

Drei weitere Zyklen in Wartestellung verbrachte ich unter anderem damit, größere und kleinere Beschädigungen des Raumschiffs zu beseitigen – und danach war ich ziemlich sicher, dass »da draußen« nicht noch einige Leute auf mich warteten, denen ich nicht unbedingt die Hände oder Tentakel oder was auch immer schütteln wollte, die aber ihrerseits gerade *darauf* ziemlich scharf waren.

Mit aller gebotenen Vorsicht verließ ich meinen Standort und kreuzte ohne besondere Eile durch den interstellaren Raum. Meine weitere Vorgehensweise lag fest: Ich wollte das Schiff loswerden. Nicht dass die *Sargophag* – so der Name des Schiffs in einer mir unbekannten Sprache und Bedeutung – ein schlechtes Schiff gewesen wäre, ganz im Gegenteil! Ihr größter Vorzug bestand allerdings darin, dass sie an den geeigneten Stellen zweifellos Höchstpreise erzielen würde. Wenn ich meine wirklich geringen Investitionskosten in Rechnung stellte, konnte ich mit einer Gewinnspanne von wenigstens ... Aber ich will euch nicht mit Zahlen langweilen.

Der Bordcomputer lieferte keine nützlichen Daten über dieses Andromeda, abgesehen von der universalen Lage, Sternendichte, Masseberechnungen und ähnlich allgemeinen Dingen. Das war nicht weiter verwunderlich, denn die *Sargophag* stammte ja aus einer völlig anderen Region des Universums – es war kaum anzunehmen gewesen, dass sie jemals diesen absolut entlegenen Teil desselben ansteuern würde. Leider hatte ich so auch keinen Anhaltspunkt für meine verkaufstechnischen Angelegenheiten.

Ich steuerte die Sendestation an. Auf meinen Anruf hin manifestierte sich eine ziemlich schlecht gemachte 3-d-Projektion in der Cockpitmitte.

»Andromeda-Service. Wir danken für Ihren Besuch. Nennen Sie Ihre Wünsche.«

Die altertümliche Anredeweise ließ mich wenig Gutes erhoffen.

»Den nächstgelegenen kosmischen Basar.«

Die Projektion verschwamm und nahm eine andere Gestalt an. Allem Anschein nach hatte man meine Stimme analysiert und gewisse Schlüsse aus dem Ergebnis gezogen. Ich seufzte. Dem Bild der üppigen Amazone nach zu schließen, die man mir wohl als Schönheitsideal sowie optisch-erotischen Kaufanreiz präsentierte, waren die Geräte der Station in einer Zeit programmiert worden, in der man Lichtgeschwindigkeit noch als Maßeinheit definiert und empfunden hatte.

»Hallo!«, keuchte die Amazone mit langer Betonung auf dem ›O‹. »Du betrittst die Straße ins Abenteuer. Gegen Eingabe deiner Kredits übernehmen wir sämtliche Formalitäten.«

»Den nächsten Markt!«, knirschte ich und erwies mich dadurch als nicht eben auf der höchsten Höhe der Lernfähigkeit.

»Bei Barzahlung bevorzugen wir die niedrigstrahlenden Quasare von Baron Minor.«

Da gab ich es auf. Der Kurswert der Quasare von Baron Minor war beim galaktischen Börsenkrach, der seinerzeit selbst den Sternenmulti Megabit Abornotrax in die Kühlkammer getrieben hatte, ins schwärzeste aller Schwarzen Löcher gefallen, wovon er sich nie mehr erholen sollte. (Sowohl der Kurswert als auch Abornotrax.) Heute werden die Quasare bevorzugt als Tauschobjekte bei Investmentgeschäften mit den primitiven Stämmen aus der Nordseite des Universums benutzt, die noch derartig unterentwickelt sind, dass sie die Energieerzeugung durch Wasserstofffusion für das Höchste halten.

Die Amazone begann, mit den Metallplättchen zu klimpern, die um ihre Hüften geschlungen waren, und ich unterbrach die Verbindung.

Vermutlich aus Enttäuschung über den Verlust des ersten Kunden seit Systemgedenken unternahm die Station so etwas wie einen Selbstmordversuch. Durch den Sichtbildschirm konnte ich jedenfalls den kurzen Lichtblitz einer mittleren Entladung beobachten, kurz darauf driftete eines der Aufbautürmchen majestätisch in den Raum, während verschiedene andere laut- und lustlos in sich zusammensackten.

Ich musste mich dennoch entscheiden. Und ich beschleunigte die *Sargophag*, betrat die »Straße ins Abenteuer«. Kursvektor: mathematisches Zentrum des Andromeda-Nebels.

Schon bald konnte ich, respektive die Feinortung der *Sargophag*, die Überreste einer Weltraumboje ausmachen. Die Sonnensegel waren in die Dunkelheit diffundiert, die Energiespeicher – sofern noch erhalten – bis in die Keller entladen. Ich aktivierte die Reste des bojenimmanenten Minicomputers, indem ich einen kurzfristigen Energietransfer zu seinen Batterien aufbaute, woraufhin die Boje in einem letzten Aufstöhnen ihre Position: »Lichtminute 857,4 – Andromeda-Highway!« von sich gab und sich in ihre atomaren Bestandteile auflöste.

Ich folgte der Spur der Bojenfragmente.

Das also war der Andromeda-Highway.

Funkstille auf sämtlichen Frequenzen. Tote Hose in allen Kanälen. Keinerlei Anzeichen irgendwelchen Raumverkehrs. Ich legte mich schlafen, während die Automatik Kurs hielt. Nach der vorgegebenen Zeit weckte mich der Servo mit den Klängen des Präludiums der Symphonie *Freier Fall durch den Hyperraum* von Melanom Zelebralis VII, opus 68.972 in alpha-tangens-Dur. Ich wälzte mich aus dem Schlafbereich und checkte die Überwachung – nichts Außergewöhnliches hatte sich in der Zwischenzeit ereignet.

Der weibliche Android, den ich mir nach den Modulen von Exitus Gamma zusammengestellt hatte, servierte mit vielversprechendem Augenaufschlag eine Synthobreimahlzeit mit einem Becher *Juri Placer*, dem einzigen Sternenbourbon, den man trinken konnte, ohne gleichzeitig blind und blond zu werden.

»Gut geschlafen?«, säuselte sie, reichte mir gekonnt das Frühstück und strich mit langen Fingern das eher winzige Kleidungsstückchen glatt. Soweit es ihre Figur zuließ.

Ich rekelte mich in den Pilotensessel, schlürfte den Kunstpudding, starrte gedankenverloren auf und durch den Sichtbildschirm. Der Autopilot monologisierte den Lagebericht vor sich hin.

Zwei Schlafeinheiten später machte ich die erste Raumschiffbewegung aus – ich hatte schon fast nicht mehr damit gerechnet.

Die Vermessungsmechanik der *Sargophag* machte sich mit Feuereifer an die Aufgabe, mich mit Daten über das fremde Schiff zu versorgen. Ich nahm den Bericht zur Kenntnis und fragte mich danach allen Ernstes, wie dieses Schiff es schaffte, auch nur den Bruchteil einer Mikrolichtsekunde im leeren Raum zurückzulegen. Es handelte sich um einen modifizierten Frachter, der aller Wahrscheinlichkeit nach noch aus den Jahren vor dem großen Sternenkollaps stammte. Wären nicht unzweifelhaft Bioformen an Bord auszumachen gewesen, ich wäre jede Wette eingegangen, ein liegengelassenes Wrack vor mir zu haben.

Ich flog bei vollem Ortungsschutz; was angesichts dieser Müllhalde, die ich im Übrigen rasch hinter mir ließ, kaum nötig gewesen wäre. Immerhin schienen nun die Bewegungen im Raum zuzunehmen. Vorsicht war noch immer angeraten – das Interesse sämtlicher stellaren und sonstigen Behörden an meiner Person war schwerlich abgekühlt. Vom Interesse gewisser anderer Institutionen und Organisationen ganz zu schweigen.

Jedenfalls stieß ich in nächster Zeit auf verschiedene Fahrzeuge in mehr oder weniger desolatem Zustand. Schon die Bezeichnung »Fahrzeuge« war in den meisten Fällen anzuzweifeln, denn sie *trieben* eher durchs All, als dass sie tatsächlich flogen. Zudem waren sie größtenteils blind und taub für ihre Außenwelt.

Entweder hatte ich es hier mit einem äußerst friedfertigen Teil des Universums zu tun – ich kenne andere Regionen, in denen solche Schiffe binnen Millisekunden aufgebracht, ausgeräumt und in sämtliche Bestandteile zerlegt worden wären – oder aber die Leute hier hatten den aufregenderen Teil ihrer Geschichte bereits hinter sich gebracht. Allerdings mit wenig Erfolg, wie ich behaupten mochte.

Eine andere Möglichkeit war: Ich hatte es hier ganz im Gegenteil mit den risikobereitesten, todesverachtendsten Typen zu tun, die mir jemals über den Weg gelaufen waren. Denn welches an Leib und sonstigen körperlosen Bestandteilen gesunde Lebewesen vertraute sich im Vollbesitz seiner geistigen Kräfte solch fliegenden Särgen an?

In dieser relativen Ereignislosigkeit verlor ich jegliches Zeitgefühl, obwohl mir die Borddisplays ständig die Daten der fünf wichtigsten Zeitsysteme vorspielten; darunter, nebenbei bemerkt, neben der universalen Standardzeit, die durch die notwendigen Vereinheitlichungen derart abstrus war, dass sich außer den galaktischen Behörden kein Schwein um sie kümmerte, auch die Zeitrechnung der rumbulanischen Robotniks von Enigma Triplex, nach der man sich die Zeit nicht als eindimensionalen Fluss mit Verstreichungsverlauf, sondern als n-dimensionales Knäuel vorzustellen hat, und die unter Schwarzloch-Travellern als Geheimtipp gilt.

Nach einer längeren Phase der Ruhe also, in der so manches nichtssagende Schiff meinen Weg kreuzte – immerhin registrierte ich aufatmend, dass die Gegend nicht völlig frei von Lebewesen war –, trat endlich das Ereignis ein, das sich für mich in gewissem Sinn als folgenschwer erweisen sollte. Doch das konnte ich – wie man an dieser Stelle üblicherweise zu vermerken pflegt – zu diesem Zeitpunkt kaum ahnen.

Mit einer Energieentladung, die meine hochsensiblen Taster aufheulen ließ, krachte ein Gebilde aus dem Überraum, das ich erst nach Bruchteilen von Zeiteinheiten als Raumschiff identifizieren konnte.

In seiner Grundform entsprach das »Schiff« der Bauart der frit'chornischen Triplonauten von Helio Propornotron, also einer Kugel mit zwei walzenförmigen Antriebsauslegern. Allerdings fehlte einer dieser Ausleger und war durch verschiedene Antriebsmodule unterschiedlichster Herkunft ersetzt worden. Dadurch war nicht nur der Schiffskern aus seinem Gleichgewicht geraten, sondern es ergaben sich auch stark voneinander abweichende Steuerungs- und Triebwerte, sodass der Triplonaut seinen Kurs erst nach halsbrecherischen Drehungen in und um sich selbst stabilisieren konnte. Dabei lösten sich mehrere der Verschalungsplatten seiner Außenhaut und trieben malerisch, einer Wolke gleich, aber wenig Vertrauen erweckend, um den Schiffskörper.

Noch hatte ich meine Beobachtungen und Verwunderung nicht abgeschlossen, als bereits ein weiteres Vehikel aus dem Überraum brach. Der Neuankömmling war eindeutig als Raumertyp Ergotronic Epsilon mit eiförmigem Körper zu bestimmen – nur schien er irgendwann in einen schweren Teilchen-Orkan geraten, in der Mitte auseinander gebrochen und mit unförmigen Flanschen, allerdings etwas windschief, zusammengezurrt worden zu sein.

»Zusammenstoß in 7,3 Standardsekunden«, kommentierte mein Beobachterservo ungerührt und ungefragt. Beide Schiffe rasten mit ungebremsten Werten aufeinander zu.

Bruchteile von Augenblicken vor der unausweichlichen Kollision bockte der Triplonaut aus seiner Flugbahn, gleichzeitig walkte die Ergotronic um ihre verschobene Achse. Die Schiffe schrammten um Atombreite aneinander vorbei.

»Alarmbereitschaft«, murmelte ich. »Ortungsschutz bei Maximalstufe.«

Die Schiffe kamen in geringem Abstand zueinander zur relativen Ruhe.

»Hohoho!«, brüllte es aus meinem Empfangsgerät. »Bist du es, du quasarverseuchte Schaluppe?! UUUUIIIIIIIEP!!!«

Die Automatik nivellierte die Lautstärke auf ein für meine Ohren erträgliches Maß herunter. Als Antwort kam ein kaum wahrnehmbares Zirpen und Krächzen, vermischt mit Wortbrocken und Satzfetzen. Die Automatik fuhr die Lautstärke hoch.

»Na, klappt wohl wieder nicht?! UUUUUUIIIIIIII-IEP!!! Hohoho!«, kreischte es in meinen Gehörgängen mit klingelndem Nachhall.

Die weitere Unterhaltung präsentierte sich mir als ständiges Auf und Ab des Geräuschpegels, wobei wimmernde Übersteuerungen und brummende Hintergund-geräusche die Glanzlichter setzten, da meine Automatik antizyklisch auszupegeln versuchte.

»Mach schon, melde dich, zeig dich!«, vernahm ich eine ungeduldige Stimme aus der Ergotronic, und all-mählich zeigte sich ein instabiles Bild auf meinem Schirm.

Zu sehen war das Gesicht eines Mannes humanoiden Genotyps, jedoch unbestimmbaren Alters. Ein struppi-ger, schmutziggrauer Bart kontrastierte zu einer rotblau-en Knollennase – die Farbe mochte an der Übertra-gungsqualität liegen. Verkniffene Augen und ein in allen Farben schillernder, irgendwie verbeulter, haarloser Schädel, über dem linken Ohr unzweifelhaft eine Metall-platte implantiert.

»Nun mach schon! Weiß doch, dass du es bist! Ge-witter!!«

Der Triplonaut bemühte sich um eine Verbindung, schien jedoch mit Kommunikationsschwierigkeiten zu kämpfen zu haben.

»Hab deinen Weihnachtsbaum über Lichtjahre aufgefangen und gleich gewusst: Das kannst nur du sein, zum Hypergewitter! Komm schon, mach zu!!«

»Was treibst du denn hier, alter Galaxishopper?«, kam endlich die Antwort, und ein Bild wurde zu aller Überraschung gleich mitgeliefert.

Es stammte von einer jungen Frau. Noch bevor mir bewusst wurde, dass sie in besonders raffiniert geschnittener, schulterfreier und sehr tief dekolletierter Kleidung vor ihren Aufnahmegeräten saß oder aber splitterfasernackt war (leider reichte der Bildausschnitt lediglich bis zum eindrucksvollen Brustansatz), sprang mir ihre dominierende Nase geradezu entgegen.

Nicht dass es eine hässliche Nase, krumm, hakig, gebogen, quallig, blasig oder was auch immer gewesen wäre – nein, sie war einfach sehr lang und sehr schmal und sehr gerade, und sie beherrschte ein feingeschnittenes, dünnlippiges Gesicht.

»Mann, wie lange ist es her, seit wir uns letztes Mal gesehen haben, Ge-witter?«

»Hör doch auf! – Wir wissen beide, dass du der größte Säufer vor dem Herrn der Autostraßen bist ...«

»Nun ja, ohne mich loben zu wollen ...«

»... aber dieses Besäufnis wirst du wohl kaum vergessen haben?!«

Ich starrte wie gebannt zunächst auf die Nase, dann auf den Hals der Frau und folgte irgendwie atemlos der Unterhaltung.

»Wo du recht hast, Ge-witter, hast du recht, Shim.«

Jetzt kannte ich ihren Namen. Erst später sollte ich erfahren, dass er in voller Länge Shimada Kanbai lautete.

»War die Feier zu deinem 5. Neo-Kloning, beim Hypergewitter! Erinnere mich, als ob's gestern gewesen wär – bis zu 'nem gewissen Punkt jedenfalls. Ge-witter! Letztes Besäufnis vor der großen Dürre, könnte man sagen ...«

Sie lachte silberhell auf.

»Übrigens, Shim, wie wär's mit 'ner kleinen Wiedersehensfeier? Komm, mach deine Schleusen auf …«

»Das könnte dir so passen!«

»Aber …«

»Wir sehen uns im *Houndsndogs*, alter Suffkopp!«, grinste sie, die Verbindung abrupt unterbrechend.

Übergangslos beschleunigte der Triplonaut mit krachenden Enegieentladungen in spiralförmiger Flugbahn, während die Ergotronic erst einen wie verzweifelten Hüpfer zur Seite vollführte, bevor sie in den Überraum schrammte, allerdings nicht ohne vorher noch einen letzten Kommentar abgegeben zu haben: »Beim Hyperge-witter!«

Das war das erste Mal, dass mir etwas von *Houndsndogs* zu Ohren kam, von dieser merk- und denkwürdigen Bar am Andromeda-Highway.

»Folge dem Triplonauten!«, wies ich den Bordcomputer an. »Ortungsschutz?«

»*Maximalstufe* lautete die Order«, gab der Computer zurück, und – hol mich der Beherrscher der Unterdimensionen! – seine synthetische Stimme klang in höchstem Maße indigniert.

Zum Glück hatte ich die Diskussions-Matrix längst aus seinen Speichern entfernt. Er hätte andernfalls, so sicher wie die achtfüßigen Borstenwürmer von Gorima Tsenguaning nur sieben Füße haben, ein ausuferndes Gespräch über den Umstand begonnen, wie der Pilot eines Raumschiffs von der Klasse einer *Sargophag* daran zweifeln konnte, dass ein Computer seiner ultimaten Bauart jemals eine gegebene Anordnung ignorieren würde oder wollte oder konnte oder so.

Ich beobachtete den frit'chornischen Triplonauten bei seinen Versuchen, die Überlichtphase einzuleiten. Mehrmals näherte sich seine Geschwindigkeit der kritischen Marge, um stets kurz vor dem entscheidenden Moment wieder abzusacken, wobei der Durchmesser seiner Spiralflugbahn starken Schwankungen unterworfen war.

Meine *Sargophag* folgte in Schleichfahrt. Die Aggregate schnurrten, während ich mich an dem Schauspiel belustigte, das der Triplonaut bot.

Ich halte es an dieser Stelle zwar für überflüssig, große Worte über Ortungsschutz im Allgemeinen und die Brimboldt'sche Hintersteuerungsautomatik, mit der die *Sargophag* selbstverständlich ausgerüstet war, im Besonderen zu verlieren, doch seien der Vollständigkeit halber dennoch einige Bemerkungen erlaubt. Bekanntlich beruht der gewöhnliche Ortungsschutz darauf, durch geeignete Maßnahmen, wie signalfressende Isolierschichten oder hemmende Schutzschirme, die Ausbreitung verräterischer Impulse zu verhindern. Als diese Methode schließlich für ungenügend erachtet wurde, hatte man begonnen, schon das Entstehen solcher Impulse zu unterbinden, was sich allerdings als relativ undurchführbares Unterfangen erweisen sollte. Das Höchste schien zuletzt der Umleitschirm zu sein, der die fraglichen Impulssignale direkt hinter der Schiffshülle in den Überraum oder wohin auch immer ableitete. Irgendwann allerdings konnte man selbst die dadurch entstehenden Mikro-Entmaterialisations-Quanten aufspüren, sodass zwar nicht mehr die Impulse selbst, wohl aber deren Übertritt aus dem Raumgefüge nachweisbar blieb.

Nun, um es kurz zu machen: Es folgten im Laufe der Zeit unzählige Weiter- und Neuentwicklungen, die allesamt auf die eine oder andere Art unbefriedigend blieben. Ein einheitliches Ortungsschutzsystem existiert bis heute nicht, beinahe jede Schiffsführung vertraut einer anderen Methode.

(Der umgekehrte Fall, nämlich die Ortung selbst, ist dagegen ziemlich einfach. Man benötigt lediglich ein genügend sensibles, variables Empfangssystem mit entsprechender Bandbreite. Es reicht ja aus, irgendwelche Impulse aufzufangen, um zu wissen: Aha! Da ist was ! – Um was für Impulse es sich letzten Endes tatsächlich handelt, ist im Grunde scheißegal.)

Auf den Trichter war zuletzt der geniale Wissenschaftler Jackofalt S. Brimboldt gekommen. Zunächst einmal sagte er sich in etwa: Es ist völlig wurst, woher die Impulse stammen, ob von außerhalb oder innerhalb eines Schiffes. (Ich möchte euch nicht langweilen, aber Brimboldt bekam dadurch als Erster und bislang Einziger die Probleme von Aktiv- und Passiv-Ortung gemeinsam in den Griff.) Und weiter sagte er sich: Jeder einfallende oder auftretende Impuls muss irgendwo aufgefangen werden. Also könnte man doch vielleicht diese Impulse so modulieren, dass eine Empfangsstation sie nicht mehr als solche zu erkennen vermag.

Als er in seinen Überlegungen so weit gediehen war, entwickelte er kurzerhand seine, zurecht nach ihm benannte, Hintersteuerungsautomatik, die, einfach ausgedrückt, sämtliche Impulssignale hintersteuert (wie ja der Name schon nahe legt) –, und kein Lebewesen kann bis heute sagen, was danach mit diesen Impulsen geschieht. Sie verschwinden einfach aus den Empfängern, oder sie kommen dort gar nicht an. Und niemand weiß, wohin sie verschwinden, und ob sie wirklich verschwinden, und wo sie unter Umständen ankommen, und ob sie überhaupt irgendwo ankommen. Sie sind nicht mehr da.

Das letzte Problem, das noch blieb, war die praktische Anwendung. Wie so oft. Speziell die Größe der Automatik machte Sorgen. Brimboldts Prototyp hatte die Ausmaße eines mittleren Planeten. Dadurch waren der Mitführung des Geräts enge Grenzen gesetzt.

Zudem hatten bis zu dem Zeitpunkt, an dem der Prototyp endlich betriebsbereit war, 52.879 Maschinenbaufirmen, 1.173 Finanzierungsgesellschaften und 728 Steuerberater Konkurs anmelden müssen – und das kurz nachdem der Präsident der oberen Westgalaxien das Unterfangen als Großtat gerühmt hatte, die nicht nur den hohen Stand der Technik des Sektors belege, sondern darüber hinaus Arbeitsplätze für Millionen von Ingenieuren, Technikern, Mathematikern, Arbeitskolonnen und Putzfrauen schaffe.

Nach dem totalen wirtschaftlichen Zusammenbruch der Westgalaxien und dem Sturz des Präsidenten wurden Brimboldt sämtliche Gelder gesperrt; woraufhin der begnadete Wissenschaftler dem Irrsinn verfiel und sein restliches Leben, soweit bekannt, in der geschlossenen Anstalt der zerophilen Psychonauten von Hepatitis 9 verbrachte – vorzugsweise indem er, lediglich mit einem Laborkittel bekleidet, regungslos in einer Ecke stehend, bis zur Erschöpfung die Worte: »Groß. Groß. Zu groß!«, skandierte.

Doch das nur am Rande.

Diese Kinderkrankheit der Brimboldt-Automatik ist mittlerweile längst behoben, und sie wird nur aus einem einzigen Grund nicht in jedes Raumschiff eingebaut: Sie ist wahnsinnig teuer.

Wahnsinnig teuer, dachte ich grinsend, während ich dieser Nudistin in ihrem Triplonauten folgte. Deren Versuche, in den Hyperraum einzudringen, blieben weiterhin erfolglos, doch wenigstens steigerte sich die Geschwindigkeit allmählich.

So zuckelten wir geraume Zeit den Highway entlang, bogen plötzlich ab und gelangten in ein abgehalftertes Planetensystem, dessen Hauptproblem darin bestand, dass seine Sonne bereits vor Äonen hoffnungslos ausgeglüht war. Völlig unmotiviert kreisten wir viermal um einen vereisten Steinklumpen, legten daraufhin tatsächlich einige Lichtsekunden im Hyperraum zurück (für meine Hyper-Quadrat-Ortung kein Anlass zur Beunruhigung), gerieten beim Rücksturz in den Normalraum in den Anziehungsbereich eines Weißen Zwerges, was für die *Sargophag* wenig besagte, den Triplonauten dagegen beinahe zerschmetterte, zickzackten durch einen Schwarm irrlichternder Meteoriten, interessierten uns für einen nahegelegenen Raumschifffriedhof und kehrten dann in weitem Bogen annähernd zu unserer Ausgangsposition zurück.

Und genau das machte mich stutzig.

Vorsichtshalber überprüfte ich die Alarmbereitschaft der *Sargophag*, was das Bordsystem im Rahmen seiner verbliebenen Möglichkeiten zu kommentieren versuchte.

»Also schön!«

Die Sendung kam per Richtstrahl und in bester Übertragungsqualität von dem Triplonauten. Das Display teilte mir mit, dass der Standort der *Sargophag* mit nahezu vernachlässigbaren Abweichungen eingepeilt worden war.

Ich hatte Shimada unterschätzt. Unwillkürlich musste ich dennoch lächeln, begann mich aber zu fragen, ob Jackofalt S. Brimboldt in der Tat ein so begnadeter Wissenschaftler gewesen war – oder nur schlicht und einfach ein Arschloch.

»Wir wissen jetzt beide ziemlich genau, dass du mir folgst. Wer auch immer du sein magst, ich schlage vor, wir bereden die Sache im *Houndsndogs*. Da du uns sicherlich abgehört hast, weißt du sowieso, dass ich mich mit Sirion dort treffen werde. Für den Fall, dass du die Koordinaten der Bar nicht kennst, folgt im Anschluss eine Datenübermittlung. Wir sehen uns!«

Es folgte eine Zahlen-Symbol-Reihe, dann tauchte der Triplonaut aus dem Stand in den Überraum ein, überlastete mit ultrahypermidalen Wellenquarks gleichzeitig meine Hyper-Quadrat-Ortung und verschwand spurlos. Sie hatte mich gelinkt, das stand so fest wie der pangalaktische Staubtrommler.

»Tja. Computer, du kennst die Daten ...«

Nichts rührte sich.

Seufzend legte ich die Psycho-Diskette ein, die ich mir glücklicherweise in einem Kiosk vor Omega Zyklopi besorgt hatte. Das arg mitgenommene Selbstbewusstsein meines Bordcomputers hatte seelischen Beistand dringend nötig. Die erforderlichen Schaltungen nahm ich manuell vor, was beinahe eine Einheit auf der nach oben gewundenen Skala der rumbulanischen Robotnik-Zeitrechnung brauchte.

In relativer Nähe zum *Houndsndogs* glitt ich aus dem Hyperraum. Vor mir lag ein undefinierbarer schwarzer Brocken aus verschiedensten Materialien, die nicht alle aus diesem Universum zu stammen schienen. Gewaltige Stahlmassen und riesige mineralogische Gesteinsformationen türmten sich auf, je näher ich kam. Mein Bordsystem hatte sich so weit erholt, dass ich ihm den Anflug überlassen konnte. In meiner Sternendatei war das Gebilde im Übrigen nicht verzeichnet.

Wenn ich der Computergrafik trauen durfte, die mir eher zaghaft eingespielt wurde, so hatte der Klotz vor mir ursprünglich die Form einer langgestreckten, gleichschenkligen Dreiecksscheibe besessen, mit weit hinausragender Spitze über schmaler Basis. Aus dem Schwerpunkt der Scheibe, von dieser mittig durchschnitten, ragte ein ehemals wohl kugelförmiger Aufbau, dessen Halbkugelhälften allerdings gegeneinander verschoben waren. Darum herum bildeten Gesteinsmassen bizarre

Schichtenformen. Der Zahn der Zeit, Korrosion, aber offensichtlich auch die Einwirkung schwerer Geschütze, hatten ihr Übriges getan, die originäre Gestalt möglichst unkenntlich zu machen.

Meine Messungen ergaben hinsichtlich der flächenmäßigen Ausdehnung, Masseverteilung wie Volumenkapazität die unterschiedlichsten Ergebnisse, was zum einen daran lag, dass eine megaelektronische Leuchtreklame flackernd sämtliche Sensoren störte, zum anderen daran, dass ohne Zweifel bestimmte Bereiche der Plattform in andere Dimensionen hineinragten; teilweise sogar, falls meine Schlussfolgerungen zutrafen, bis in den Überraum. Was bei einem Objekt, dessen Hauptmasse sich doch in relativer Ruhe befand, ein ziemlich erstaunlicher Zustand war.

Der Triplonaut war an einem Ausleger verankert. Die Ergotronic lag, leicht zur Seite geneigt, am Rande eines Felsabhangs. Daneben hingen, standen, stapelten sich weitere Schiffe aus aller Herren Galaxien in unordentlichen Haufen in, um, über und auf der Scheibe. Und pausenlos blinkte von einer undefinierbaren Gebäudemasse die Leuchtreklame herüber.

Die Bar war brechend voll, wie ich in der Eingangstür feststellen konnte. Einige Zeit lang hatte ich vergeblich auf den Öffnungsimpuls gewartet, bis ich endlich kapiert hatte, dass die Flügeltür manuell zu bedienen war.

Drinnen herrschte eine Art Nebel, der mir sogleich die Tränen in die Augen jagte. Es war natürlich kein Nebel, es war Qualm, der nicht nur aus seltsamen Inhalationsgeräten und verschiedensten Körperöffnungen einiger Barbesucher drang, sondern auch von diversen Trinkgefäßen aufstieg, sich an der gewölbten Decke sammelte, abkühlend an den Wänden nieder glitt und numinos über den Fußboden wallte.

Irgendetwas knirschte unter meinen Schritten, als ich mit verkniffenen, brennenden Augen meinen Weg an die Theke suchte. Die Anwesenden – sie nahmen im Übrigen keinerlei Notiz von mir – konnte ich lediglich wie durch einen Schleier wahrnehmen.

Keuchend erreichte ich die Theke und klammerte mich an ihr fest. Rauch und Qualm drangen spitz in mein Gehirn vor und schalteten einige Synapsen um, sodass ich erst nach und nach meine neue Umgebung wenigstens schemenhaft erkennen konnte.

»Was darf's denn sein?«

Ich lehnte mit dem Rücken an der Theke, die Ellenbogen aufgestützt, mit Schwindelgefühl und gegen aufsteigende Übelkeit kämpfend. Erst nach einiger Zeit gewahrte ich bei einem vorsichtigen Blick über die Schulter zwei fünffingrige Hände, die mit einem Tuch ein Glas auswischten.

»*Juri Placer*«, bestellte ich röchelnd und wartete auf die Schlauchautomatik eines Getränkegenerators, wie sie in der restlichen Galaxis üblich ist.

Stattdessen stand plötzlich ein tropfendes Glas vor mir, das auf der Barplatte feuchte Ringe hinterließ. Ich traute kaum meinen Augen.

Tatsächlich – in dieser Kneipe gab es keinen Getränkegenerator, sondern vielmehr eine Art Schrank, etliche Boards, Hängevorrichtungen und Halterungen, in und auf denen sich hunderte von Flaschen stapelten. Über diese irrationale Lagerhaltung konnte ich nur den Kopf schütteln.

Nur die eine Hälfte des *Placers* rann durch meine Kehle, die andere über mein Kinn. Das Trinken aus einem Glas war zu diesem Zeitpunkt noch eine sehr ungewohnte Angelegenheit für mich. Wenigstens klärte sich mein Blick. Ich begann, den Barraum zu mustern.

Direkt neben mir versuchten mehrere tripodische Endoplasten, mit ihren Tentakeln ein Mädchen von Seison Heptotrell über den Tisch zu ziehen, woran sich allerdings niemand zu stören schien. Acht bis zehn Bewohner von Quixtapetl Huagalpamacktapaque – ihre genaue Zahl war unmöglich festzustellen – saßen, in Dampfwolken gehüllt, um ein Tischchen, wobei sie über die Tischfläche gebeugt auf irgendwelche Steinchen starrten. (Eine Tätigkeit übrigens, der die Huagalpamacktapaquer ständig und wo sie gehen und stehen frönen. Keine Ahnung, ob sie irgendeinem Glücksspiel oder hochwissenschaftlichen Experimenten nachgehen, höhere Wesen beschwören, die Zukunft erforschen oder einfach nur blödsinnig sind.)

Verschiedene strengide Osmoten trieben sich zwischen den Tischen herum. Da sie Nahrung, Flüssigkeit, Drogen und sonstige Rauschmittel direkt durch die Haut aus dem sie jeweils direkt umgebenden Medium aufnehmen, sind sie in keiner Kneipe des Universums gern gesehen.

Neben einigen Lebensformen, die mir bislang unbekannt waren, saßen da auch vier Kopffüßler aus dem Schleiereulen-Spiralnebel, die Rüssel tief im Getränk eines jeweils anderen, was bei ihnen als gesellschaftliche Maxime galt. Ob die Kopfmutanten, die meines Wissens von den Bewohnern der Raumstation Latschenkiefer 33.833 abstammten, sich telepathisch unterhielten oder lediglich sturzbesoffen in die Gläser glotzten, konnte ich nicht sagen.

Dann endlich entdeckte ich sie.

Shimada Kanbai.

Sie saß mit Sirion in einer Ecknische und blickte herausfordernd in meine Richtung, während ihr Begleiter mit nach hinten gelehntem Körper und herabhängendem Kopf auf seinem Stuhl baumelte und zu schlafen schien.

Ich löste mich vom Tresen. Shimada warf ihren Kopf in den Nacken. Eine lange Haarsträhne flog aus ihrem Gesicht. Hol mich der Beherrscher der Unterdimensionen! – Ich hätte nicht sagen können, ob sie diese Kurzhaarfrisur mit der einen langen Haarsträhne über der Stirn schon vorher getragen hatte. Die Nase allerdings stimmte.

Bedauernd registrierte ich, dass sie sich hier in der Öffentlichkeit bei weitem nicht so freizügig präsentierte wie an Bord ihres Schiffes. Sie trug vielmehr einen bis zum Hals geschlossenen, sackartigen Overall mit bauschigen Ärmeln und aufgenähten, enormen Taschen, sodass von ihren Formen nichts übrig blieb. Von den Handgelenken bis beinahe zu den Ellenbogen reichten eng an den Unterarm anliegende Funktionsmanschetten, die Beine steckten in halbhohen Stiefeln. Bewaffnung irgendwelcher Art war an ihr nicht festzustellen, doch zweifellos hätten selbst semischwere Handblaster mühelos in den diversen Taschen Platz.

Auf noch wackligen Beinen bahnte ich mir meinen Weg zu ihr hinüber an diversen Tischen vorbei und unter einem Rudel Flederratten hindurch, die in ihrer üblichen Haltung von der Decke hingen und die winzigen Köpfchen an langen Hälsen pendeln ließen.

»Hallo, Fremder!«, lächelte sie ironisch. »Wie du siehst, haben wir die ersten Runden schon hinter uns.«

Ich schluckte. Offensichtlich hatte sie nicht nur den Brimboldt, sondern auch die internen Visual-Systeme der *Sargophag* gehackt. Sie wusste, wen sie vor sich hatte.

»Genau«, gurgelte Sirion. »Kehle trocken, Gewitter.«

Er richtete sich kerzengerade auf, begann dann aber in stocksteifer Haltung mit aufgerissenen Glubschaugen auf seinem Stuhl hin und her zu schwanken.

»He, Hounds!«, brüllte er unvermittelt. »Bring endlich mal was echt Scharfes!!«

Der Mann hinter der Theke reagierte prompt und bracht drei schlanke Gläser, gefüllt mit einer wenig Vertrauen erweckenden bläulichen Flüssigkeit, in der glitzernde Kristalle perlten.

»Hounds?«, fragte ich.

»Hat sich so eingebürgert«, erklärte Shimada, und ich fing schon wieder an, auf ihren Hals zu starren. »Ich glaube, seinen richtigen Namen kennt keiner mehr.«

»Keine Volksreden!«, maunzte Sirion, griff nach seinem Glas, prostete der Runde zu und spülte den Inhalt in einem Zug hinunter.

»Aaaah!«, schnalzte er genießerisch mit der Zunge. »Die verstehen ihren Job, diese Kristallbrenner, Gewitter!«

Darauf verdrehte er die Augen, sein Oberkörper vollführte kreisförmige Bewegungen, seine Stirn knallte wuchtig auf die Tischfläche. Er begann zu schnarchen.

Vorsichtig schnüffelte ich an meinem Glas und nippte dann daran. Im nächsten Moment hatte ich das Gefühl, als würden meine Eingeweide ausgebrannt. Blutrote Schlieren liefen vor meine Augen. Gleichzeitig schien irgendjemand mit einem klobigen Werkzeug unrhythmisch auf meinen Hinterkopf einzuschlagen.

Damit kein falscher Eindruck entsteht: Ich verfügte bereits zu diesem Zeitpunkt über eine umfassende Drogen- und Gifterfahrung, hatte nahezu alles probiert, was einschlägige Sektoren zu bieten hatten, war einer der wenigen, die die CAD-Computer-Aided-Dimensionen-flatter lebend überstanden hatten. Doch es gab nichts, das musste ich hier wieder erfahren, das nicht noch über- oder unterboten werden konnte. Im speziellen Fall war dies umso erstaunlicher, als es sich um ein schlichtweg banales, ja geradezu altertümliches Mittel, vermutlich auf Alkoholbasis, handelte, das durch simple orale Aufnahme dem Körper zugeführt wurde.

Als sich mein Blick klärte, konnte ich erkennen, dass Shimada ihr Glas geleert hatte, ohne auch nur mit der Wimper zu zucken.

»Keine Panik«, gurrte sie lächelnd. »Beim ersten Mal geht es allen so. Sirion hier könnte dir die Zusammenhänge genau erklären.«

»Sirion Andalgamobaster, Sir! Chemoforce-Geschwader. Melde mich zur Stelle«, krächzte der, ohne seine Haltung zu ändern. »Synapsenerweiterung. Führt zu Rückkopplungen in den Gangliensträngen und über vielfache Verzweigungen zu Veränderungen im Halo-Zentrum des Stammhirns.«

»Wie hast du meinen Ortungsschutz geknackt?«, wechselte ich mit schwerer Zunge das Thema. »Ich meine, die Hintersteuerungsautomatik ist das derzeit Beste auf dem Markt.«

»Ein bisschen zu gut«, entgegnete Shimada rätselhaft.

»Jackofalt S. Brimboldt!«, kommentierte Sirion glucksend. »S wie Szegediner. Gulaschkopf, verstehst'?! Hab ihn mal getroffen. War noch vor seiner Zeit auf Hepatitis 9. War aber damals schon reif.«

Noch immer lag er halb auf dem Tisch. Ich schlug mit der Handkante gegen seine Schulter – keine Reaktion.

»Sag mal, ist er hinüber oder was? Ich meine ...«

»Er ist hinüber.«

»Vollständig«, gab er zu.

»Um ihn brauchst du dir keine Sorgen zu machen.«

Ich wurde aus dieser Frau nicht schlau. Irgendwie schien alles, was sie sagte, in Rätsel auszuarten.

»Falsche Tür«, klang eine monotone, beinahe gelangweilte Stimme von der Bar her. Ich drehte mich überrascht um.

Eine Gruppe halbrobotischer Florionten stand gerade im Begriff, die Kneipe zu verlassen. Die biotischen Bestandteile ihrer Körper gaben deutliche Zeichen alkoholischer oder sonstiger Beeinflussung von sich.

Verblüfft sah ich, dass an der Stelle, an der ich die Bar betreten hatte, zwei Türen waren. *Also, hol mich wer auch immer!* – ich war ziemlich sicher, dass außen nur *eine* Tür gewesen war!

»Oh ja!«, bedankten sich die Pflanzenwesen merkwürdigerweise und wechselten die Richtung.

»Was ist denn das für eine Kneipe?«, fragte ich kopfschüttelnd.

»Ziemlich unpräzise Frage«, orakelte Shimada. »Nicht mal Sirion wird dir darauf eine Antwort geben. – Man kann sie sowohl historisch, als auch ethnologisch, technisch, ökonomisch, ökologisch, psychologisch, metaphysisch, philosophisch, anthropologisch, esoterisch, galaktoid, universalistisch, ethisch-moralisch, religiöstechnizistisch, äh, undsoweiter beantworten. Wenn du mir Zeit lässt, finde ich noch weitere ...«

»Geschenkt.«

»Verrate mir doch lieber, wer du bist, woher du kommst, wohin du willst – und vor allem: was du von mir willst!«

Meine Gedanken überschlugen sich. Was konnte ich ihr erzählen? Was durfte ich? Die lautstarke Ankunft einer zusammengewürfelten Raumerbesatzung, die, ohne sich mit Begrüßungsformeln aufzuhalten, in verschiedenen Sprachen ihre Bestellungen durch den Barraum bellte, gab mir ein paar Millizeitbruchteile.

»Seren«, log ich. »Seren von Samidapp.«

»Ah-ja. Du fliegst ein ziemlich imposantes Schiff, äh, Seren«, erwiderte sie mit versteinerter Miene. »Um nicht zu sagen: ein sehr gefragtes Schiff.«

»Kann schon sein.«

»Hihihi!«, kicherte Sirion. »Seren ... *Ge-witter* !«

»Nicht sehr einfallsreich«, sagte Shim tonlos.

»Anscheinend verwirrst du mich etwas«, entgegnete ich achselzuckend.

»Nicht doch.«

»Woher weißt du?«

Sie winkte mit den Augen in eine Ecke des Raums.

»Was die wissen, weiß ein Ort wie dieser schon lange.«

Fünf bullige Muskelpakete in Uniformen der pangalaktischen Fahndungsbehörde saßen dicht gedrängt um ein im Vergleich zu ihren Muskelmassen winziges Tischchen, das überquoll von Waffen und technischem Gerät, und starrten hemmungslos herüber.

»Die ganze Angelegenheit hat ja nun wirklich für einiges Aufsehen gesorgt«, sagte Shimada ungerührt. »Als ich dann auf deinen Brimboldt stieß, war ziemlich klar, um was es sich handelt. – Übrigens sind sie weniger an dem Schiff als vielmehr an dem Mann interessiert. Allein eine Frage des Prestiges, du verstehst.«

Die fünf Athleten wuchteten sich in die Höhe.

Meine Waffen waren klar.

Keiner von ihnen maß weniger als zweieinhalb alte Standardmeter, was unter anderem auch daher rührte, dass ihre Oberkörper durch die beiden übereinanderliegenden Schultergelenke und Brustbeine, zugegebenermaßen etwas außerhalb der Proportionen, gentechnisch verlängert waren. Man hatte ihnen ein zusätzliches Armpaar verpasst, nachdem festgestellt worden war, dass nur ein Armpaar nicht dazu ausreichte, zum Beispiel ein

Strafmandat wegen unbotmäßigen Verhaltens im Raumverkehr auszustellen und gleichzeitig den Verkehrssünder mit der Waffe in Schach zu halten. Dem gleichen Zweck dienten auch die beiden unabhängig voneinander beweglichen Augen, die den Fahndungsexperten etwas Chamäleonhaftes gaben.

Stühle kippten um. Armlange Projektilschleudern wurden auf mich gerichtet. In breiter Linie kamen sie auf mich zu. Gespräche verstummten. Geschmeidige Bewegungen. Stahlharte Blicke. Vernichtungspotenzial einer kleinen Armee. Ich erhob mich.

Totenstille.

Schrecksekunde.

Dann ein plötzliches Gewimmel. Alles stürzte zum Ausgang. Dort bildete sich eine wilde Traube, die sich dadurch vergrößerte, dass alle durch nur eine von beiden Türen drängten.

Shimada blieb in entspannter Haltung sitzen. Sirion sowieso.

»Phagoneres Cephyrillis, humanoiden Genotyps männlichen Geschlechts«, dozierte der Anführer der Fahndungsspezialisten mit sanfter Stimme. »Auch bekannt unter den Namen: Gorg Gonozal, Septim Okto, Num Epsilon, Mellison d'Orn undsoweiter. Seit neuestem auch: Seren von Samidapp, wie ich gerade registrieren konnte. In gewissen Kreisen genannt: die Qualle. Gesucht wegen verschiedenster Vergehen in weiten Teilen der äußeren wie inneren Galaxien, der mittleren Dimensionen und der Rückseite des Universums. – Oder sollte ich mich irren?« Er lächelte beinahe gütig. »Ich irre mich sozusagen nie ...«

»Wenn du das sagst«, knurrte ich und überschlug meine Chancen.

»Wollen wir es also hinter uns bringen«, fuhr der Fahnder ungerührt fort. »Ich nehme nicht an, dass du

uns freiwillig folgen wirst. Würde deinem Persönlichkeits-Psychogramm widersprechen. Wenn du verstehst,
was ich meine. Oder sollte ich mich irren?«

Schien eine schlechte Angewohnheit von ihm zu sein.

»Vielleicht möchtest du vorher wissen – und die
Hände bleiben, wo sie sind –, wer die Ehre haben wird,
als der Fahnder in die Annalen einzugehen, dem es gelang, die Qualle zur Strecke zu bringen ... Mein Name ist
Blem Siebenschön. Oder sollte ich mich irren?«

»Offensichtlich bist du auf gewalttätige Konfrontation aus. Oder sollte *ich* mich irren? – Ich glaube allerdings nicht, dass du deinen Vorteil aufgeben wirst. Ich
meine, deine Leute haben ihre Krachmacher ja schon
schussbereit.«

Blem grinste von einem Ohr zum anderen.

»Unfair, was? Aber lass dir gesagt sein: Außer dir
kümmert das keinen. Und das auch nicht mehr lange,
verlass dich drauf.«

Die restlichen Bullen lachten zustimmend.

»Im Übrigen suchen sie noch heute nach den Überbleibseln des Letzten, der sich auf einen, ich will mal
sagen, ehrlichen Kampf mit dir eingelassen hat.«

»Na schön.«

Meine Versuche, Zeit zu schinden, waren sehr kümmerlich, das gebe ich zu. Aber irgendetwas musste ich
einfach versuchen.

»Würde mich interessieren, wie du mich gefunden
hast.«

»Kein Problem«, antwortete er wegwerfend. »Eine
Frage der Zeit. Weißt du, es gibt im bekannten Universum fünf, sechs Orte, die man Zeit seines Lebens einfach
anläuft. Scheint ein galakto-mystisches Gesetz zu sein,
oder sollte ich mich irren? Man braucht nichts weiter zu
tun, als an einem solchen Ort genügend lange zu warten.
Ich habe mich für diese Bar entschieden. Die Besonder

heiten schienen mir am erfolgversprechendsten. Weißt du, man kann hier schließlich die übliche Daseinszeit eines Gesuchten abwarten, ohne selbst Schaden zu nehmen, wegen dieser Zeitblase und so ... Taucht er auf – voila! Taucht er nicht auf – Pech gehabt, nichts weiter. Oder sollte ich mich irren? Man muss nur darauf achten, zum Schluss seine Rechnung bezahlen zu können ...«

»Du redest vielleicht einen Scheiß!«, mischte sich Shimada ein.

»Shimada Kanbai!«, heulte Blem Siebenschön. »An dir haben wir im Augenblick kein Interesse! Oder sollte ich mich irren? Halte dich also etwas bedeckt.«

»Ge-witter!«, brummte Sirion und richtete sich ächzend auf. Aus blutunterlaufenen Augen starrte er in die Runde. »Beim Hypergewitter!«, verstärkte er krächzend seine Aussage, und seine Stimme hörte sich an wie der Brunftschrei einer Elefantenechse von Seimex aus der Spiralgalaxis Prymydor, am Südpol des Halphottknebels gelegen. »Blem Siebenschön! Werd nicht mehr! Suchst *du* denn hier? Hihihi ... Oder sollte er sich irren?«

»Wie ich bereits angedeutet habe, beschränkt sich unser Interesse für diesmal auf diesen Herrn, Phagoneres Cephyrillis, genannt: die Qualle. Ihr anderen – haltet euch zurück!«

Tatsächlich saß noch ein Häufchen Unbeirrbarer quer in der Bar verstreut, widmete sich scheinbar mit Hingabe den diversen Getränken, verfolgte aber stattdessen mit unverhohlenem Amüsement die Szene.

Blem Siebenschön räusperte sich.

»Wie gesagt. Bringen wir es hinter uns.« Sein Ton wurde bürokratisch. »Phagoneres Cephyrillis, ich fordere dich hiermit auf, deine Waffen zu strecken und meinen Anweisungen Folge zu leisten. Alles, was du jetzt noch tust, sagst und denkst, wird vor Gericht gegen dich verwendet werden. Dieser Aktion liegt ein Beschluss der vereinten pangalaktischen Gerichtsbehörden zu Grunde. Sämtliche bewegliche und unbewegliche Habe des Verhafteten wird den Behörden überstellt.«

Die Kanonen ruckten höher.

»Diese Aufforderung erfolgt nur einmal. Ihre Nichtbeachtung wird als Widerstand höchster Ordnung gegen die ausführende Gewalt gewertet und mit sofortiger Liquidation geahndet.«

Breites Grinsen.

»Widerspruch kann nicht eingelegt werden. Der Beschuldigte hat, nach Erfüllung der üblichen Formalitäten, das Recht auf einen universalistisch bestallten Rechtsfürsprecher – falls es zu einem ordentlichen Prozess kommen sollte. – Im Übrigen ist den Ausführungen des anwesenden Vollzugsbeamten oder seines Stellvertreters unbedingt und unverzüglich Folge zu leisten. Des Weiteren darf ich noch...«

»Wenn ich kurz unterbrechen dürfte«, mischte sich eine leicht näselnde Stimme ein, »es stünde noch die Rechnung offen.«

»... auf die Zusatzverordnung ... Wie bitte?!«

»Die Rechnung.«

Ein schlanker Humanoide in Hemdsärmeln, fleckiger Schürze und Handtuch über der Schulter stand zwischen den waffenstarrenden Spezialisten.

»Was fällt dir ein?!«, herrschte Blem Siebenschön den Mann an. »Siehst du nicht, was hier vor sich geht?! Willst du eine Verhaftungsaktion prohibieren, oder sollte ich mich irren?! Das ist Behinderung von Amtshandlungen im Dienst!«

Der Barkeeper verzog keine Miene.

»Lass es mich so formulieren: Du und deine Männer, ihr habt hier eine offene Rechnung von sechseinhalb Millionen zeptocranischer Dollars. Wie ich die Sache sehe, werdet ihr kaum zu Stammkunden werden. Ganz abgesehen davon, dass es in Kürze einige – hm – Ausfälle geben dürfte. Ich darf also um Begleichung der Rechnung bitten.«

Blem hielt dem Barmann seine Legitimation unter die Nase und stocherte mit dem Zeigefinger darauf herum.

»Das genügt doch wohl, oder ...?«

»... solltest du dich irren?«, vollendete Hounds den Satz. »Allerdings. Dieses Ding mag in weiten Teilen der Galaxis seine Gültigkeit haben, aber nicht hier. Und erst recht nicht, wenn es um die Rechnung geht. Wenn ich dich zitieren darf: Es gibt im bekannten Universum fünf, sechs Orte ...«

»Geschenkt!«

Zwei Hände Blems begannen in verschiedenen Taschen zu kramen. Während der ganzen Zeit erwies sich das Gen-Engeneering als äußerst praktisch und sinnvoll. Der schwere Torpedo-Booster, den er auf mich gerichtet hielt, bewegte sich nicht im Geringsten. Mit einem Auge funkelte er mich zudem böse an.

»Cephyrillis, deine Hände bleiben, wo sie sind!«

»Schön«, kommentierte Hounds gelassen. »Ich werte das als Einladung deinerseits. Kommen noch einmal 87.000 Dollars dazu.«

Blem brachte endlich eine Handvoll der vieleckigen Plättchen zum Vorschein.

»Stimmt so«, knurrte er. »Niemand sagt Blem Siebenschön Unsportlichkeit nach oder sowas. Oder sollte ich mich irren?«

Mittlerweile hatte ich einen Entschluss gefasst. Da für die elegante weder Zeit noch Raum blieb, musste ich es auf die unelegante Art versuchen. Gewalt. Frontalangriff. Im Überraschungsmoment lag meine Chance. Zwei oder drei der Fahnder ausschalten, die übrigen dann in ihr eigenes Kreuzfeuer manövrieren, wenn alles gut lief, mit etwas Glück ... würde ich es bis zur Tür schaffen.

»Okay! Arme seitwärts ausstrecken!!«, befahl Blem Siebenschön.

Ich gehorchte. Die Wuppstac-Psycho-Drummer, die an meinen Unterarmen befestigt waren, lauerten schussbereit. Es konnte losgehen. Und es würde losgehen.

»Da wäre noch eine Sache.«

»Reiß dich zusammen! Meine Geduld hat ihre Grenzen ... !«

Blem richtete eines seiner Augen auf Hounds, der nach wie vor zwischen uns stand. Und bei allen Dimensionen! – mir wurde erst jetzt klar: Er stand genau in der Schusslinie! Im absoluten Knotenpunkt. Wo alle Energie sich konzentrieren würde ...

»Wenn ich euch bitten dürfte, die Angelegenheit vor der Tür zu regeln ...«, sagte Hounds mit monotoner Stimme in der keinerlei Anteilnahme mitschwang.

»Wie bitte?!«, keuchte Blem.

»In Anbetracht der hier versammelten Feuerkraft«, leierte Hounds, »halte ich das für eine angemessene Bitte meinerseits. So können wir die Fragen nach Schäden an Inventar, baulicher und sonstiger beweglicher wie unbeweglicher Substanz im Wirtschaftsraum außer Acht lassen.«

Hounds bleiche Lippen gestatteten sich ein Lächeln.

»Das heißt, nicht eigentlich Fragen nach den Schäden, denn solche werden unweigerlich auftreten, als vielmehr nach der, nun, nennen wir es: Gewährleistung.«

In Blem Siebenschöns Gesicht arbeitete es mit Macht, was womöglich auf ungewohnte, erhöhte Gehirntätigkeit schließen ließ.

»Wie kommst du mir denn vor?!«, brach es schließlich aus ihm heraus.

Hounds seufzte.

»Wenn ich also die Lage in aller Kürze darlegen darf ...«, begann er. »Ich sehe das folgendermaßen: In dem Moment, in dem ich diesen Kreis verlasse, wird die Schießerei losgehen und ...«

»So ...?«, unterbrach Siebenschön höhnisch. »Ich sag dir was, oder sollte ich mich irren? – Du hast es zu weit getrieben!«

Und er hielt den Torpedo-Booster direkt unter Hounds Nase.

»Hähähä!«

»Höhöhö!«, stimmten die restlichen Fahnder mit ein.

Dann drückte Blem ab.

Es machte: »Klack.«

Sonst nichts.

»Wie ich schon sagte: in dem Moment, in dem ich diesen Kreis verlasse«, wiederholte Hounds.

Blems Kinnlade klappte herunter, und seine beiden Augen drehten sich gegenläufig.

»Ja ... da soll doch ...«, gurgelte er. »Feuer frei ...«

Es war mehr ein Ächzen als ein Befehl, daher brauchten seine Männer einige Zeit, bevor sie kapierten, wer gemeint war.

»Klack ... Klacklacklack ... Klacklack ... Lackkalack...«, machten ihre Waffen.

Hounds' Gesicht blieb ausdruckslos.

Shimada lachte schallend.

»Ge-witter!«, grinste Sirion.

»Vielleicht solltest du stehen bleiben, wo du bist«, meinte Shim heiter. »Dann wäre die ganze Sache erledigt ...«

Hounds zuckte lediglich mit den Mundwinkeln, während Blems Gesichtsfarbe von dunkelrot über aschfahl in Richtung violett tendierte.

»Also gut«, knirschte er endlich. »Regeln wir das draußen. Du gehst vor, Qualle!«

»Nicht anfassen!«, fauchte ich, als er versuchte, mich vor sich her zu stoßen.

Ich kann nicht abstreiten, dass ich mit der – durchaus überraschenden – Entwicklung der Dinge hochzufrieden war. Im Freien rechnete ich mir in der Tat wesentlich bessere Chancen aus.

»Behaltet den Kerl im Auge!«, befahl Blem und rang um seine Fassung. »Der hat was vor! Waffen bleiben schussbereit!!«

Wir steuerten auf die Tür zu.

»Und beehren Sie mich bald wieder, die Herren!«, gab uns Hounds freundlich mit auf den Weg.

»Wir sprechen uns noch!!!«, brüllte Blem, urplötzlich wieder völlig außer sich. »Du brauchst nicht zu denken, ungestraft so mit den Organen ...«

»Und denkt daran!«, mahnte Hounds dazwischen. »Die Tür! Bitte die richtige Tür benützen.«

Das war endgültig zu viel.

Siebenschön explodierte.

Er schrie, brüllte unartikuliert, zertrümmerte mehrere Tische, heulte. Viel fehlte nicht: Gleich würde er sich zuckend auf den Boden werfen. »Das reicht jetzt!« – »Sollte ich mich irren?!!« – »Du kannst mich mal!!!«, waren die Satzbrocken, die man gerade noch verstehen konnte.

Sein Tritt traf mich unvorbereitet – ich hatte mich zu sehr auf den letzten Waffencheck konzentriert. Ich taumelte durch die Tür. Mit einstimmigem Kampfschrei stürzten die Fahnder hinter mir her.

Es war offensichtlich nicht die richtige Tür.

Und es traf mich wie ein Schlag.

Meine Beine gaben sofort nach, mein Blick trübte sich. Ich stürzte schwer aufs Gesicht, ohne mich abfangen zu können, die Arme ruderten hilflos. Das Gewicht meiner Waffen nagelte mich regelrecht an den Boden.

Die Haut spannte sich brüchig über meine Knochen. Ich hatte das Gefühl, als fielen mir sämtliche Zähne aus. Mühsam nur brachte ich die Hände vor meine Augen: Sie waren knotig, abgemagert, skelettartig, schrundig, rissig – die Hände eines alten Mannes, eines Greises.

Ich konnte nicht mehr klar sehen, kniff verzweifelt die Augen zusammen. Irgendwo vor mir erkannte ich im verschwommenen Nebel die kümmerlichen Überreste eines Raumschiffs – es schien, als hätten die Jahrhunderte es langsam zerfallen lassen. Mein Gehirn arbeitete dermaßen träge und schwer, dass mir erst nach geraumer Zeit klar wurde, dass es das Wrack der *Sargophag* war.

Ächzend versuchte ich mich aufzurichten; eine Anstrengung, die mir beinahe die dünnen Ärmchen brach. Mein Atem ging keuchend, rasselnd. Speichel tropfte aus meinem Mund. Das Herz schlug schwach und unregelmäßig. Ich lag im Sterben.

Brausen und Heulen flutete durch meine Ohren. In meinem trüben Hirn formulierten sich Worte, Sätze, deren Sinn ich nicht verstand. Jemand schien zu mir zu sprechen.

»Schnell, bringt ihn herein! Nehmt seine Beine ... Vorsichtig ... Passt auf, dass ihr nicht auch in den Zeitstrudel geratet ...«

Der Boden begann sich unter mir zu bewegen. Es wollte mir zunächst nicht in den Schädel, dass ich es war, der bewegt wurde. Hände griffen nach mir, zogen, zerrten, hoben, trugen mich irgendwo hin, in einen Raum, der mir merkwürdig bekannt vorkam. Man drehte mich auf den Rücken, flößte mir eine Flüssigkeit ein, die mich zum Husten reizte. Ich würgte, spuckte.

Meine Zunge war ein einziger Klumpen. Flüssigkeit sammelte sich in meinem Mund, rann kratzend die Kehle hinunter. Feuriges Brennen. Sofort rebellierte der Magen.

»Vorsicht! Der Zeitschock! Der Sprung war weit ...
unkontrolliert ... Er kann von Glück sagen ...«

Ein waberndes, flächiges Teil beugte sich über mich.
Ein Gesicht? Ich hatte plötzlich Angst, die gewaltige Nase würde mich aufspießen.

»Und ich sagte noch: Benutzt die richtige Tür ...«

»Tu nicht so!«, wandte sich die Nase von mir ab. »Du
hast genau gewusst, wie dieser Siebenschön reagieren
würde ...«

»He, da ist noch einer davongekommen!«

Dieser Raum, in dem ich mich befand ... Kannte ich
ihn nicht? War da nicht ... ? Mühsam blickte ich um
mich. *Houndsndogs*? Schmerzhaft fuhr mir die Erinnerung durch den Kopf. *Houndsndogs*. Du bist in der Bar
am Andromeda-Highway. Oder?

Ein anderer Körper wurde neben mich gelegt. Ich
starrte in ein beinahe mumifiziertes Gesicht. Der zahnlo-
se Mund sabberte und mümmelte vor sich hin, der kan-
tige Kopf wackelte auf einem dürren, faltigen Hälschen.
Mir schien, als kannte ich den Typen. Blem Siebenschön?

Wenigstens erholte ich mich langsam. Ich konnte
mich aufrichten, ohne dass die ganze Welt sich um mich
drehte und mir den Magen und sämtliche Därme aus-
presste. Ich wurde in einen Stuhl gesetzt. Mein Blick fiel
in den Spiegel hinter der Bar. Mir wurde schlecht. Ein
kahler Schädel mit tief eingefallenen Wangen und dunklen Augenhöhlen grinste mich an.

»Wa ... was ...?«, brachte ich röchelnd, spuckend hervor.

»Ganz ruhig.«

»Du hast es geschafft! – Gerade noch geschafft ...«

»Wird schon wieder ...«

Ich wollte aufstehen, doch die steifen Beinchen versagten ihren Dienst.

»Immer langsam!«

Etwas Spitzes wurde gegen meinen Hals gepresst. Ein leises, zischendes Geräusch.

Schlagartig kehrte ein Teil meiner Sinne zurück. Offensichtlich hatte man mir ein schnellwirkendes Aufputschpräparat verabreicht. Trotzdem fühlte ich mich schwach, zerbrechlich, alt – uralt. Ich war müde. Zum Sterben müde.

»Die Zeitblase«, versuchte man mir zu erklären. »Nur die eine Tür führt in die Normalzeit zurück, verstehst du?«

Nein, ich verstand nicht. Wenigstens nicht zu diesem Zeitpunkt.

Der LamaPah-Zwischenfall

Wie üblich war das *Houndsndogs*, diese
ebenso denk- wie merkwürdige Bar am Andromeda-
Highway, auch heute wieder mäßig besucht. Es kam
relativ selten vor, dass sie wirklich brechend voll war –
aber noch seltener war sie erbrochen leer.

Ich saß an einem Tisch zusammen mit Starshine Furunkel, dem intergalaktischen Immobilienmakler, und
Blippstepp Hernan'kötter, einem heruntergekommenen
Agenten für Weltraumversicherungen. Wie immer war
unsere Unterhaltung angeregt, aber in keiner Weise
thematisch eingegrenzt.

Hinter der Theke ging Hounds seiner üblichen Beschäftigung nach: Er wischte mit einem Tuch Gläser aus.

Gerade hatte ich meinen Tischgenossen die Feinhei-
ten des axiomatischen Feingelenks im Ultramodul des
neuentwickelten Ferntriebwerks der Hempalogkh-
Raumer dargelegt (im Gegensatz zu den üblichen Fein-
gelenken, die radial-asymptotisch die Hyperbelwelle
feinondulieren, bildet das axiomatische Feingelenk eine
Drudelschlaufe um Hyperbelwelle und Stronzaggregat
gleichzeitig), als Blem Siebenschön zu uns trat.

Seit wir, Blem Siebenschön und ich, bei seinem letzten,
mich peinlich betreffenden Einsatz hier in der Bar, diesen
bedauerlichen Türvorfall erlitten hatten, durch den wir
schlagartig zu Greisen gealtert waren, hatte er die Zeitblase
des *Houndsndogs* nicht wieder verlassen. Er fürchtete wohl
den draußen in der Normalzeit unweigerlich wieder einset-
zenden Alterungsprozess. Lieber blieb er hier, einigermaßen
in Sicherheit, aber eben auch eingesperrt, als draußen eventuell rasend schnell zu altern und zu sterben, ehe er Schritte
zu seiner Verjüngung einleiten konnte.

Ich hatte das Risiko auf mich genommen – und es war
kein reines Vergnügen gewesen, den urplötzlich gealterten

Körper erneut den Strapazen der Zeit auszusetzen, kaum dass er sich einigermaßen stabilisiert hatte.

Starshine, dieser hinterhältige Planeten- und Sternenverhökerer, gefiel sich darin, in seiner süffisanten Art immer wieder auf das Spektakel zu sprechen zu kommen; wohl wissend, dass er mich damit zur Weißglut treiben konnte. Nicht dass er im Verlauf der damaligen Ereignisse irgendeine Rolle gespielt hätte – er hatte lediglich sozusagen auf einem Logenplatz gesessen.

»Du musst dir dieses Bild vor Augen führen«, pflegte er gewöhnlich zu sagen, »wie Blem Siebenschön euch alle zielstrebig durch die falsche Tür gejagt hat ... Sowas von bescheuert ...!«

Jeder, der einmal die Bar am Andromeda-Highway besucht hat, weiß über diese Türen Bescheid. Nur die eine von beiden führt in die Normalzeit zurück, die andere ist in etwa vergleichbar mit einem Zeit-Zufallsgenerator, verbunden mit allen willkommenen und unwillkommenen Nebeneffekten.

Blem Siebenschön, ehemaliger Topfahnder der pangalaktischen Behörden, trat also tattrig und zittrig an unseren Tisch und stützte seine wackeligen Ärmchen auf. Wir wussten gleich, dass es wieder einmal so weit war.

»Ihr dürft nicht glauben«, begann er tatsächlich mit brüchiger schriller und gleichzeitig weinerlicher Stimme, »dass ich schon immer so war. Oder sollte ich mich irren ...?«

Verhangenen Auges starrte er ins Leere. »Nein, nein. Früher. Ja, früher! Da war ich ein Kerl aus Eisen. Jawohl! Aus Eisen. Ein Kerl.«

Klarer Fall. Er war sturzbesoffen. Irgendwie gelang es ihm stets, an Stoff zu kommen. Und so wie es um ihn bestellt war, genügte schon wenig.

»Lass gut sein, Alterchen«, versuchte Blippstepp ihn zu beruhigen, was natürlich ein Fehler war, denn nun wurden wir ihn so schnell nicht mehr los.

»Beruhigen? Ich soll mich beruhigen?!«, kreischte Blem, und seine vier Ärmchen fuchtelten wild, was ihn beinahe aus dem Gleichgewicht brachte. »Ich, der beste Fahnder seiner Zeit, soll mich beruhigen?!«

»Jaja«, brummte Blippstepp. »Vielleicht erfindet ja mal einer ein tragbares Verjüngungsgerät. Wenn der dann noch Hausbesuche macht, bist du fein raus.«

Doch Siebenschön war nicht mehr zu bremsen. »Ich habe Omgopp Hrubel dingfest gemacht! Jawohl! Ich! Oder sollte ich mich irren?! Nachdem Omgopp drei Sonnensysteme und sieben angrenzende Galaxien pulverisiert hatte. Ich war das! Jawohl! Ich, ganz allein! Omgopp Hrubel!«

Vor Aufregung begann er plötzlich, am ganzen Körper zu zittern und zu beben, sodass ihn die ausgemergelten Beinchen nicht länger tragen wollten. Er stürzte mit dem Oberkörper auf unseren Tisch, wo er mit ausgebreiteten Armen liegen blieb. Allerdings nicht, ohne sich vorher Starshines Drink mit überraschend schneller Bewegung in die Kehle gekippt zu haben. Wir anderen hatten unsere Gläser gerade noch in Sicherheit bringen können.

»Jawohl. Stellt euch vor. Ein Kerl wie ich«, ging die Litanei weiter, wobei er der Bequemlichkeit halber seinen Liegeplatz auf unserem Tisch beibehielt, das faltige Gesicht sabbernd auf der ohnehin schon feuchten Platte.

Wir alle waren uns nur zu klar darüber, dass die jetzt zwingend einsetzende Aufzählung seiner Heldentaten erst mit seiner völligen Erschöpfung ihr Ende finden würde.

»Omgopp Hrubel. Jawohl. Die 524er-Bande von Alpha Centauri. Irma, die Hyperraumschleuder. Gammamax Ornitholux. Der Raumschiffwürger von Beismotropolis. Die Sonnenvandalen. Filon Jupp Limpathes. Die Sternenschauerhorde. Xipsa Flibuste, die Zukunftsdreherin. Oh, ja! Ch'Yonz R'Am-B'Am-

B'Emannek, der Gestaltwandler. Eula Ugkh-agkh-Eulamenoma, die Megamutantin. Rix Racks Raute, die Raumersaugerin. Oleg-5.3.7.8.6, der Schutzschirmbläser. Die Psychoschleuder B Xia. Aradh-Bey, der Karawanenwürger. – Alles große Namen, oder sollte ich mich irren? Oh, ja. Von mir zur Strecke gebracht! Ich war dabei, als der große Pompon VI ohne Schutzanzug ins Black Hole getrieben wurde. Ich war dabei, als die gesamte Quorintho-Crew ins All geblasen wurde. Ich entkam als Einziger der Endlos-Zeitschlaufe an der Abraxaglummo-Ballung. Ja, verzieht nur die Gesichter! Ihr Marketingtypen habt ja keine Ahnung, was das alles heißt. Oder sollte ich mich irren? Wisst ihr denn überhaupt, was es bedeutet, im Schwarm über einem Planeten abzuspringen, mitten hinein in eine Protonenschlacht? Mit einer Überlebenschance von weniger als 0,0109%? Kennt ihr das Gefühl, im flackernden Schutzschirm auf eine Antimaterieorgel loszumarschieren? Kennt ihr das Gefühl, wenn im Ionenkreuzfeuer der Schutzschirm zusammenbricht? – Ihr kennt es nicht, ihr bemitleidenswerten Kreaturen! Und ich sage euch: Es ist das Höchste. Das Beste von allem. Scheißegal, ob du in der nächsten Nanosekunde draufgehst – du hast es gehabt! Oder sollte ich mich irren? Und ich sage euch noch eins: Nichts und niemand kann einem Sturmlauf solcher Männer Stand halten. Die es haben, das Gefühl. Keine planetare Abwehr kann das aufhalten. Die überschweren Angriffsraumer im Orbit, die Prallfelder der Tritonenpanzer im Nacken, die Gleisketten der Kolossusroboter am Arsch ...«

»Da bin ich anderer Meinung. Entschuldige die Unterbrechung.«

Blem Siebenschön sah kurz und völlig verstört auf die schmächtige Gestalt des Professors, der neben unseren Tisch getreten war. Er gurgelte ein verzweifeltes »Sollte ich mich irren ...?« und sackte in sich zusammen. Bäumte sich zu aller Überraschung noch einmal auf, spülte die Reste unserer Getränke hinunter und fiel dann wie ein Sack zu Boden.

Erwartungsvoll blickten wir den Professor an, machten ihm einen Platz frei und gaben neue Bestellungen auf.

»Vielen Dank. Für mich bitte einen *traumologischen Sonnengurgler*.«

Wir wussten aus Erfahrung, dass der Professor für gewöhnlich die ganz harten Getränke bevorzugte, aber diese Bestellung erhöhte noch unsere Achtung.

»Wisst ihr, er hat Unrecht, dieser Blem Siebenschön. Es mag durchaus den Tatsachen entsprechen, dass die meisten Planeten auf die von ihm angerissene Art und Weise überrollt oder, wie man noch immer gerne sagt, ›befriedet‹ werden können, doch das besagt rein gar nichts.«

Er machte eine kunstvolle Pause.

»Es gibt Gewaltigeres und Furchtbareres als reine Waffengewalt. Oder Materialgewalt. Oder was auch immer.«

Gewichtig blickte er in die Runde.

»Habt ihr jemals vom LamaPah-Zwischenfall gehört?«

Wir verneinten.

»Seht ihr, die Sache wurde ziemlich schnell weggewischt. Totgeschwiegen. Es wurde dafür gesorgt, dass die planetarischen Medien universumsweit rasch ihr Interesse verloren, angeblich durch raffiniert inszenierte Übergriffe im damals gerade neu etablierten Pämfutter-System. Anschließend wurden die Informationen über LamaPah aus den verschiedensten Archiven weitestgehend ausgelöscht. Es sollte, es durfte nicht bekannt werden ...

Es verhält sich nämlich folgendermaßen: Der Zwischenfall auf LamaPah war nicht gerade ein Ruhmesblatt in der intergalaktischen Kriegsgeschichte. Und nicht nur das. Er führte ungeahnte Möglichkeiten des Widerstands gegen eine gewaltsame Besetzung im herkömmlichen Stil vor. Er führte die gesamten Militärs vor, stellte sie bloß bis in ihre letzte Blöße. Ungeahnte und äußerst wirkungsvolle Möglichkeiten und Mittel des Widerstands. Ich möchte sagen: ultimative Mittel.«

Wieder eine elendig lange Pause. Wir wussten leider nur zu gut, dass es keinerlei Sinn hatte, den Professor drängen zu wollen. Er hatte seinen ganz eigenen Erzählstil entwickelt und perfektioniert. Richtig machte er an dieser Stelle nicht nur seine Spannungspause, sondern nahm auch seinen üblichen bedächtigen Schluck *Sonnengurgler*, den er genüsslich im Mund herumwälzte. –

Ich war seinerzeit – *begann der Professor endlich –* zweiter Assistent der wissenschaftlichen Abteilung des Ministeriums für Exploration, zur besonderen Verwendung abgestellt an Bord des Gigaschlachtschiffs *Exitus 501*. Als jungem Abgänger der Akademie konnte mir nichts Besseres widerfahren, dachte ich damals, und eine große Zukunft schien vor mir zu liegen.

Im Grunde war die WiAb, die wissenschaftliche Abteilung, an Bord eines Gigaschlachtschiffs wie der *Exitus 501* lediglich schönendes Beiwerk, doch das brauchte mich zu jener Zeit nicht zu kümmern. Es hatten schon ganz andere Leute mit weit weniger brisanten Aufträgen phantastische Karriere gemacht.

Der Auftrag der *Exitus* lautete schlicht und einfach: Bereitstellung des Planeten LamaPah im Gnaeseus-Zirkel zur wirtschaftsindustriellen Nutzung seiner Bodenschätze.

Bereits vor 50 Sonnenzyklen war festgestellt worden, dass LamaPah reichhaltige Lager von Milanesiumerz aufzuweisen hatte, jenem im superdimensionalen Bereich schwingenden Erzquarz, das die Computervivisation um 500% zu steigern vermag und das doch so rar ist.

Nun, die Nachricht von den Erzfunden hatte sich in Wirtschaftskreisen rasend schnell verbreitet, sorgte für einige Aufregung in den Chefplateaus, an den stellaren Börsenplätzen, und verschiedene Galaxiskonzerne hatten geradezu einen Wettlauf um die Schürfrechte gestartet.

Mit den Bewohnern von LamaPah allerdings verhielt es sich folgendermaßen: Sie waren nicht im Geringsten an der Ausbeutung ihres Planeten interessiert. Was ja durchaus verständlich ist. Unter uns gesagt.

Nicht dass sie nicht etwa um den Wert des Erzes gewusst hätten und um die materiellen Vorteile, die aus einem Abbau zu erzielen gewesen wären. Es interessierte sie einfach nicht.

Ihre Kultur und Lebensart waren so hochstehend, dass sie die Raumfahrt, wie wir sie betrieben und betreiben, längst hinter sich gelassen hatten. Sie hatten sich technisch wie geistig-philosophisch auf ein Niveau erhoben, das jenseits unseres Fassungsvermögens liegt. Ich glaube, sie belächelten weise unsere Art zu leben, zu handeln und zu denken.

Sie hatten nie über ein Sternenreich befohlen – obwohl es ihnen mit ihren simpelsten technischen Standards ein Leichtes gewesen wäre, das gesamte Universum zu unterwerfen.

Stattdessen unternahmen sie, einzeln oder im Kollektiv, ausgedehnte interuniverselle Reisen, die nicht selten mehrere Menschenleben lang andauerten. Ihr Heimatplanet LamaPah diente dabei als ruhender Pol, von dem aus man aufbrach und zu dem man wieder zurückkehrte.

Ja, man kann sagen, obwohl ihre genaue Zahl natürlich unbekannt ist, dass wohl drei Viertel aller LamaPahnen, wie sie sich nennen, ständig auf Reisen sind.

Nun, von alledem wussten wir an Bord der *Exitus* nichts. Ich habe erst viel später auf eigene Gefahr Nachforschungen angestellt; zu einem Zeitpunkt, an dem die Löschung der LamaPah-Daten bereits begonnen hatte, sodass auch meine Informationen nur spärlich sind und vermutlich mehr auf Hörensagen denn auf harten Tatsachen beruhen.

Wir hatten also den Auftrag, einen störrischen Planeten zu befrieden, dessen Bewohner sich gegenüber den – vermeintlich – berechtigten Interessen der führenden raumfahrenden Welten äußerst unkooperativ zeigten. Wir kannten den Namen des fraglichen Planeten und dessen stellare Lage – sonst nichts. Das damalige Oberkommando vertrat die Meinung, jede weitere Information trübe die Objektivität, störe den Ablauf des Projekts, sei also mithin nicht nur überflüssig, sondern geradezu schädigend. –

In aller Ruhe leerte der Professor sein Glas und winkte dem Barkeeper mit den Augen. –

Zunächst – *fuhr er fort* – hatte man natürlich den üblichen, quasi friedlichen Weg eingeschlagen. Die Konzerne hatten sich gegenseitig überflügelt mit Angeboten aller Art. Wie es so ihre Vorgehensweise ist. Quasi friedlich. In Wirklichkeit: Wirtschaftskrieg. Wir wissen und kennen das alle. Unzählige Handelsdelegationen machten sich auf nach LamaPah – und kehrten unverrichteter Dinge wieder zurück. Nach den Verhandlungsversuchen fing man an zu drohen. Zunächst verhohlen, mit zunehmender Zeit aber, als vage Andeutungen nicht fruchteten, immer deutlicher. Endlich entschied man sich, da alles nichts half, für den letzten, den entscheidenden Weg. Wie man meinte. –

Er nippte an seinem Glas, das Hounds erneuert hatte, verdrehte anerkennend die Augen, schien dann einige Zeit auf eine innere Stimme zu lauschen. –

Wir erreichten das System, setzten die Orbitalforts aus und blieben die vorgeschriebene Zeit in Wartestellung. Die WiAb warf sich mit Feuereifer auf die Auswertung der Fernortung. Ich allen voran. Ich war jung damals. Jung und unerfahren. Von den ersten Versuchen der Kontaktaufnahme, beziehungsweise den ersten Einschüchterungsversuchen, den ersten Ultimaten zur Übergabe des Planeten, erlebte ich aktiv nicht das Geringste mit. Ich war einfach zu beschäftigt.

Einige Zeit später landeten wir, und uns in der WiAb wurde erst jetzt bewusst, dass alles ohne irgendwelche Kampfhandlungen abzulaufen schien.

Unangefochten errichteten wir unseren ersten Brückenkopf auf LamaPah, sandten Erkundungssonden aus, erweiterten den Stützpunkt, setzten Zyklon-Panzer ab, legten hypergesicherte Messstationen an, erbauten Wachforts auf allen Kontinenten, überzogen die weitgefächerte Insellandschaft mit einem dichten Überwachungsnetz. Und was der Dinge mehr sind.

Die WiAb arbeitete Tag und Nacht an Messdaten und Probebohrungen, beinahe stündlich überschlugen sich die Erfolgsmeldungen. Unsere Truppen versahen derweil mehr oder weniger routinemäßig ihren Dienst.

Langsam erst kam uns die Unwirklichkeit der Situation zu Bewusstsein: Wir hatten einen Planeten besetzt, ohne auf irgendein Zeichen von Gegenwehr zu stoßen. Die Stille, die ausbleibenden Kampfhandlungen, das Schweigen unseres Oberkommandos – das alles machte die Situation gespenstisch. Wir alle wurden nervös, reagierten gereizt, ein ungeheurer psychischer Druck lastete auf uns. Was ging hier vor sich? Was planten die Ureinwohner? Welche Taktik verfolgten sie? Was hatten sie in der Hinterhand? Welche Schweinereien bereiteten sie heimtückisch in aller Stille vor? Wann würden sie zuschlagen?

Und nichts geschah ...

Längst mussten die ersten Kontakte mit der planetarischen Bevölkerung – Fachjargon *PlaBe* – stattgefunden haben. Regierungen mussten rotieren, politische Strukturen mussten wanken – doch von unserer Einsatzleitung kein Wort.

Gerüchte gingen um. Man munkelte von geheimen Krisensitzungen des Führungsstabs. Wilde Spekulationen jagten sich.

Das war der Zeitpunkt, an dem alle insgeheim auf den großen Knall warteten, manche sogar darauf hofften – welche Befreiung! – Der Zeitpunkt, an dem ich in den Stab gerufen wurde. Der Ruf überraschte mich vollständig. Ich folgte ihm dennoch eher erwartungsvoll als misstrauisch oder gar ängstlich. Ein Ruf in die Führungsspitze war zu der Zeit nichts Alltägliches, schon gar nicht für einen Assistenten der WiAb.

Ein Roboter geleitete mich in die hermetisch abgeriegelte Zentraleinheit der *Exodus 501*. Wir passierten verschiedene Sicherheitsriegel, ich musste mehrfach meine Kleidung vollständig wechseln und wurde aufs Peinlichste von Kopf bis Fuß durchleuchtet.

In der Zentrale bot sich mir ein jammervolles Bild. Kein Wunder, dass sie den Zugang dermaßen schwierig gestalteten.

Die Offiziere der Schiffsführung waren wahllos in dem kreisrunden Saal verstreut, manche schliefen in verkrümmter Haltung über ihren Pulten, andere starrten apathisch in blinde Bildschirme, wieder andere gaben sich ungehemmten Drogengenüssen hin, bei weiteren war es fraglich, ob sie überhaupt noch lebten, viele beschäftigten mit sich selbst oder der Unterwäsche der oder des Nächstbesten – alle aber waren unrasiert, übernächtigt, auf Drogen oder Aufputsch, hatten offensichtlich seit Längerem die Kleidung nicht mehr gewechselt oder erst gar nicht wieder angezogen. Niemand reagierte zunächst auf mein Eintreten.

Unschlüssig sah ich in die Runde. Gedämpftes Licht, die Stille ab und zu unterbrochen durch das Piepsen der Wachautomatik. Reinigungsroboter bemühten sich, mit dem Abräumen von Speiseresten, leeren Flaschen und vollen Aschenbechern Schritt zu halten.

Nach einiger Zeit erwachte der Kommandant aus seinem stumpfen Vor-sich-hin-Brüten.

Obermajor Khering Th'off war ein altgedienter Raumerkommandant, der seine ersten Meriten während des Beimaphul-Blitzkriegs gesammelt hatte. Im Verlauf seiner steilen Karriere war er mehr oder weniger zum Spezialisten für außergewöhnliche, um nicht zu sagen, aussichtslose Fälle geworden.

Er starrte mich aus blutunterlaufenen, verquollenen Augen an. In seinem Oberarm steckte die Kanüle eines Medo-Stimulanz-Paks. Er war offensichtlich seit mehreren Bordtagen ohne Unterbrechung auf den Beinen.

»Was?!«, heulte er bloß.

Seine Stimme hatte nur noch wenig Menschliches an sich.

Ich erstattete Routinemeldung. Es dauerte einige Zeit, bis meine Worte in Th'offs Gehirn, oder was davon übrig war, durchsickerten.

»Aaaah ...«, grunzte er dann. »Jaaa ... WiAb ... Auftrag für dich. Vordringlichkeitsstufe. Absolute Geheimhaltung.«

Das Sprechen bereitete ihm sichtlich Schwierigkeiten. Es stockte vor jeder Silbe, sein Gesicht schlug Grimassen, bevor er irgendwelche Töne hervorquetschen konnte.

»Auftrag: Kontakt zu *PlaBe*. – Einsatzplan ... liegt vor. Roboterbegleitmannschaft ... steht ... bereit.«

»Kontaktaufnahme? Das ist doch Aufgabe des Galaktopsychologen. Ich bin von der WiAb und habe keinerlei ...«

»Siehst du den da?«, unterbrach er mich schwerfällig.

Er meinte einen Mann, der nackt in einem Sessel kauerte, abwechselnd Unverständliches vor sich hin brabbelte oder meckernd kicherte und sich dazwischen eine halbvolle Flasche an die Stirn hämmerte.

»Das ist der Galaktopsych. – Du übernimmst Job.«

»Warum ich?«

Th'off massierte die müden Augen.

»Unterlagen eingesehen. Universalpsych während Studium. Für Aufgabe geeignet.«

»Aber ... das ist Zeitzyklen her! Außerdem hatte ich damals lediglich drei Quattrimester lang ... Ich habe kaum die fundamentalsten Grundbegriffe ...«

Mit einer lahmen Handbewegung schnitt er mir das Wort ab. Sein Blick vernebelte sich zusehends, und ich gab vorsichtshalber meinen Widerstand auf.

»Kann ich zur Vorbereitung wenigstens die bisher gesammelten Daten und Unterlagen einsehen?«

»Negativ. Beeinflusst nur dein Verhalten. – Jetzt. Mach dich fertig. Keine weiteren Fragen.«

Sein Kinn sackte schwer auf die Brust. Das Medo-Stimulanz-Pak injizierte ein blubberndes Mittel in seine Vene, woraufhin sein Schädel elektrisiert hochzuckte.

»Kommandant Khering Th'off ! In Bereitschaft!!«, brüllte er, nahm aber keinerlei Notiz von seiner Umgebung. »Schwere Waffen austeilen! Alarm!!! Alles schießt auf mein Kommando! Keine Gefangenen! Frauen und Kinder zuerst!!!«

Ich atmete erleichtert auf, nachdem mich ein Begleitrob in den Kleinsthangar gebracht hatte, in dem eine umfangreiche Ausrüstung nebst einer Abteilung Kampfroboter auf mich wartete. Ich legte den leichten Schutzanzug an und testete die Funktionen.

»Bereit.«

Ein Transporterfeld setzte uns in einiger Entfernung von der *Exitus 501* ab. Schien Teil der Geheimhaltung zu sein. Die Mannschaft sollte von den Vorgängen nicht behelligt werden, beziehungsweise es sollte wohl kein Anlass für neue Gerüchte und Spekulationen gegeben werden.

Nach kurzer Orientierungsphase bestieg ich das Atmosphäre-Gleitfahrzeug, das man mir zur Verfügung gestellt hatte, und flog los. Die Kampfrobs folgten in Formation.

Ich habe heute nur noch verschwommene Eindrücke von diesem ersten Flug. Zu vieles schwirrte mir im Kopf herum. Ich meine aber, mich an eine unberührte Dschungellandschaft erinnern zu können. Meine Aufmerksamkeit galt zudem in erster Linie dem Detektor. Tatsächlich zeigte er mir nach geraumer Weile so etwas wie eine kleine Siedlung an.

Wir erreichten eine Talsenke inmitten eines Hügelgebiets. Einfache Kuppelbauten mit leeren Tür- und Fensteröffnungen waren locker über das Terrain verstreut. *Großes Überwesen!*, war mein erster Gedanke, *die totale Primitivität!* Keinerlei technische Einrichtungen, keinerlei zivilisatorische Artefakte, ultrafrühzeitliche Besiedlungsform, vermutlich stammesmäßige Organisationsform auf dem Verhaltenslevel von Verbrennungsmotoren-Gesellschaften.

Wie gesagt, damals wusste ich rein gar nichts über LamaPah und seine Bevölkerung. Allerdings, das muss ich im Nachhinein gestehen, eines hätte mir unbedingt auffallen müssen: die Abwesenheit jeglicher ritueller Stammesabzeichen, Kultstätten, Machtsymbole. Bei den Kulturformen, zu denen ich die LamaPahnen fälschlicherweise rechnete, sind dies und einiges mehr ebenso unabdingbare wie signifikante Merkmale.

Stattdessen war der Platz wie leergefegt. Er war fast antiseptisch sauber. Kein Unrat, kein Müll oder dergleichen. Keine Geräte, keine Waffen, kein was auch immer. Null Anzeichen von Ackerbau und Viehzucht – nichts. Und auch keine Anzeichen irgendeines ansprechbaren Lebewesens.

Ihr habt völlig recht, wenn ihr jetzt denkt: Der war ja mit Blindheit geschlagen! Genauso war es und nicht anders.

Die Kampfrobs sicherten den Ort, während ich mit den Dokumentaraufnahmen begann.

Nach einiger Zeit kam ich zu dem Schluss, dass die Siedlung verlassen war. Ich hatte die wenigen halbkugelförmigen Behausungen nach einigem Abwägen des Für und Wider doch untersucht und diese vollkommen leer gefunden. Keine Bewohner, keine Einrichtung, nichts.

Umso größer mein Erstaunen, gerade wollte ich unverrichteter Dinge abziehen, als aus einer der Hütten ein Ureinwohner trat! Es musste ein solcher sein ... Mein Herz schlug bis zum Hals. Mein erster Urweltkontakt! Aber hatte ich nicht sämtliche Hütten durchsucht? Nun, beruhigte ich mich, womöglich hatte ich versteckte Räume übersehen.

»*PlaBe*-Kontakt«, raunte ich in das Aufnahmegerät. »Aufzeichnung läuft automatisch mit.«

Längst hatte ich mir eine Begrüßungsformel zurechtgelegt, spulte diese nun ab und unterstrich sie mit, wie ich meinte, bedeutungsvollen Ritusgesten. Das Dolmetschteil meiner Ausrüstung arbeitete einwandfrei. Der LamaPahn schaute mir ungerührt und, so will mir heute scheinen, amüsiert zu.

Nach meinen ersten Worten trat eine Pause ein, in der, so hatte ich es wenigstens geplant, mein Gegenüber den Faden hätte aufnehmen sollen. Doch der dachte nicht daran.

»Äh ... ja«, musste ich daher improvisieren. »Wir sind also auf eurem Planeten gelandet. Raumschiff, du verstehst?«

Keine Reaktion.

»Wir ... wir sind interessiert an den Bodenschätzen hier. Wir wollen sie nicht stehlen, oh nein! – Du weißt, was stehlen bedeutet?«

Keine Reaktion.

Verstand er mich oder nicht? Redete ich zu einem vernunftbegabten Wesen oder in ein tiefes Loch?

»Um also die Formalitäten, Entschädigungen, Schürfrechte und so erledigen zu können, möchten wir Kontakt zu eurer Regierung aufnehmen.«

»Regierung«, sagte er endlich mit angenehmer Stimme, und mir fiel ein Stein vom Herzen. Das Simultangerät übersetzte anstandslos. »Unter Regierung verstehst du, wenn ich das richtig sehe, nominierte oder gewählte Vertreter einer kleineren oder größeren Lebens-, Völker-, Nationen-, Kontinenten- oder auch Planetengemeinschaft zur Organisation der inneren und äußeren Verhältnisse, worunter vor allem Gesetzgebung, Gerichtsbarkeit und Verwaltung, Vertretung nach innen wie außen, je nach Ausprägung auch Belange der Wirtschaft, Erziehung und Bildung, Wissenschaft und Lehre, Verkehrs- und Raumordnung, Umwelt, Militär, und was der Dinge mehr sind, fallen.«

Mein Mund stand offen.

»Äh ... genau«, brachte ich schluckend hervor.

»Tut mir leid. Mit einer Regierung kannst du hier nicht sprechen.«

»Warum nicht? Brauche ich eine besondere Legitimation? Einen Besucherschein? Einen Platz auf der Prioritätenliste? Wo kann ich einen Antrag stellen?«

»Du verstehst das falsch«, lächelte er milde. »Du kannst mit keiner Regierung sprechen, weil es auf LamaPah keine Regierung gibt.«

»Wie bitte? – Ja, aber ... das geht doch nicht! Ich meine, irgendjemand muss doch verantwortlich sein! Mit irgendjemandem müssen wir doch die Verhandlungen führen können.«

»Selbst wenn es jemanden gäbe, würden keine Verhandlungen stattfinden. Wir haben es euren Vertretern schon wiederholt dargelegt: Wir sind nicht interessiert! Es gibt für euch hier nichts zu tun. Verlasst LamaPah.«

»Hör mal. Du verkennst die Situation. Wir haben den Planeten unter Kontrolle. Im Grunde brauchen wir gar nicht zu verhandeln. Schlagt unser Angebot nicht aus.«

Er hüllte sich in Schweigen.

»Na schön.« Ich wollte einfach noch nicht aufgeben. »Ihr habt keine Regierung. Schwer vorstellbar, aber ich akzeptiere das. Dann ruft einen planetarischen Krisenrat ein, der über die Angelegenheit beraten soll.«

»Wir brauchen keinen Krisenrat.«

»Ja, aber – es muss doch jemanden geben, der für alle LamaPahnen spricht!«

»Du sprichst ja mit mir.«

»Das meinte ich nicht. Ich meine jemanden, eine Person oder eine Institution, der oder die für alle spricht. Ist das so schwer zu kapieren?«

»Das ist es. Jeder LamaPahn spricht für alle. Wir haben keine Regierung, weil wir keine brauchen.«

»Wie? Wie meinst du das? Ich verstehe nicht ...«

»Genau«, sagte er irgendwie traurig. »Das ist euer Problem.«

Er wandte sich ab und verschwand in einem der Häuser. Ich folgte ihm rufend und schreiend, fand das Haus leer, unbewohnt, verlassen. Ich begann, an meinen Sinnen zu zweifeln.

Ungefähr zwei Wochen LamaPahner Zeitrechnung waren wir unterwegs. Dabei umrundeten wir einen Großteil des Planeten, bereisten alle großen Kontinente, suchten unzählige Ansiedlungen auf – und kamen zu keinem konkreten Ergebnis. Zahllose Gespräche mit Einheimischen liefen immer nach demselben Schema ab.

Von der Führungsspitze der *Exitus 501*, mit der ich in ständiger Verbindung stand, kam so gut wie keine Rückmeldung. Einigermaßen entnervt brach ich schließlich den Auftrag ab und kehrte an Bord zurück.

Obermajor Khering Th'off empfing mich mit wissendem, etwas mitleidigen Blick. Er war erstaunlicherweise in weit besserer Verfassung als bei meinem Aufbruch. Vermutlich hatte er einige Zeit im Rekreationstank verbracht.

»Siehst du, das ist genau das, was unseren Galaktopsych den Verstand gekostet hat. Aber das spielt jetzt keine Rolle mehr. Wir beginnen mit den Abräumarbeiten. Wenn die *PlaBes* sehen, dass es uns ernst ist, werden sie vermutlich ihre arrogante Haltung uns gegenüber aufgeben. Außerdem möchte ich mal sehen, wie sie uns daran hindern wollen zu tun, was wir tun. Hähähä!«

»Du rechnest mit Widerstand?«

»Selbstverständlich. Unsere Abwehr ist in Alarmbereitschaft. Aber, ehrlich gesagt, ich sehe nicht, was passieren sollte. Wie der Widerstand aussehen sollte. Trotzdem oder vielleicht gerade deshalb müssen wir auf alles gefasst sein.«

»Ich würde mir gerne die Detektorenauswertung ansehen.«

»Wäre eh dein nächster Auftrag gewesen.«

Wir hatten natürlich Sonden ausgesetzt, stationär und orbital. Der gesamte Planet lag unter unseren Scannern. Lückenlos. Unter den eingehenden Datenströmen interessierten mich momentan vor allem die Lebensform-Messungen. Wir waren in der Lage, neben Zellkernstrahlung und Gehirnströmen auch Wärmeevaluation, Körpermasse und Gehirn-Metapsi-Konstanten nachzuweisen. Natürlich war auch für die visuelle Beobachtung gesorgt.

Am LamaPah-Tag vor Beginn der Abräumarbeiten befanden sich ungefähr 61,9 Millionen LamaPahnen auf dem Planeten, und zwar relativ gleichmäßig über sämtliche Kontinente verteilt.

Dann begannen die Arbeiten.

Unser schweres Gerät war längst an den Einsatzorten. Das Erz wurde in dem neuentwickelten Schicht-Molekular-Verfahren direkt von den Bohrstellen in die Lagerräume der orbitalstationierten Transportraumer übermittelt. Ich erlebte die nächsten Zeiteinheiten vor den Überwachungsgeräten. –

Der Professor leerte sein Glas. Ohne Aufforderung schenkte Hounds sogleich nach. Erst jetzt wurde ich mir der Stille in der Bar bewusst. Um unseren Tisch hatte sich eine Traube gespannter Zuhörer gebildet. Nur Blem Siebenschön lag noch immer auf dem Boden und schnarchte. –

In dem Augenblick, in dem das gestaffelte Schürfgerät seine Tätigkeit begann, registrierten wir eine blitzartige Erscheinung höchster Intensität im Mega-Psycho-Energetischen Bereich mit der Stärke 150 auf der nach oben offenen Trichterskala.

Es ging los. Das war uns allen sofort klar. Die Spannung, die sich unser bemächtigte, war unerträglich –

doch nichts weiter geschah. Der Megablitz hatte zwar für Nano-Zeitbruchteilstel mit unseren Bordinstrumenten interferiert, sodass sich kurzfristig die Kühlschranktüren nicht mehr öffnen ließen, doch die Maschinen arbeiteten unangefochten weiter, die Laderäume begannen sich zu füllen, der erwartete Angriff blieb aus.

Als Nächstes beobachteten wir einen stetigen Zuwachs der planetarischen Bevölkerung. Am Mittag des ersten Tages der Abräumarbeiten konnten wir bereits 97,7 Millionen LamaPahnen nachweisen.

Wie diese auf den Planeten gelangt waren, blieb uns ein Rätsel. Raumschiffbewegungen gab es nicht, ebenso wenig irgendwelche Techniktransfers. Jedenfalls konnten unsere Geräte außer diesem einmaligen Blitz nichts aufnehmen. Wir vermuteten: Parapsitransfers, doch beweisen konnten wir das nicht. Tatsache war: Die Bevölkerung stieg an.

Und gegen Abend des ersten Tages begann die Wanderung.

Die Einheimischen strebten – während ihre Zahl weiterhin auf unerklärliche Art und Weise, jetzt sogar sprunghaft anstieg – nachweislich dem großen Südkontinent zu.

Die *Exitus* lag in höchster Alarmbereitschaft. Die Militärposten waren verstärkt und hatten Order, den Bewohnern, soweit möglich, auf Sichtweite zu folgen, vorerst ohne einzugreifen. Alpha-Alarm. Sollte sich auch nur ein LamaPahn einer Schürfmaschine in den Weg stellen ... Die Waffen liefen sozusagen schon heiß. Jeden Augenblick konnte der Einsatzbefehl erfolgen.

Die Schiffsführung brüllte sich gegenseitig an. Es kristallisierten sich zwei Gruppen heraus: Die eine bestand aufgrund Explorerverordnung 721,3/4 auf unbedingter Einhaltung der defensiven Beobachtersituation, die andere hielt kraft Notstandsverfügung Epsilon/Gamma-Xi den präventiven Erstschlag für zwingend.

Obermajor Khering Th'off öffnete die für solche Fälle vorgesehene Prioritätsdatei des Schiffscomputers, was zum kurzfristigen Zusammenbruch sämtlicher Systeme führte. Per Notfunk wurde die Unterstützung weiterer überschwerer Planetenkreuzer angefordert, nachdem man weder mit dem Oberkommando des Ministeriums für Exploration noch mit dem Führungsgremium für Krisenfälle hatte Kontakt aufnehmen können. Mit dem Eintreffen der Entsatzflotte war allerdings bestenfalls nach Ablauf zweier Planetenzyklen zu rechnen. Die Prioritätsdatei empfahl: Ruhe bewahren.

Die Detektoren ermittelten derweil einen Bevölkerungsstand von 480 Millionen, von denen sich bereits 70% auf dem Südkontinent befanden.

Wie zuvor reagierten die LamaPahnen auf keinen unserer Kontaktversuche. Unsere Sonden lieferten Bilder einer dichtstehenden Menge, abwartend die Gesichter nach dem Nordpol des Planeten gewendet. Unbeweglich standen sie da, und ihre Reihen füllten sich mehr und mehr.

Es gelang uns nicht, den Vorgang dieser – hmm – Wanderung nachzuvollziehen. Er blieb uns so geheimnisvoll und rätselhaft wie ihr Zweck und Ziel. Wir konnten weder technische noch mentale Methoden nachweisen oder wenigstens erkennen, zumindest nicht mit unseren Mitteln. Obwohl diese vom Feinsten waren, das unsere Technologie damals zu bieten hatte.

Es war einfach so: Im einen Moment standen sie noch da, im anderen waren sie verschwunden, im nächsten nahm bereits ein anderer den freigewordenen Platz ein – oder täuschten uns alle Sinne? Tauchten sie wirklich in manchmal riesigen Entfernungen wieder auf? Oder spielten sie ein verwirrendes Spiel mit uns? Wir wussten nur so viel: Die LamaPahnen waren keine Mutanten. Das für Mutantenfähigkeit typische Spektrum im Psi-Entladungsbereich fehlte völlig ... –

Der Professor genehmigte sich einen schweren Schluck und sein Blick wurde langsam wässrig. –

Am Mittag des 4. Tages nach Blitzeffekt war absolute Ruhe eingetreten. Die Wanderung der LamaPahnen schien beendet, die Höchstzahl schien erreicht. Rund 1,4 Milliarden hatten sich auf dem Südkontinent versammelt. Sie warteten in aller Ruhe.

Die Stimmung an Bord und auf den unzähligen Beobachterposten dagegen brodelte auf dem Siedepunkt. Kein Besatzungsmitglied reagierte mehr normal. Jede Handlung, jede noch so geringfügige Äußerung, allein schon vernehmliches Atmen führte zu explosionsartigen Überreaktionen sämtlicher Anwesenden. Jeder schrie jeden an, selbst physische Übergriffe waren an der Tagesordnung.

Wir überlegten ohne klare Gedanken hin und her, redeten uns die Köpfe heiß, jagten Programme durch sämtliche Systeme, vertilgten im Übermaß konzentrationsfördernde Getränke und Mittel, kratzten uns an Schädeldecken, Hälsen, Nasen oder sonstigen Körperteilen, schlugen die Köpfe gegen Wände und Türrahmen – es half alles nichts.

Es blieb uns völlig schleierhaft, was diese Versammlung bedeuten sollte. Wenn sie wenigstens gesprochen, irgendwelche Forderungen gestellt hätten! Aber so? Was sollte das sein? Eine stumme Anklage? Die heimtückische Vorbereitung eines gemeingefährlichen Anschlags? Oder waren sie einfach nur blödsinnig geworden? Oder waren wir es?

Und dann wussten wir auf einen Schlag, was sie vorhatten.

Auf einen Schlag, auf das Mikro-Zeiteinheitstel genau, sprangen die 1,4 Milliarden, als wären sie eine einzige Person, in die Luft. –

Der Professor blickte schweigend in sein Glas, das er dann bedächtig, Schluck um Schluck, leerte.

In der eingetretenen Stille hätte man einen vestibulierischen Sandfloh husten hören können.

»Ja, und?«, fragte Blippstepp Hernan'kötter endlich. Er war schon immer etwas schwer von Begriff gewesen.

Der Professor strich sich müde über die Augen.

»Wenn eine ausreichend mächtige Masse M-Eins«, begann er zu dozieren, »von sagen wir einmal 1,4 Milliarden Lebewesen, zu einem Zeitpunkt T-Null sich erst von einer Masse M-Zwei wegbewegt und nach den Gesetzmäßigkeiten zum Beispiel der Gravitation zu einem Zeitpunkt T-Null-plus-x demnach wieder auf dem ursprünglichen Punkt auftrifft, so wird dieser Masse M-Zwei bei Absprung und Aufprall gleichermaßen ein Impuls versetzt, dessen Auswirkungen – ich könnte es in mathematischen Formeln ausdrücken, aber lasst es mich mal so sagen – die Wirkungsweisen des myribolatischen Giga-Planetenhammers bei Weitem in den Schatten stellen ...

Die Planetenachse wird innerhalb von Zeiteinheitsbruchteilen verschoben, der gesamte Planet ruckartig aus seiner Bahn geworfen – ich brauche die dadurch eintretenden Effekte wohl kaum zu schildern.

Jedenfalls hatten wir kaum Zeit, die Besatzung einzuschleusen und abzuheben – alles schwere Gerät musste zurückbleiben, bevor die Planetenkruste aufbrach.

Und das, liebe Freunde, war das Ende unserer LamaPah-Mission. Alles, was wir retten konnten, waren die unbedeutenden Mengen geschürften Millanesiumerzes – abgesehen von unserem armseligen Leben.

Überflüssig zu sagen, dass die Karrieren der Bordbesatzung ob des eklatanten Misserfolgs auf einen Schlag beendet waren. Khering Th'off wurde zum Kriminaldauerdienst am Rande des Kamelhuf-Clusters abgeschoben, ich selbst aus der stellaren Flotte und aus der Wissenschaftsakademie dimittiert. Ähnlich erging es der Restbesatzung.

Ja, Leute, das ist es, was ich euch sagen wollte: Es gibt Formen des Widerstands und vermutlich auch der Kriegsführung, die endgültiger sind als alles, was sich die herkömmliche Militärtechnik so träumen lässt.«

»Aber, das heißt doch ...«, warf Starshine Furunkel ein, »dass die LamaPahnen ihren Planeten und damit sich selbst der Vernichtung preisgegeben haben ... Was für einen Sinn sollte das haben? Das ist doch eine Scheißtechnik des Widerstands, wenn du mich fragst ... !«

Der Professor zuckte die Schultern.

»Ich meine«, fuhr Starshine aufgeregt fort, »da wäre es doch besser, sich zu arrangieren! Wegen ein paar lausiger Bodenschätze ... Die Umweltschäden müssten doch in Griff zu kriegen sein!«

»Außerdem«, stimmte ich zu, »wenn die LamaPahnen tatsächlich in allen Belangen weit über unseren Standards rangierten, dann hätten sie doch auch andere Mittel und Wege finden und einsetzen können. Was weiß ich: mentale Beeinflussung, systemumspannende Abwehrmaßnahmen ...«

Der Professor lächelte.

»Sie hätten niemals Ruhe gefunden, wären ständig belagert worden, wären dauernden Belästigungen ausgesetzt gewesen. – Wisst ihr, wir reden hier nicht von lumpigen Erzvorkommen; wir reden von riesigen Erzlagern im Gigabereich. Oder was auch immer. Wir reden von Wirtschaftswerten in galaktoiden Ausmaßen!«

»Jedenfalls ist jetzt alles hin und futsch. Schöner Erfolg!«, lamentierte Starshine.

Der Professor blieb ungerührt.

»Wie ich bereits erwähnte, wurde der Vorfall aus militär-psychologischen Erwägungen heraus totgeschwiegen und ausgemerzt. Ich überlasse es euch zu beurteilen, ob die LamaPahnen Erfolg hatten oder nicht. Sie jedenfalls, so meine Einschätzung, rechneten mit nichts anderem. Ja, sie hatten es genau darauf abgesehen. Nur so konnten sie Ruhe finden. Sie – und ihr Planet.

Auf Wegen, die hier nicht zur Erörterung stehen, gelang es mir, in die Dateien der Universums-Globalbehörden einzudringen ... Und hier steht unter höchstem Sicherheitszugang zum Stichwort LamaPah lediglich eine Bemerkung: gelöscht.«

An der Theke brach ein hochgewachsener Exot in lautes Gelächter aus. Sein sackartiges Gewand bauschte sich konvulsivisch unter dem Heiterkeitsanfall. Das langgezogene Gesicht machte einen reittierartigen Eindruck, der durch das wiehernde Lachen noch unterstrichen wurde.

»Professor ...!«, sagte er schließlich mit dunkler Stimme zum Abschied, deutete eine leichte Verbeugung an und wandte sich zum Gehen.

Der Professor hob wortlos sein Glas zum Gruß, während wir dem Fremden verständnislos nachstarrten. Er verließ in wiegendem Gang die Bar.

»Merkwürdiger Typ«, sagte Blippstepp. »Hat einer von euch den schon mal gesehen?«

»Er kommt oft hierher«, entgegnete der Professor. »Ist beinahe so was wie ein Stammgast. – Aber er fällt eben nicht auf, wenn er nicht will ...«

»So. Aha. Und wer oder was ist er?«

»Nun, schwer zu sagen. Unsereins kann sie nur schlecht voneinander unterscheiden. Aber ich denke: Es ist Xanhantopheen.«

»Wie? – Xanhantopheen?«

»Sein Name.«

»Sein Name! Klar. Was sonst?!«

»LamaPahn.«

Blippstepp schluckte. Wir alle schluckten.

»Aha. Wohl etwas von der Rolle, der Typ. Amüsiert sich über den Untergang seines Heimatplaneten. Übergeschnappt, wenn ihr mich fragt.«

Zustimmendes Gemurmel.

»Mag sein«, warf der Professor leichthin ein. »Ich jedenfalls war dort. Auf LamaPah. Vor wenigen Zyklen erst – nach der Katastrophe. Es ließ mir einfach keine Ruhe. Ich musste Gewissheit haben.«

»Und?«

Wieder eine Kunstpause des Professors.

»Eine ruhige, unberührte, blühende Welt. Als wäre nichts geschehen.«

Am Nebentisch erhob sich geräuschvoll ein rumbulanischer Robotnik von den Ausmaßen eines doppelstöckigen Kleiderschranks. Seine Hydraulik schnaubte abfällig.

»Denke, du hältst uns zum Narren, Professor«, quäkte es aus seiner Sprechmaske. »Ein Planet LamaPah existiert überhaupt nicht. Kein Sternenkatalog verzeichnet ihn. Habe das gerade durchgecheckt.«

Wie zum Beweis spielte er mit dem Tangentialschlauch seiner Introph-Verbindung zum Großrechner seines Schiffes. Wir alle wussten, dass die Robotniks über die leistungsfähigsten Anlagen des bekannten Universums verfügen.

Der Professor lächelte.

»Natürlich nicht. Ihr dürft nicht vergessen: Sie haben Möglichkeiten, von denen wir nur träumen können ... Sie haben die Technik, unsere Technik, alle Technik ... weit hinter sich gelassen ... Und wie ich schon sagte: Ich selbst bin damals in die Dateien der Universums-Globalbehörden eingedrungen ... Bei der Gelegenheit habe ich natürlich persönlich die letzten Hinweise gelöscht ...«

Galakto-Recherche

»Kann ich mal dein Galaktophon benut-
zen?«, stieß der Mann hervor, kaum dass er die Bar am
Andromeda-Highway betreten hatte und mit gehetzten
Schritten an die Theke getreten war.

»Keine Ahnung«, sagte Hounds kurz angebunden,
ohne von seiner Tätigkeit aufzusehen. Wie üblich
wischte er irgendwelche Gläser aus. Für gewöhnlich
erwies er sich gegenüber Leuten, die mit Forderungen
an ihn herantraten, noch bevor sie etwas zu trinken
bestellt hatten, relativ unkooperativ.

In einer Zeit, in der andere Lokalitäten längst dazu
übergegangen waren, Speisen und Getränke direkt in
die Blut- oder sonstigen Versorgungsbahnen ihrer Besucher zu transmutieren, benutzte Hounds nach wie
vor diese altertümlichen Gläser – und niemand konnte
sagen, woher er sie beziehen mochte.

»Was soll das heißen?!«, knurrte der Fremde und
warf sich eine Haarsträhne aus dem Gesicht.

»Steht da drüben«, zeigte Hounds mit dem Kinn in
die ungefähre Richtung.

Der Mann schaute sich um, entdeckte das Phon in
einer Ecke. Unbedarfte Besucher sollen es auch schon
mal für eine Musikbox gehalten haben.

Mit ernstem Gesicht trat der Fremde vor das säulen-
förmige Gerät und begann es zu mustern.

Die meisten Gespräche im Barraum waren ver-
stummt, die Blicke auf den Typen vor dem Galaktophon
gerichtet. Wohl jedem von uns war es schon so ergan-
gen. Manch schadenfrohes Grinsen zog über die Lippen.

Wir alle wussten sehr gut, was in dem Fremden vor
sich ging. Seine Augen suchten die glatte Fläche nach
Bedienungselementen ab – es gab keine. Sein Blick glitt

über die schmale, grünlich schimmernde Leuchtanzeige und den flirrenden Bildschirm. Kein Zweifel, das Gerät war intakt und auch mit Energie versorgt. Der Blick schweifte auf und ab, sein Körper beugte sich vor, um auch die rückwärtige Seite in Augenschein zu nehmen – nichts.

Der Mann wurde erst unsicher, dann zunehmend nervös, schließlich machten sich alle Anzeichen aufwallenden Zorns bemerkbar.

Er bellte einige Worte in der üblichen Verkehrssprache – in der Hoffnung, ein nicht sichtbares Mikrophon würde reagieren. Erstes Kichern ließ sich vernehmen.

»Wenn du es geschafft hast«, kam Hounds' Stimme von der Theke her, »dann sag mir bitte Bescheid. Würde mich auch interessieren, wie das Ding funktioniert!«

Der Mann fuhr herum.

»Was soll das heißen?!«, schrie er.

»Wie ich schon sagte: Ich habe keine Ahnung, ob du das Phon benutzen kannst. Das ist nämlich, solange ich hier bin, noch keinem gelungen ...«

Der Fremde wandte sich wieder dem Gerät zu und rüttelte kräftig daran.

Keine Reaktion.

Stärkeres Rütteln.

Die Farbe des flimmernden Bildschirms wechselte ins Rötliche.

Faustschläge auf die flache Deckplatte.

WAMM!!!

Getöse!!!

Schlagartig pulsierte flammendes Licht durch die Bar, und das Hämmern eines galaktischen Sternenkollapses knallte in den Raum. Einige der Gäste, die nicht vorbereitet gewesen waren, wurden unter die Tische geworfen. Zweifellos war durch die sachgemäße Benutzung ein Sender angewählt worden, der gerade ein sogenanntes Konzert der universumsweit berüchtigten »StarCrasher« übertrug.

Zeitbruchteile später war der Sender weg, flimmerte der Schirm in aller Ruhe wie zuvor, kehrte übergangslos klirrende Stille ein.

»So weit waren wir alle schon mal«, bemerkte ein syraonischer Hochglanzgurgler aus dem Hintergrund.

Der Fremde erhob sich vom Boden, klopfte Staub aus seiner Jacke, strich sich die Kleidung notdürftig glatt. Der plötzliche Phoneinfall hatte ihn etwas derangiert.

»Hör mal«, sagte er an die Bar zurückwankend und fixierte Hounds mit noch etwas verschleiertem Blick. »Ich brauche dringend Kontakt zu meinen Leuten.«

»Einen Drink?«, fragte Hounds ungerührt.

»Es geht um Leben und Tod! – Äh, wie? Ja, gib mir irgendetwas.«

Hounds' rechte Augenbraue hob sich. Er mochte es nicht, wenn man seine Arbeit gering schätzte, indem man »irgendetwas« bestellte. Wortlos schob er dem Fremden ein gefülltes Glas zu, das zunächst auch prompt ignoriert wurde.

Der undankbare Gast sah sich um wie auf der Flucht.

»Folgendes ... Sie können jeden Augenblick hier sein. Versteh doch, ich muss meine Informationen weitegeben, damit sie schnellstens verbreitet werden! Galaxisweit! Erst dann bin ich wieder sicher ...«

»Journalist?«

»Galakto-Rechercheur.«

»Aha.«

Gedankenlos griff der Rechercheur jetzt doch nach seinem Glas und kippte es hinunter.

Es dauerte eine Weile, bis er in der Lage war, sich vom Boden zu erheben, wo er röchelnd und konvulsivisch zuckend gelegen hatte. Mit schmerzverzerrter Miene zog er sich ächzend und krächzend an der Theke hoch.

»Was ... war ... denn ... das?«, gurgelte er.

Hounds zuckte die Schultern.

»Noch einen?«

Aus dem Gesicht des Rechercheurs wich der letzte Tropfen Bluts.

»Ich bin nicht gekommen, irgendwelche Kneipengespräche zu führen!«, knirschte er endlich. »Mein Name ist Random F. Dürfte ja hinlänglich bekannt sein. Ich bin im Besitz hochbrisanter Informationen. Gewisse Leute, die ein Interesse daran haben, dass diese Informationen nicht an die Öffentlichkeit gelangen, und die in der Verfolgung ihrer Ziele nicht gerade zimperlich sind, sind mir hart auf den Fersen. Ich brauche eine Verbindung zu meiner Redaktion. – Solange meine Infos unveröffentlicht sind, bin ich meines Daseins auf dieser Existenzebene nicht mehr sicher. – Und«, fügte er mit süffisantem Grinsen hinzu, »die Leute, die es auf mich abgesehen haben, schrecken auch nicht davor zurück, ganze Planeten vom Himmel zu blasen, nur um eine einzige Person garantiert zu erwischen ... Von einer läppischen Kneipenstation wie dieser hier ganz zu schweigen ... Richtige Massenmörder sind das.«

»Mach mal halblang«, mischte sich ein bulliger Helioschürfer ein, der ebenfalls an der Theke stand.

»Kostet die nicht mal ein müdes Arschrunzeln ... äh ... Wie bitte?«

»Mach's halblang!«, schnaufte der Schürfer genervt. »Wenn sie dir wirklich so dicht auf den Fersen sind – wo bleiben sie denn? Warum sind wir nicht längst atomisiert?«

»Hör mal, bist du ein Anhänger der Selbstmörder-Sekte oder was, dass du die Sache so leicht nimmst?«

»Gibt schlechtere Orte zum Sterben als die Bar am Andromeda-Highway«, entgegnete der Schürfer ruhig und wandte Random F endlich das Gesicht zu.

»Galakto-Rechercheur, eh?«, machte er abschätzig. »Ziemlich schlecht informiert für den Job. Jeder weiß,

dass das Phon hier nicht ganz einfach zu bedienen ist.
Um nicht zu sagen: gar nicht. Man kommt nicht hierher,
wenn man eine Meldung absetzen will. Es sei denn, ...«

»Es sei denn, ...?«

»... man ist ein Arschloch.«

Randoms fahles Gesicht wurde noch eine Spur fahler.

»Man könnte ja Kontakt zu einem der Gäste aufnehmen, der einem gestattet, die Kommunikationsmittel
seines Schiffes, das draußen geparkt ist, zu benutzen«,
schlug er vor.

»Hat wenig Aussicht auf Erfolg. Die Leute kommen
schlicht und einfach zum Saufen her. Dein Wohl!«

Ohne mit der Wimper zu zucken, leerte der Schürfer
einen doppelten *Hitchhikers Grave*.

»Es wird doch wohl wenigstens *einer* hier sein, der
mir weiterhilft!«, appellierte Random F an die Allgemeinheit.

Ein Mondflöter von Garlupp Tropp trat ziemlich geräuschvoll in das Schweigen, das sich in der Bar ausge-
breitet hatte und Random F förmlich entgegen gebran-
det war.

»He!«, flötete sein rechter Kopf.

»Leute!«, trompetete sein linker.

»Schlechte oder gute Nachrichten«, orchestrierte sein
mittlerer. »Ein Tonnenschiff der Megakopfgeldjäger
blockiert die Ausfahrt. Sie lassen zwar noch jeden herein,
wie sie mir sagten, aber niemanden mehr hinaus!«

»*Spezielle Nachricht ...*«

»*... für einen gewissen ...*«

»*... Random F!*«, verkündeten die beiden äußeren
Köpfe im Wechsel. »*Verhalte dich ruhig, bleib in der
Bar. Beim ersten Schritt ins Freie wirst du zu Schlacke
verdampft!* »

Die längeren Gesangspassagen übernahm gewohn-
heitsgemäß der mittlere Kopf.

»Gilt auch ...«

»... für jeden anderen, ...«

»... der die Bar ...«

»... verlassen will!«

»Der erste Piepser eines Galaktophons oder vergleichbarer sonstiger hyperdimensionaler Signalgeber führt zum ultimaten Einsatz unseres Planeten-Boosters!«

Woraufhin sich der Mondflöter ausschütten wollte vor Lachen.

»Eine Lokalrunde!«, bestellten die drei Köpfe fröhlich im Chor.

Steifbeinig schritt der Flöter auf die Theke zu und stolperte über den ersten Stuhl, der in seinem Weg stand. Unter enormer Geräuschentwicklung ging er zu Boden, wobei es ihm gelang, noch mehrere Tische umzureißen.

Die Mondflöter von Garlupp Tropp verfügen zwar über drei Köpfe, aber leider auch über ein ziemlich schlecht entwickeltes Sehvermögen. So gleicht die Natur eben alles aus. Bedauerlicherweise widerspricht es der religiösen Grundeinstellung der Mondflöter fundamental, irgendwelche Sehhilfen zu tragen.

»Also schön«, brummte der Helioschürfer und strich sich über seinen Knorpelkamm. »Bleiben wir halt hier. Habe ich etwas von einer Lokalrunde gehört?«

Random F hingegen konnte die Neuigkeit nicht so gelassen hinnehmen.

»Aber, versteh doch!«, heulte er. »Die Zeit arbeitet gegen mich! Nach Ablauf der nächsten Galaxis-Sternzeit sind meine Informationen nutzlos! – Ich muss sie *jetzt* loswerden! Jetzt oder nie!«

Er trippelte nervöser werdend auf seinen Füßen.

»Zu meiner Zeit«, meldete sich eine brüchige Stimme, »haben wir uns so was nicht gefallen lassen. Oder sollte ich mich irren?«

Blem Siebenschön schwankte auf wackeligen Beinen im Halbdunkel neben der Bar hin und her. Er gehörte irgendwie zum Inventar, seitdem er bei jener spektakulären Aktion hier hängen geblieben war und diesen Zeitschock erlebt hatte. Für gewöhnlich hielt er sich brummelnd und brabbelnd im Hintergrund auf, wo er kaum mehr als ein zwangsläufig geduldetes Möbelstück verkörperte. Ab und zu konnte es aber geschehen, dass er mit seinen Reden von einer glorreichen Vergangenheit die Nerven der Anwesenden gehörig strapazierte. Vorzugsweise, wenn jemand den Fehler beging, auf seine mehr für sich selbst hingemurmelten Auslassungen einzugehen. Im Übrigen konnte man in den seltensten Fällen beurteilen, ob der Altersschock auf ihm lastete oder aber der überreichliche Genuss von Rauschmitteln jeder beliebigen Art. Einen etwas mitgenommenen Eindruck machte er eigentlich immer.

»Ich war da mal in einer ähnlich beschissenen Lage«, begann Blem, wie immer ohne weitere Aufforderung. »Abgeschnitten von allen Einheiten, Sauerstoffvorräte nahezu erschöpft, umstellt von einem überschwer ausgerüsteten Jagdgeschwader der Hackfleischbrigaden. Energetische Überwachung und all so was. Heikle Situation, kann ich euch sagen. Oder sollte ich mich irren?«

»Und wie bist du damals entkommen?«, wollte Random F wissen.

»War total gefährlich seinerzeit, die Geschichte. Hochriskant. War ein Draufgänger, müsst ihr wissen. Je größer die Gefahr, desto größer der Spaß. So in der Art. Knallhart. Wilde Zeit gewesen, das.«

»Jajaja! Aber wie hast du es geschafft?!«

Blem Siebenschön stierte Random F an, als blicke er auf den Rand der Unendlichkeit. Schließlich brummte er: »Weiß nicht mehr. Hab ich vergessen. – War aber eine Todesaktion! Brandgefährlich, könnt ihr mir glauben!«

Random F fuhr sich müde über die Augen, während Blem sich kleinlaut in seine Ecke verkroch.

Meine Blicke suchten den Barraum nach dem Professor ab. Normalerweise hatte er für solch ausweglos erscheinende Situationen stets die rettenden Tipps auf Lager. Tatsächlich saß er wie üblich auf seinem Stammplatz, schien aber von den Vorgängen um sich herum keinerlei Notiz zu nehmen. Tief in seinen Multifunktionsmantel vergraben kippte er wortlos einen Drink nach dem anderen, allerdings ohne die geringsten Anzeichen irgendeiner Wirkung derselben an den Tag zu legen. Seine Gedanken waren offensichtlich weit weg – ich kannte diesen Zustand und wusste nur zu gut, dass es wenig Sinn hatte, ihn anzusprechen. Derart geistig abwesend war er fast immer, sofern er nicht eine Geschichte aus seinem unerschöpflichen Vorrat zum Besten gab.

Ein Aufheulen Random F's riss mich aus meinen Betrachtungen. Unter wütendem Gebrüll begann er mit der Demontage verschiedenster Einrichtungsgegenstände der Bar. Er war wohl zu der Auffassung gelangt, ein solcher Aggressionsabbau könne die Situation verbessern. Nun, es würde nicht allzu lange dauern, bis Hounds geeignete Gegenmaßnahmen ergreifen würde.

Wir hatten mit dem Einsatz eines Nerven-Toosers oder einer anderen Betäubungswaffe gerechnet und waren daher ziemlich erstaunt, als Hounds ihm lediglich einen weiteren Cocktail zuschob, den Random, sein Gebrüll kurzfristig unterbrechend, in sich hineingoss und sich in leicht zu durchschauender, zerstörerischer Absicht dem teilweise erblindeten Spiegel hinter der Theke zuwandte.

Doch bevor er den schon erhobenen Barhocker in das Glas schmettern konnte, hielt er in der Bewegung inne, versteifte sich und kippte dann lallend zu Boden, wo er trübsinnig hocken blieb. Uns wurde schlagartig klar, dass Hounds zu seiner ureigensten Waffe gegriffen hatte ...

Nachdem der formidable Galakto-Rechecheur auf diese elegante Art und Weise ruhig gestellt war, wollte sich begreiflicherweise dennoch keine rechte Stimmung einstellen. Zwar hatte keiner von uns die Absicht, die Bar sofort zu verlassen, noch weniger gab es dringende Fälle oder Aufgaben oder Termine, die einen von uns zwingend in irgendwelche staubbedeckten Planetenzirkel irgendwelcher eingemotteter Sonnensysteme riefen – aber es ging ums Prinzip! Es konnte nicht angehen, dass eine waffenstarrende Meute hergelaufener, offensichtlich wahnsinniger Muskelprotze uns hier bedrohte und eine Blockade errichtete!

Das durften wir uns nicht bieten lassen! Das waren wir dem *Houndsndogs*, unserer Bar am Andromeda-Highway, einfach schuldig! Auch wenn es so aussah, als berühre Hounds selbst diese missliche Angelegenheit nicht besonders.

Von einigen Ausnahmen abgesehen befassten sich bald sämtliche Barbesucher mit der ungeheuerlichen Tatsache dieser Blockade beziehungsweise mit ihrer wirkungsvollsten Beseitigung.

Eine Bestandsaufnahme war schnell gemacht. Womit wir es zu tun hatten, waren zum einen die Megakopfgeldjäger, die sich aus den skrupellosesten, schießwütigsten, lebensverachtendsten Individuen der bekannten und unbekannten Galaxien rekrutierten. Fanatische Söldner, die jeden Auftrag bedingungslos annahmen und durchführten. Dass sie das *Houndsndogs* nicht längst aus dem All geblasen hatten, hing vermutlich mit ihrem klar umrissenen Auftrag zusammen, nicht mit irgendwelchen Gewissensbissen, die sie möglicherweise in den hintersten Gehirnwinkeln tangieren mochten.

Zum anderen war da das kriegerische Aufgebot, das diese Kopfgeldtypen gegen uns in den Raum geworfen hatten. So ein Tonnenschiff, wie es da über uns hing, hatte eine Feuerkraft, die in Zahlen auszudrücken einfach sinnlos war. Selbst die Ein-Mann-Beiboote waren in der Lage, mit einem Schlag ganze Sonnensysteme zu pulverisieren.

Erschwerend kam hinzu, dass die Ortung dieser Tonnenschiffe einfach vom Feinsten war. In der Tat waren sie nicht nur in der Lage, auch die winzigsten Energiepartikelchen wahrzunehmen, sie konnten darüber hinaus – auch vom anderen Ende der Galaxie aus – mit untrüglicher Sicherheit feststellen, ob da das Sicherungslämpchen einer Handfeuerwaffe aufleuchtete oder nur das Innenlicht eines Kühlschranks.

Es war uns daher klar, dass uns gerade in jedem Bruchteil eines Zeiteinheitstels Abermillionen von Ortungskorpuskeln durchsiebten. Im Tonnenschiff wusste man längst, welche Lebensformen mit welcher Ausrüstung und welchem Nüchternheitsgrad hier in der Kneipe herumhingen; denn dass die Kopfgeldjäger auch unsere Gehirnströme, Psiquanten, Überpsi-Äquivalente und Stoffwechselwerte katalogisierten, stand außer Frage.

»Fassen wir zusammen«, schlug ein blasenbeuliger Semiote von Quadriphon-Erp namens El Ubh nach heftiger Diskussion vor. »Wir sitzen hier quasi fest. In der Bar. Unsere Schiffe sind nutzlos, da wir sie weder körperlich erreichen noch funkmäßig abrufen können. Die Überwachung unserer Aktivitäten ist lückenlos. Hypersprüche ziehen den Einsatz eines Planeten-Boosters nach sich. Über dessen Konsequenzen besteht wohl allseits kein Zweifel ... Darüber hinaus ist davon auszugehen, dass sich aus vergleichbaren Gründen auch gewisse parapsychische Aktivitäten unsererseits verbitten.«

»Na schön. Jetzt hast du es gesagt. Und?«

El Ubh zuckte die beulenförmigen Schultern und bildete einige Gesichts-Sinnesblasen zurück. So pflegt das zu sein mit diesen Semioten von Quadriphon-Erp: Sie subsumieren altbekannte Tatsachen – und überlassen das Resümee dann einem anderen.

Wir brachen in beinahe hysterisches Gelächter aus.

»Zum Hypergewitter!!!«, brüllte ein bärtiger Humanoide mit rotblauer Nase und kratzte sich an einer Metallplatte, die über dem linken Ohr an seinem ansonsten kahlen Schädel klebte: Sirion Andalgamobaster, der gnomenhafte Sternenvagabund; sozusagen Stammgast in der Bar.

»Ihr seid wohl nicht bei Trost?!«, fauchte er heiser. Die Tatsache, dass ihm die meisten der Anwesenden augenblicklich ihre Aufmerksamkeit schenkten, belegte, dass er in gewissen Kreisen einen gewissen Ruf hatte.

»Reden, Reden, nichts als Reden! – Leute, Action ist angesagt! Die da draußen können's ruhig abwarten, aber *wir* müssen aktiv werden! Ge-witter!! Sonst reagieren wir nur. Das ist immer schlecht.«

»Aber was sollen wir tun?«

Sirion schnaubte wütend.

»Oh wei! Wenn Shimada hier wäre, hätten wir diese Megas schon lange nach Hause geschickt! Samt Tonnenschiff! In Einzelteile zerlegt, versteht sich. – Naja, so wie's aussieht, bleibt's an mir allein hängen. Gewitter noch mal!«

Er stapfte zur Tür. Ein kümmerliches, ausgemergeltes Männchen in anscheinend zu großen Stiefeln.

»He, ihr Ärsche!!!«, schrie er in die Dunkelheit hinaus.

»Sirion Andalgamobaster!«, dröhnte eine bauchige Stimme zurück. »Halt deine Füße still!«

Im selben Augenblick zischte ein haarfeiner Energiestrahl durch das All, entlud sich mit heimtückischem

Krachen, hinterließ eine brodelnde Pfütze kochenden Magmas und erlosch in einem ultrahellen Lichtblitz, der uns durch die Augen oder sonstige optischen Wahrnehmungsorgane bis in die Gehirne oder sonstige Koordinierungs- und Planungszentren stach.

Wäre Sirion nicht auf der Stelle in die Bar zurück gesprungen, der Strahl hätte ihm ohne allen Zweifel die linke Fußspitze abrasiert.

Trotz allem mussten wir die Feuerkraft der Megas bewunden. War schon eine Leistung, über diese Distanz punktgenau ins Ziel zu gehen.

Sirion hingegen wurde mit allgemeinem Gelächter empfangen.

»Astreine Action, Alter!«

»Tolle Sache. Hat viel gebracht!«

»Denen hast du's aber gezeigt, Mann!«

Sirion grinste wortlos, leerte sein Glas bis auf den letzten Tropfen und schob dabei einen etwa fingerlangen Gegenstand in die Außentasche seiner Allroundmontur.

»Schreib's auf die Rechnung, Hounds!«, kicherte er. »Hehehe!«

»Geht auf mich«, kam die ungerührte Antwort von der Theke.

»So long, Leute!«, lächelte Sirion, trat vor die Tür (die richtige) und ließ sich von seinem Raumer, einer ziemlich heruntergekommenen Ergotronic Epsilon, abholen.

Nichts geschah.

Das Tonnenschiff der Megakopfgeldjäger rührte sich nicht.

Betretenes Schweigen breitete sich aus.

»Ja, was ...?«, brummte der Helioschürfer an der Bar konsterniert.

Plötzlich machte sich die allgemeine Verblüffung Luft. Unruhe entstand. Probeweise wurden die abgestellten Schiffe angerufen, wurden Gliedmaßen, Molluskeln, Fangarme, sonstige Extremitäten ins Freie gestreckt.

Das Tonnenschiff blieb regungslos.

Lautstark wurden verschiedenste Meinungen ausgetauscht, nur Random F, den die Sache im Grunde am meisten anging, kauerte noch immer mit trüben Augen auf dem Boden.

Nach und nach kehrten wir zur Tagesordnung zurück, gaben Nachbestellungen auf, denen wir uns sogleich mit Hingabe widmeten.

»Er hat den Energiestrahl als Träger benutzt«, sagte eine klirrende Stimme in die eintretende Stille.

Die Stimme gehörte zu einer atomblonden Schmugglerin, die von dem Helioschürfer in ein Gespräch verwickelt worden war.

Aufreizend gelangweilt blies sie eine grünliche Rauchwolke aus ihrem Schmollmund. Dem Helioschürfer direkt ins Gesicht.

Ich horchte auf. Die Schmugglerin, die vermutlich aus den Randbereichen des Fladenschleiers stammte, war mir bislang lediglich durch ihre üppigen Formen aufgefallen, die aus einem winzigen, hautengen Bekleidungsstückchen zu quellen drohten, das in der Hauptsache aus zum Zerreißen gespannten Schnüren und Bändern zu bestehen schien. Kein Wunder, dass ihre Stimme so gepresst klang.

»Man braucht dazu natürlich eine Modulationsschiene, mit der man seine Information auf den jeweiligen Träger puscht. – Ich vermute, Sirion hat in diesem Fall explosionsartig sich vermehrende Energieabsorptionspartikel auf die Reise geschickt, die sich ausgehend von der Geschütz-Zielvorrichtung über sämtliche Systeme des Tonnenschiffs verteilt haben.«

»Mag ja sein«, knurrte der Helioschürfer. »Aber dazu hätte er wissen müssen, dass der Kampfstrahl als Träger

geeignet war. Es gibt ja die verschiedensten Arten ...
Wäre der Schuss zum Beispiel auf quantensprungabge-
hackter Schiene geritten, wären seine Partikelchen wir-
kungslos im Leerraum hängen geblieben. Und so weiter.
– Er musste nahe genug heran kommen ... Ich bin mit
der Schnittstellenmechanik nicht sonderlich vertraut,
schätze aber, dass sich das Ganze im Nano-
Längeneinheitsbruchteilstel abspielt. Und woher konnte
er wissen, dass die Megas nicht eine völlig andere Waffe
einsetzen würden? Dass sie es augenscheinlich nicht auf
kompromisslose Vernichtung abgesehen hatten? Denn
ohne Zweifel standen ihnen andere Mittel ...«

»Risiko«, unterbrach ihn die Geschnürte gelangweilt.

»Außerdem«, und sie lächelte dunkel über die Theke
zu Hounds hinüber, »hätte es noch andere Möglichkeiten gegeben, wie ich meine.«

Hounds hob nur kurz den Kopf, während er ein röhrenförmiges Gerät in einem Regal verstaute.

Ich konnte nur einen kurzen Blick darauf erhaschen,
war mir aber ziemlich sicher, dass es sich dabei um einen
Leerraum-Deformator handelte. Bislang hatte ich nicht
geahnt, dass im bekannten Universum noch ein
Exemplar dieser ebenso harmlos erscheinenden wie
heimtückischen Waffe existierte. In den Alabaster-
Sternenkriegen war sie von den Kampfmaschinisten von
Butterblume-Rot eingesetzt worden, und der Raumschifffriedhof über Butterblume-Gelb legt noch heute ein
beredtes Zeugnis ihrer verheerenden Wirkung ab.

Die raumhohe Flügeltür im Eingangsbereich wurde
aufgestoßen, krachte scheppernd in ihrer Aufhängung
und riss mich solcherart aus meinen Betrachtungen.

»Also schön! Wo ist er?!«, knurrend stürmte ein
hochgewachsener Primatenabkömmling in die Bar, die
breiten Schultern angriffslustig nach vorn gereckt, die
ultrapink getönte hüftlange Mähne rauschend. Die Zäh-

ne waren zu einem grimmigen Lächeln gebleckt. Die hochglanzelastische Montur funkelte bläulich. Die behaarten Fäuste ballten sich. Die gelben Augen sprühten. Kurz – alles an dem Kerl schrie geradezu vor Aggressivität.

Seine Nüstern blähten sich, als er mit sezierendem Blick die Schnürtechnik des Bekleidungsfetzelchens musterte, das die Schmugglerin eher aus als an hatte.

»Man hat ja so wenig Zeit ...«, seufzte er, woraufhin die Frau ihre Brüste reckte.

»Random F!!!«

Der Primat hatte den immer noch vor sich hin dämmernden Galakto-Rechercheur entdeckt und hob ihn an der Jacke wie ein Püppchen in die Höhe.

»Ich warte auf deinen Bericht!«, schnaubend beutelte er ihn hin und her, dass die Glieder schlackerten.

Random gurgelte ein paar unverständliche Laute, schien aber tatsächlich langsam zu sich zu kommen.

»Mein Name ist übrigens Z'ank. Abraxomas Z'ank«, warf der Primat erklärend in die Runde. »Koordinierungsmaster bei den ›Galactic Spaces‹, zu denen auch dieses Häufchen Elend hier gehört.«

Wieder schüttelte er Random kräftig durch, was sich anscheinend positiv auf dessen Stoffwechsel auswirkte. Womöglich war er diese Art von Behandlung gewöhnt.

»Oh, hallo Master...«, lallte er nämlich. »Gut, dich zu sehen ...«

»Meinst du.« Mit eher wenig Gutes verheißendem Unterton in der Stimme setzte Abraxomas den Rechercheur auf einen Barhocker und ließ ihn los. Random knallte sofort wieder auf den Boden.

»Draußen hängt übrigens ein Tonnenschiff der Megas im Leerraum«, sagte Abraxomas mehr zur Allgemeinheit. »Gibt keinerlei Existenzzeichen von sich, trudelt so rum. Scheint völlig aus der Optik. Ich meine, nur falls es einen von euch interessieren sollte.«

Random F rappelte sich auf.

»Das ist es ja gerade! Das ist der Grund, weshalb ich meine Story noch nicht durchgeben konnte! Die Megas haben mich bis hierher verfolgt und festgenagelt ... Wieso aus der Optik?«

»Mensch, lahmgelegt, ausgeschaltet, abgeknipst, was du willst!«

»Ja, aber ...«

»He, hast du was verschlafen? Oder wie? Bin ich der Rechercheur oder du?!«

Random blickte hilfesuchend um sich, erntete aber nichts als teilnahmsloses Schulterzucken.

»Wo ist Miasma?«, wechselte Abraxomas gefährlich leise das Thema.

»Nun ja, du weißt ja, dass wir sozusagen in geheimer Mission unterwegs waren ...«

»Ist mir hinlänglich bekannt. Die Details eures Einsatzes, wenn ich bitten darf!«

Random schluckte.

»Ach, Master, wie hast du mich übrigens hier aufgespürt?«, versuchte er zu scherzen.

»Der Standort deiner letzten, etwas – nun ja, will mal sagen – dubiosen Meldung ließ dir nur wenig Spielraum. Dein Bericht!«

Random wand sich sichtlich. Je unangenehmer ihm die Geschichte wurde, desto aufmerksamer verfolgten wir das Geschehen. –

Also ... Wie soll ich beginnen? Tja ... Anfangs ging alles glatt. Wir drangen unbemerkt in die Geheimarchive des fraglichen Objekts ein – du weißt ja ... Dazu benutzten wir einen umgepolten Archivspeicher – na ja, nicht ganz ungefährlich, denn diese Speicher sind ja üblicherweise nicht auf den Transport belebter Materie eingerichtet ...

Nachdem wir den gesuchten Speicherplatz gefunden hatten, machten wir uns an die Arbeit. Die Ergebnisse lud ich wie immer auf den in mein Okularzentrum implantierten Memo-Chip. Können wir jederzeit abrufen. Du wirst begeistert sein.

Anscheinend müssen wir trotz aller Vorsicht Alarm ausgelöst haben. Keine Ahnung, wodurch. Jedenfalls war das Archiv auf einmal gesperrt, von überall her drangen Überwachungstrupps auf uns ein.

Es war unser Glück, dass unsere Verfolger keine tödlichen Waffen einsetzen konnten; der gesamte Archivbestand wäre in Gefahr gewesen, du verstehst ... So gelang es uns, uns in einen Datenausgang einzufädeln.

Wir erreichten einen Warenkatalog, von wo aus uns mehrere Abrufkonverter zur weiteren Flucht zur Verfügung standen.

Während ich noch damit beschäftigt war, einen der Konverter für uns zu justieren, stellten uns die Verfolger – und hier schreckten sie nun nicht mehr vor dem Gebrauch ihrer Waffen zurück. Im Feuergefecht konnte ich keine exakte Justierung vornehmen und wurde auch von Miasma getrennt.

Mit Mühe und Not gelangte ich in einen Warenumschlags-Außenposten, und zuletzt landete ich schließlich hier am Andromeda-Highway.

Das ist in groben Zügen alles. Die Dateien sind jedenfalls gesichert und stehen zur Veröffentlichung bereit. Wird einen Megawirbel geben, was Master? –

Abraxomas schnaubte.

»Wenn ihr die Aufnahmen nur nicht versiebt habt! – Wird unsere Auflage in die Gigas schrauben. – Aber als Chief-Master habe ich noch andere Pflichten ...«

Er tippte mit spitzem Finger auf Randoms Brust.

»... zum Beispiel die Betreuung meiner Leute.«

Randoms Gesicht verlor jeglichen Rest von Farbe.

»Was könnte wohl mit Miasma passiert sein?«, fragte Abraxomas eher harmlos. Zu harmlos für meine Begriffe. Und Random F fiel darauf herein.

»Nun ja, äh, keine Ahnung! Denkst du etwa, sie haben sie erwischt?«

Abraxomas Z'ank richtete sich zu seiner vollen Größe auf.

»Manches spricht dafür.«

Ein kurzer Moment atemloser Stille.

»Zum Beispiel?«, wollte Random wissen, was ein Fehler war, wie sich nun herausstellte. Denn Abraxomas' Ruhe war nur oberflächlich gewesen.

»Zum Beispiel?!!«, brüllte er los. »Zum Beispiel, dass sie im Materie-Übermittler der ›Galactic Spaces‹ auftauchte! Völlig nackt – mit einem faustgroßen Loch im Bauch!!!«

Random F's Gesicht zeigte keinerlei Regung. Doch seine Hände begannen zu zittern.

»Also – sie hat es nicht geschafft ...«, sagte Random langsam, und eines war mir sofort klar: Er wollte Zeit gewinnen, wollte sich eine Geschichte zurechtlegen ...

Abaraxomas hatte die Arme vor der Brust verschränkt und starrte seinen Rechercheur abwartend, lauernd an.

»Tot also ... Und es gibt absolut keinen Zweifel?«

»So tot wie du mit einem Loch, von einer Lasertop-Repetierautomatik durch den Körper gestanzt, nur sein kannst«, knirschte Abraxomas.

»Und man hat euch kein Double untergeschoben ...?«

Z'ank schnaubte nur verächtlich: »Hältst du uns für Stümper?!«

Random nickte schwer.

»Schade. Schade um Miasma. Eigentlich. – Obwohl ...« Offenbar hatte er einen Entschluss bezüglich seiner weiteren Vorgehensweise gefasst. »Ja, obwohl sie, nun ja, nicht die kaltblütige Frau war, für die wir alle sie gehalten haben. Für die sie gehalten werden wollte. Woran sie hart gearbeitet hat. Zugegeben: mit einigem Erfolg. Auch ich, ich muss es gestehen, habe mich täuschen lassen ...«

»Wie meinst du das?«

»Nun, weißt du, sie war im Grunde so was wie ein Schisser. Zögerlich im Einsatz, langsam in ihren Entscheidungen. Wenn sie überhaupt welche traf ... Musste angetrieben werden, regelrecht gepeitscht ... Tatsächlich war sie fast völlig hilflos ... Im Einsatz, wohlgemerkt. Nachher fand sie dann immer einen Weg, sich ins rechte Licht zu setzen beziehungsweise zu rücken. – Ist dir schon mal aufgefallen, dass die meisten ihrer Partner im Feld geblieben sind? Sie war eine Blenderin, verstehst du?« –

Als wir vor dem Datenübertragungsfeld in dieser Relaisstation standen, da klammerte sie sich plötzlich an mich.

»Oh, Random, können wir das wirklich wagen?«, hauchte sie mit weinerlicher Stimme, und ich war ziemlich überrascht.

Es war mein erster Einsatz mit ihr. Bislang hatte ich sie, wie vermutlich alle, für die Kaltblütigkeit in Person gehalten.

»Was meinst du?«, fragte ich, schon bereit, in das flirrende Feld zu treten.

»Diese ... diese Transferstellen ... Ich meine, die operieren doch sonst mit reinen Daten, nicht wahr? Und doch nicht mit belebter Materie ... Und wir sollen uns transferieren lassen ...?«

»Baby, das ist unsere einzige Chance, in dieses Archiv vorzudringen. Komm schon, unsere Körper sind auch nichts anderes als Datenmaterial!«

Ich musste sie beinahe mit Gewalt durch das Feld schieben, so sehr sträubte sie sich. Wenn ich sie für den Bericht nicht unbedingt gebraucht hätte, und zwar für die Holoaufnahmen, ich hätte sie bereits hier zurückgelassen.

Wir kamen natürlich unbeschadet im Archiv an – und doch brach sie beinahe vollständig zusammen. Sie stand wie angewurzelt vor den gewaltigen Datenblöcken, starrte mit offenem Mund auf die verwinkelten Datengänge, die aufgehäuften Datengebirge.

»Ach, du überdimensionales Wesen!«, stöhnte sie. »Random, wie wollen wir hier die gesuchten Inputs denn jemals finden?«

»He, Kleine!«, fuhr ich sie an. »Dreh hier nicht durch! Wir gehen systematisch vor!«

Es war doch völlig klar: Die Daten mussten in der Bank mit den höchsten Sicherheitszugängen stecken. Die zu finden, war nun wirklich nicht schwer.

Ich orientierte mich an einem Übersichtsplan und zerrte Miasma, die nun ein einziger Klotz an meinem Bein war, in die fragliche Abteilung hinter mir her.

»Los! Mach schon!!!«, brüllte ich. »Raus aus dem Kampfanzug!«

Ich musste ihr die Montur förmlich vom Leib reißen.

»Wenn ... wenn sie uns aufspüren, bin ich total schutzlos ...!« Sie weinte fast. »Du musst die Sicherung übernehmen, hörst du? Die Sicherung ...!«

»Ja doch!«, knirschte ich. »Mach schon! Wir nehmen die Holos auf und sind auch schon weg!«

Sie reagierte überhaupt nicht, war wie eine willenlose Puppe. Irgendwie gelang es mir trotzdem, sie für die Aufnahmen zurechtzumachen. Sie war völlig gelähmt. Beinahe jeden Handgriff musste ich ihr abnehmen. Wir hätten den Auftrag in einem Bruchteil der Zeit erledigen können, wenn sie nicht den Kopf verloren und stattdessen mitgearbeitet hätte. Aber so … es kam, wie es kommen musste.

Sie überraschten uns im Archiv. Wir brauchten einfach zu viel Zeit. Außerdem musste ich unsere Absicherung vernachlässigen, was ich ungern tat. Aber ich musste die Holos schießen, mich um diese erstarrte Miasma kümmern, und … und … und. Alles gleichzeitig.

Als ich die Überwachungstrupps entdeckte, war es beinahe schon zu spät. Sie hatten uns weiträumig umstellt, doch es gab noch Lücken. Wir konnten es schaffen. Wir hätten es schaffen können …

Wenn nicht Miasma jetzt endgültig zusammengebrochen wäre.

»DA SIND SIE!!!«, schrie sie hysterisch.

»Ich übernehme die Deckung!«, rief ich und baute ein Schirmfeld um uns auf. »Los, rein in deine Montur und mir nach!«

Ich legte gezieltes Sperrfeuer zwischen uns und unsere Verfolger, machte mich auf die Suche nach einem geeigneten Datenausgang für unsere Flucht.

Die Überwachungsmannschaften waren uns hart auf den Fersen. Sie arbeiteten mit Psychoschrauben, gegen die meine Abwehrschirme nur unzureichend Schutz boten.

In den Kampfhandlungen konnte ich natürlich nicht ausreichend auf Miasma achten. Ich registrierte, dass sie sich in meiner Nähe aufhielt, deckte sie so gut es ging mit meinen Feuerstößen. Du kannst dir vielleicht meine Bestürzung vorstellen: Wir erreichten unter und zwischen dem Kreuzfeuer hindurch den Warenkatalog, bekamen dadurch etwas Luft, ich wandte mich Miasma zu ... Was soll ich sagen? Sie hatte in ihrer Panik den Kampfanzug eben nicht angelegt! Sie stand völlig nackt und vor Furcht zitternd neben mir – und ich war wie vor den Kopf geschlagen!

Hektisch versuchte ich, einen der Konverter zu justieren. Es kam jetzt erst recht auf jeden Bruchteil eines Zeiteinheitstels an, nur schnell weg! Aber da drangen sie schon wieder auf uns ein.

Sie kamen von allen Seiten, unterliefen mein Sperrfeuer, nichts hielt sie mehr auf.

»MIASMA!!!«, brüllte ich, während um uns die Welt explodierte. »Rein in das Abstrahlfeld!!!«

Sie reagierte nicht!

Mit der Rechten legte ich, die schwere TopBlaster-Matic schwenkend, ungezielte Abwehrschläge, mit der Linken schob ich die sich sträubende, heulende, beißende, kratzende Miasma auf das Feld zu. Es flackerte bedenklich, konnte jeden Augenblick in sich zusammenbrechen, war aber zum Greifen nah. Wir hätten es immer noch schaffen können ...

Miasma war vollständig außer sich. Sie leistete heftigen Widerstand, trat jetzt sogar um sich, biss mir in die Arme, klammerte sich an meine Beine, brachte mich halb zu Fall, würgte mich, schrie, heulte, tobte in einem fort, fiel mir in den Waffenarm.

So konnte ich natürlich unsere Verfolger nicht mehr auf Distanz halten.

Mein Schutzschirm brach zusammen.

Ich bekam einen mörderischen Schlag in den Rücken, der mich in das Abstrahlfeld katapultierte. Ich versuchte noch, mir Miasma zu schnappen und sie mit mir in Sicherheit zu ziehen – sie schlug mir mit der Faust ins Gesicht. Dann war ich durch und weg.

Was mit Miasma passierte ... habe ich erst jetzt erfahren. –

Random F blickte seinen Chief-Master herausfordernd an. Doch dieser schwieg sich aus.

»Herbe Geschichte, was Chief?«, sagte Random endlich. »Ich meine, wer hätte das gedacht, von Miasma und so ...«

Er stockte, denn Abraxomas Z'ank bleckte alles andere als anheimelnd die Zähne.

»Random F«, begann er, scheinbar die Ruhe in Person. »Du bist wohl völlig aus der Optik! – Es war mir schon lange klar, dass du ein unterdimensionierter, nulldimensionaler und negativzerebraler Aufschneider bist. Nur beweisen ließ sich das bislang nicht. Jetzt hast du diesen Beweis sozusagen frei Haus selbst geliefert und noch dazu offenbart, was für ein Arschloch du in Wirklichkeit bist. Dein Arbeitsverhältnis mit den ›Spaces‹ ist hiermit fristlos gekündigt!«

»Aber, Chief ...!«, heulte Random auf. »Wie kannst du so was ...«

Abraxomas unterbrach ihn mit einer einzigen Handbewegung.

»Weißt du, Random«, müde fuhr er sich über die geröteten Augen, »wenn du mir schon so eine Geschichte auftischst, dann erwarte ich zumindest Geist, Esprit und Überlegung. Übrigens Eigenschaften, die einen guten Rechercheur prinzipiell auszeichnen.«

Random F glotzte verständnislos.

»Du hast keine Ahnung, wovon ich rede, nicht wahr?«

Die Geduld von Abraxomas Z'ank war einfach überirdisch.

»Überleg doch mal: Warum sollte irgendwer irgendeine Leiche durch einen Materie-Übermittler schicken? Noch dazu wenige Augenblicke, nachdem der gewaltsame Tod erst eingetreten ist?«

Random schluckte.

»Du hast mich verarscht!«, keifte er. »Miasma ist gar nicht tot! Und sie hat natürlich eine völlig andere Geschichte ...! Jetzt ist mir alles klar!«

»Nichts ist dir klar, du Minushirn. Miasma ist tot – und niemand weiß das besser als du! – Aber ich will dir mal auf die Sprünge helfen: Man hat uns die Leiche unverzüglich übermittelt, damit wir in der Lage waren, eine Mnemosektion des psionisch noch nicht erstarrten Gehirns vorzunehmen.«

Random taumelte gegen den Tresen und hielt sich daran krampfhaft, bebend fest. Die Beine wollten ihn kaum noch tragen, kalter Schweiß strömte über seine Stirn, sickerte in den steifen Kragen.

»Das hättest du bedenken sollen, Random F«, sagte Abraxomas und holte einen Mnemo-Quader aus der Tasche. In aller Ruhe legte er den kaum daumengroßen (an menschlichen Normverhältnissen gemessen), grünlich schimmernden Quader auf den Tresen und berührte den Wiedergabesensor.

Grässlich gelbstechendes Licht raste durch den Raum. Ein Feuerball krachte mit ohrenbetäubendem Kreischen auf uns zu. Unwillkürlich sprangen wir zur Seite oder unter die Tische.

»Der letzte Eindruck ist natürlich immer der stärkste«, erklärte Abraxomas gelassen. »Du gestattest doch, dass ich den finalen Einsatz Miasmas vorspiele ...«

Random F brachte nur noch ein heiseres Röcheln hervor. Zwei Gestalten in Kampfmonturen entstanden in holografischer Abbildung auf dem freien Platz vor der Bar. –

Wir stehen vor dem Archivspeicher einer Warenhauskette. – Es erklang eine dumpfe Stimme, und wir alle spürten, dass sie nicht mehr von unserer Daseinsebene stammte. – *Random will sich in den Datenstrom einfädeln. Ich halte ihn zurück.*

»Moment mal!«, sage ich. »Wir müssen zuerst die Speichermatrix überbrücken – andernfalls rasen wir, solange das System nicht gelöscht wird, als nicht ablegbare Datenströme durch die Benutzerbänke!«

Random erbleicht, murmelt etwas wie: »Daran hab ich gar nicht gedacht ...«

Wir erreichen das gesuchte Geheimarchiv. Random stürzt sich sofort auf die Datengänge. Ich öffne meine Montur, schaue mich um. –

Ein bewunderndes Raunen ging durch das *Houndsndogs*, als die Miasma-Holografie ihren Striptease begann. Selbst die anwesenden Nichthumanoiden nickten anerkennend.

Die enggeschnürte Schmugglerin pfiff allerdings geringschätzig durch die Zähne. Mit ihren Formen konnte Miasma in der Tat nicht mithalten, vor allem was die auszuufern wollenden sekundären Geschlechtsmerkmale betraf, doch über ästhetischen Genuss besteht bekanntermaßen eine gewisse Uneinigkeit in Bezug auf Anschauung und Beurteilung. –

»Hör mal«, fordere ich Random auf. »Es wird seine Zeit dauern, bis wir in diesem Datengebirge die gesuchten Inputs finden ...«

»Ich arbeite daran. Siehst du doch!«

»Was ist mit unserer Absicherung? Du trägst deinen Anzug, der dich automatisch schützt. Aber was ist mit mir? Ich springe hier die meiste Zeit ohne alles herum ... Also triff gefälligst Maßnahmen, wenn ich bitten darf! Ich möchte hier lebend raus!«

»Oh, Scheiße!«, faucht Random. »Die werden uns hier nie aufspüren! Absicherung – überflüssiger Quatsch! Reine Zeitverschwendung!«

»Random, du tust, was ich dir sage. Sofort!«

*Er zieht den Schwanz ein und setzt ein paar Son-
den ab. Ich steige endgültig aus der Montur, mache
mich an die Arbeit. –*

Das Holobild wurde unscharf und verwischte zu einem blitzenden Flimmern.

»Ich überspiele dieses Zwischenstück im Schnell-
vorlauf«, grinste Abraxomas Z'ank. »Könnt ihr euch
dann alles in den ›Spaces‹ ansehen ...«

Das Holo stabilisierte sich wieder. –

*... haben es beinahe geschafft. Noch eine Aufnahme. Wir
arbeiten wie die Besessenen. Random hat alles andere
um sich vergessen. Nur noch die Aufnahmen zählen.*

»Was ist mit deinen Sonden?«, will ich wissen.

»Was soll damit sein?«

*»He, du vernachlässigst die einfachsten Sicherheits-
regeln! Was ist mit den Sonden?!«*

*Random wirft einen oberflächlichen Blick auf seine
Instrumente. »Keinerlei Rückmeldung. Alles klar. Los,
weiter!«*

*»Keinerlei Rückmeldung?«, horche ich alarmiert
auf. Das kann nur eines bedeuten! Ich hechte zu meinem
Kampfanzug hinüber.*

*»Ach, du Scheiße!«, schnallt auch er endlich, was los
ist. »Die haben meine Sonden ausgeschaltet!«*

*Er fährt seinen Körperschutzschirm hoch und rennt
in einen der Datennebengänge, wo er sich hinkauert.*

*»Das ist sinnlos!«, knattert eine Robotstimme, als
habe sie gerade auf diesen Augenblick gewartet. »Wir
haben euch! Gebt es auf!«*

*Random springt in Panik hoch, dreht sich einige Ma-
le hektisch um seine Körperachse, stürzt kopflos davon.*

*»Random!!!«, brülle ich ihm nach. »Bleib stehen!
Übernimm meine Deckung, solange...«*

Peitschende Schüsse schneiden mir das Wort ab. Zur Seite, abrollen, auf die Beine! Ich muss Anzug und Waffen zurücklassen. Sie kommen von allen Seiten. Random ist meine einzige Chance. Hinterher!

Die Datenblöcke knistern. Zum Glück können sie hier keine schweren Geschütze auffahren. Mehrmals verfehlen mich ihre Psychoschrauben nur um Haaresbreite.

Ich hole Random ein. Der Kerl zittert am ganzen Leib. Seine Waffe hängt unbenutzt am Gürtel.

»Sperrfeuer! Sperrfeuer!!«, schreie ich ihn an.

»Wie ... was ... ich ...«

Er stammelt nur noch, schaltet aber seinen Individualschirm ab. Sofort reiße ich die Waffe an mich, blase einen der Roboter ins Nichts. Die anderen bleiben auf Distanz.

Random will weglaufen. Ich halte ihn fest, fummle an seinen Instrumenten. Um uns entsteht ein flirrender Abwehrblock.

»Sie haben uns ... Sie haben uns ...«, jammert Random vor sich hin. Tränen sickern aus seinen Augen, Speichel aus dem Mund. Ich bringe ihn mit einem Fußtritt auf die Beine.

Dem Punktfeuer der Roboter hält unser Abwehrblock nicht lange Stand. Ein Pressschlag hebelt mich zu Boden. Noch im Fallen hämmere ich drei Robs zu Klump. Tolles Ding, diese TopBlasterMatic!

»Zu einem Datenausgang!«, schreie ich Random zwischen den Schüssen an. Weiß nicht, ob er mich versteht. Aber sie können noch nicht alle Ausgänge besetzt haben! Ihr Feuer hat noch große Lücken!

Wir erreichen eine Datenemission. Ich halte mit Dauerfeuer die Angreifer in Schach. Random kapiert endlich, macht sich am Terminal zu schaffen. Endlich steht das Übertragungsfeld. Random stößt mich zur

Seite, fädelt sich schreiend ein. Saukerl! Die TopBlaster läuft heiß. Irgendwie tauche ich unter dem Kreuzfeuer durch, schnelle mich in das Feld. Höchste Zeit!

Höllischer Materialisationsschmerz! Sie müssen den Datenausgang im Moment meines Übertritts zerstört haben. Ein letztes Mal Glück gehabt!

Wieder ein Warenkatalog. Es bleibt wenig Zeit. Sie haben unsere Spur. Bald werden sie hier sein.

»Geschafft! Miasma, wir haben es geschafft! Schätzchen!«, freut sich Random blöde und greift hinter mir stehend nach meinen Brüsten.

Ein trockener Schlag mit dem Ellenbogen gegen die Nasenwurzel befördert ihn in eine Ecke.

»Qualmender Exkrementhaufen!«, herrsche ich ihn an. »Lass bloß deine glitschigen Finger von mir!«

Keine Zeit, ihn vollständig zum Nullquant zu machen. Der Konverter muss justiert werden.

Meine Finger fliegen über die Tastaturplättchen. Jeden Augenblick können sie hier sein – und hier werden sie keine Rücksicht mehr nehmen!

Irgendwo heulen Alarmmechanismen auf. Energiegitter knistern. Schwere Stiefel poltern. Meine schlimmsten Befürchtungen werden wahr: Killerkommandos!

Die Geräuschkulisse bringt Random wieder zur Besinnung. Er rappelt sich auf. Kein Gedanke mehr daran, weiter an mir herumzufummeln. Er fängt wieder an zu schluchzen und zu jammern.

Die Konverterzone steht!

Die ersten riesigen Berserker der Killerkommandos tauchen in meinem Gesichtsfeld auf. Schon fauchen, knattern, donnern ungezielte Schüsse.

Random in totaler Panik. Hat erkannt, mit wem wir es zu tun haben. Falle ihm in den Arm, bevor er Körperschirm aktivieren kann, der nur ihn schützt.

Gebe gleichzeitig Feuer, hantiere am Funktionsgürtel seiner Montur, presse mich eng an ihn.

Randoms Körperschirm baut sich um uns beide auf. Kurzfristig. Fängt pfeifend erste Treffer ab. Flackert, kann ja nicht auf zwei Körper abgestellt werden. Streifschuss heult flammend über ihn. Schirm bricht wabernd zusammen.

Todesangst verleiht Random ungeahnte Kräfte. Stößt mich von sich.

Rolle über Boden. Halte TopBlaster auf alles, was sich bewegt. Schirme der Kommandos erfahrungsgemäß für Handfeuerwaffe zu schwer. Doch Treffer schütteln Träger durch. Wenigstens das. Kann sie fürs Erste auf Distanz halten.

Um mich platzen Entladungen. Kochende Energie. Beißender Qualm. Ohrenzerfetzendes Krachen. Brandblasen auf der Haut.

Wirble herum. Feuere pausenlos. Die Typen so schnell, dass ich sie nur als Schatten wahrnehmen kann. Dazu der Rauch. Die Energieblitze. Augen tränen. Wandplastik verdampft. Kochende Tropfen spritzen, brennen sich in mein Fleisch.

Muss Konverter erreichen!

Sperrfeuer der Kommandos lässt mir kaum Raum. Lungen stechen. Bleckendes Licht, zischende Entladungen, Explosionen, Qualm, Rauch, sprühende Funken — sehe fast nichts mehr. Ballere blind um mich. Irgendwo da hinten Konverter. Stolpere, Beine wie bleihaltiges Gummi.

In aufreißender Qualmdecke erkenne ich Random. Verschwindet im Abstrahlfeld. Hat keine seiner Waffen angerührt.

Querschläger jault zwischen meinen Schenkeln durch. Bringt mich aus Gleichgewicht. Falle. Lauf von TopBlaster glüht. Finger krümmt sich über Abzug.

Grelles Licht.

Muss Konverter ...!

Dumpfer Schlag.

Konverter ...?

Etwas wühlt durch meine Körpermitte.

Wirft mich gegen kochende Wand. Kann mich nicht mehr rühren. Bin plötzlich nicht mehr beteiligt. Keine Schmerzen mehr. Merkwürdig. Irgendetwas stimmt nicht mit meinem Körper. Ich spüre ihn nicht. Spüre überhaupt nichts. Arme werden schwer. Alles wird schwer. Licht gleichzeitig heller und dunkler.

Ich ... –

Nur das leise Klirren der Gläser – Hounds wischte mit seinem unvermeidlichen Tuch – war in der Stille zu hören.

Random F schluckte einige Male, versuchte ein verkrampftes Lächeln, das zur Grimasse geriet, setzte zum Sprechen an, zog es dann doch vor zu schweigen.

»Tja ...«, gurgelte Abraxomas Z'ank.

Random fing sich mühsam.

»Gut!«, zischte er angriffslustig. »Dann gibt es wohl nichts mehr zu sagen!«

Er wandte sich zum Gehen. Abraxomas packte ihn am Arm.

»Nicht so hastig, Freundchen!«, fauchte er. »Der Implant-Chip! Die Operation hat die ›Spaces‹ eine Menge gekostet. – Du wirst doch wohl nicht annehmen, dass du ihn einfach mitnehmen kannst?!«

Randoms Augen weiteten sich. Mit einer ruckartigen Drehung versuchte er, sich zu befreien. Abraxomas hatte jedoch bereits die Pranke schraubstockartig um seinen Nacken gelegt. Random strampelte, doch Abraxomas' Griff lockerte sich nicht.

Mit zielsicherer Bewegung öffnete Abraxomas eine Klappe an Randoms Hinterkopf. Random heulte vor

Schmerzen auf. Augenblicke später hielt Abraxomas den Chip zwischen den Fingern.

Random taumelte benommen zum Ausgang. Einige Faserdrähte baumelten aus seinem Schädel. Bevor er die Tür fand, prallte er gegen die Wand. Abraxomas' Eingriff schien das Wahrnehmungsvermögen des Ex-Rechercheurs in nicht unerheblichem Maße beeinträchtigt zu haben.

Hounds verzichtete in diesem Fall auf seine sonst übliche Warnung, die verschiedenen Ausgänge zu beachten. Leises Bedauern kroch durch den Raum, als Random die richtige Tür fand.

»Das war die kürzeste Operation, die ich je gesehen habe«, sagte die Schmugglerin mit dunkler Stimme.

Abraxomas starrte ihr unverschämt grinsend ins Gesicht und auf gewisse andere Körperteile, wobei er den Chip mit einer Hand spielerisch in die Luft warf.

»Habt ihr am Rand des Fladenschleiers eigentlich immer noch diese Hydro-Betten an Bord eurer Raumschiffe?«, wollte er anzüglich wissen.

»Mit tektonischer Aufhängung und Whirlpool.«

»Erstklassig.«

Beide verschlangen die Arme ineinander und verließen die Bar.

»Jetzt würde mich nur noch interessieren«, sagte der bullige Helioschürfer nach einer Weile, »wofür Miasma gestorben ist. Muss ja hochbrisantes Material sein ...«

Hounds räusperte sich wie beiläufig, setzte sein ausdruckslosestes Gesicht auf und zog mit spitzen Fingern das schon etwas fleckige Geschirrtuch von der Theke. Darunter kam Abraxomas' Mnemo-Quader zum Vorschein.

So kamen wir quasi vorab in den Genuss der kurz darauf erscheinenden Ausgabe in Hochglanz-Holo-Extra der ›Galactic-Spaces‹. Oder doch zumindest der maßgeblichen Teile davon.

»Ach, du unterdimensioniertes Wesen!«, fasste El Ubh, der beulenblasige Semiote von Quadriphon-Erp, stöhnend zusammen, nachdem wir den Quader abgespielt hatten. Er brachte damit unser aller Gedanken so ziemlich auf einen Nenner.

Miasma in beulenförmigen Gewändern. Miasma in knallengen Plasto-Anzügen. Miasma in wallenden Tüchern. In winzigen Metallplättchen-Gehängen. In großzügig ausgeschnittenen Umhängen. Legere Schnitte. Körperbetonte Wursthüllen. Überdimensionale Hüte. Gigantische Brustpanzer. Exorbitante Dekolletees. Elastische Bündchen. Kordelzüge. Applikationen. Zierknopfreihen und Manschetten. Geraffte Brustpartien. Geschlitzte Kombinationen. Einteiler. Zweiteiler. Dreiteiler. Mehrteiler. Attraktive Bein-, Bauch-, Brustoptiken. Oberteile. Unterteile. Mittelteile. Häkchenverschlüsse im Schritt. Stäbchen, Körbchen und Formbügel. Strapse, Höschen und Krawatten. Bodysuits, Korsagen und Korseletts. Shorts, Tops und Flops.

»Ach, du unterdimensioniertes Wesen!«, wiederholte El Ubh röchelnd. »Sie starb für die neue Sonnenwirbel-Kollektion der Modemacher von Zeppelin FurotOmb ...«

Es gibt sie noch ...!

»Im Zuge meiner vielfältigen Forschungen«,
sagte der Professor mit seiner leicht näselnden Stimme,
»habe ich mich unter anderem auch manchen Studien
der Archäologie gewidmet.

Mein Hang zum Absonderlichen führte mich vor einiger Zeit auf einen völlig abgehalfterten Planeten in
dieser absolut unordentlichen Galaxis, die hier in nächster Nähe liegt.

Übrigens...«, und seine Stimme zitterte vor Belustigung, »waren dessen Bewohner in einem ungeheuren
Maße einfallsreich, indem sie ihren Planeten quasi mit
dem Material bezeichneten, aus dem er letztlich bestand. Dreck nämlich. Höchst einfallsreich, wie ich
nochmals, nun meinerseits höchst ironisch, betonen
darf, denn diese Bezeichnung träfe im Grunde wenigstens auf Abermyriaden von anderen Planeten ebenfalls
zu.

Später ging man dann dazu über, den Begriff ›Terra‹
zu verwenden, lediglich ein anderes Wort derselben
Bedeutung, entnommen einer, wie sie sagten, antik-
mythologischen Sprache. Das klang besser und machte
im interstellaren Vergleich mehr her.

Bezeichnend dabei ist«, der Professor konnte sich
vor Heiterkeit kaum beherrschen, »dass dieser Begriff
›Terra‹ zuerst von einigen windigen Schreiberlingen
geprägt worden ist, die sich einer speziellen Gattung
der Literatur verschrieben hatten. Ihr Thema war die
Zukunft des Planeten und ihres Geschlechts – und sie
haben bei aller überbordenden Phantasie zumindest in
Bezug auf den Namen ihres Planeten tatsächlich in die
Zukunft gewiesen.«

Er schüttelte sich vor Lachen. Wir Umsitzenden
lachten eher aus Höflichkeit mit.

Wenn es im *Houndsndogs* einen Tag-und-Nacht-Wechsel gegeben hätte, so wäre die Zeit vermutlich mit »früher Morgen« einigermaßen treffend umrissen.

Unser Tisch war als einziger noch besetzt. Das schummrige Licht wurde durch die aufsteigenden Dämpfe diverser Rauschstoffe vernebelt. Im Halbdunkel hinter uns hantierte Hounds an der Bar. Alles war also völlig normal.

Meine Sinne schwammen – ein Zustand, der bei längerem Aufenthalt an diesem Ort unweigerlich eintritt – in diesem wohligen Dämmerzustand, der die Wahrnehmung einerseits orbitant einschränkt, andererseits aber gleichzeitig witzigerweise gerade für die winzigsten Details schärft.

Schräg gegenüber lagerte in lasziver Haltung Cassiopeja Pearl und gestattete tiefe Einblicke in ihre aufsehenerregende Anatomie.

Nebenbei war sie Chefin des Universal-Trade-Konzerns auf Olofant Neun, der sozusagen die gesamten Zentrumsgalaxien beherrschte. Ihrer Stellung zum Trotz ließ sie es sich nicht nehmen, das Kommando über einen der Millennium-Giga-Trader ihres Unternehmens selbst zu führen. Die offiziell in den Frachtbriefen eingetragene Handelsware, so wurde gemunkelt, machte an Bord ihres Schiffes dabei stets nur den geringsten Teil der Fracht aus.

Immer, wenn es sie in diesen Raumsektor verschlug, kehrte sie »auf ein Glas« in der Bar am Andromeda-Highway ein. »Auf ein Glas.« – Sie sagte es stets mit spöttischem, vieldeutigem Lächeln. Und wie ich durch profunde Beobachtungen wusste, wurden daraus gerne ganze Transporterladungen, was der Besatzung ihres Giga-Traders mitunter längere Wartezeiten aufnötigte.

Diese Besatzung, die dem Vernehmen nach aus lauter Männern bestand, setzte im Übrigen nie auch nur einen

Fuß auf oder in das *Houndsndogs*. Nun ja, die Männer von Olofant Neun sind geistig – und wohl auch körperlich – etwas träge, aber gut zu gebrauchen für die untergeordneten Aufgaben an Bord eines Raumschiffs sowie sonstige Verrichtungen ... Sie würden jetzt alle Hände voll zu tun haben, die Ladung frisch zu halten – und ohne ihre Kommandantin konnten sie nicht starten, selbst wenn ihnen das in den Sinn gekommen wäre. Denn diese »verwaltete« sämtliche Zugangs- und Sicherheitscodes des Traders. Immer wenn Cassiopeja in eine ihrer knapp anliegenden Bodymonturen mit crescendalem Ausschnitt schlüpfte, hätte ihnen im Grunde schon klar sein müssen, wohin der Quantenmolch wieder einmal kroch.

Cassiopeja schlug die nicht enden wollenden Beine übereinander und lehnte sich zurück. Starshine Furunkel, ihr Tischnachbar, der bislang mit glasigen Augen in ihr Dekolleté gestarrt hatte, verzog missbilligend das Gesicht.

Der nächste Schluck würde ihn unweigerlich vom Stuhl hauen – er kam somit ohnehin nicht in Frage. Es gefiel ihr lediglich, ihn vor dem Blackout noch ein bisschen zu reizen.

»Sssehr interessant, Professor«, lallte Starshine prompt, um zu beweisen, dass seine Aufmerksamkeit ausschließlich der begonnenen Erzählung galt.

Der Professor lächelte wissend über den Rand seines Glases und streifte mit mehr als wohlwollendem Blick Cassiopejas Formen.

»Ich bin bei dieser Gelegenheit«, fuhr er fort, »auf eine Geschichtsfälschung ersten Ranges gestoßen, die nicht nur planetarisch begrenzte, sondern geradezu universumsweit bedeutsame Auswirkungen hat.«

Cassiopeja blickte währenddessen kalt in Starshines Augen – zugegebenermaßen, sie hatte wohl nichts gegen ihn persönlich, doch sie war nun mal versessen auf das Spiel.

Ihr Blick verunsicherte ihn zusehends. Auffordernd führte sie ihr Glas an die Lippen. Natürlich tat er es ihr gleich – und kippte vom Stuhl. Ich glaube nicht, dass er den Aufprall noch spürte. Danach wandte sich Cassiopeja dem Professor zu, der so tat, als ob er nichts bemerkt hätte.

Es saßen nun noch sechs Personen am Tisch – neben dem Professor, Cassiopeja Pearl und mir, ein semimechanischer Luftgurgler von Beloästher Gurx, ein Beulenfrosch von Chtumchochumth und ein doppelköpfiger Tentakler von Heu-Emm-Euatha. Auf die beiden Ersteren wirkten erfahrungsgemäß die Reize der humanoiden Cassiopeja nicht im Geringsten, dem Letzteren hatte sie bereits unmissverständlich zu verstehen gegeben, dass ihr Sinn absolut nicht nach einer heu-emm-euathaschen Tentakelrutsche stand.

»Die Bewohner des fraglichen Planeten nennen sich ja bekanntlich: Menschen, späterhin dann – hm – Terraner ... und sie sind dieser Geschichtsfälschung vollständig erlegen. Wie sie auch in Bezug auf die Entstehung ihres Geschlechts für gewöhnlich den diffusesten Meinungen nachhängen. Doch das ist ein anderes Thema.

Geschichtsfälschung – vielleicht ist das ein unzutreffender Begriff. Tatsächlich spielen von evolutionstheoretischen bis hin zu tiefenpsychologischen alle nur denkbaren Belange mit.«

Eine feuchtklebrige Hand klatschte auf Cassiopejas Oberschenkel. Starshine zeigte doch mehr Durchhaltevermögen, als wir alle ihm zugetraut hätten. Mit blutunterlaufenen Augen starrte er in den Schritt der hauteng verpackten Schönheit, versuchte, sich an ihr hochzuziehen.

Die schwüle Berührung widerte sie sichtlich an, und als ihm auch noch Speichel aus dem Mundwinkel troff, beförderte ihn ein kurzer Tritt ihrer Stiefelspitze gegen den Hals wieder in die Bereiche des Unbewussten.

»Ich bin seinerzeit eher zufällig an dieses Forschungsvorhaben geraten, das übrigens nie durch öffentliche oder sonstige Mittel gefördert wurde«, begann der Professor endlich deutlicher zu werden. –

Damals befand ich mich als geduldeter Passagier an Bord eines Raumsäuberers, der sich auf Schleichfahrt am Rande der stillgelegten Handelsrouten befand und Raummüll aller Art entsorgte. Das war, lasst mich überlegen, einige Zeit nach meinem Ausschluss aus der Akademie.

Der Kommandant des Säuberers, ein bulliger Neuromant namens Orgel Haluhoh, betrieb nebenher einen lukrativen Handel mit Wrack- und Maschinenteilen, was unter uns gesagt im Grunde nicht mit seiner Order in Einklang stand, die klipp und klar restlose Beseitigung vorschrieb.

Da er also alles irgendwie noch interessant und verwertbar Erscheinende einsammeln und untersuchen ließ, bevor er zur Entsorgung oder Weiterverwendung schritt, hatte ich gute Gelegenheit, die mannigfaltigsten Gerätschaften zu begutachten; denn ich arbeitete von Zeit zu Zeit als Analysator für ihn, um mich wenigstens leidlich mit Zahlungsmitteln zu versorgen. Das Leben an Bord war nicht gerade billig.

Nun, der Großteil des eingeschifften Materials war den Aufwand nicht wert, doch aus dem Rest ließ sich ordentlich Gewinn schlagen, dessen Löwenanteil natürlich Haluhoh für sich beanspruchte.

Nachdem wir einige Zeit damit verbracht hatten, nutz- und wertlosen Müll zu zerblasen, stießen wir auf die Überreste einer ehemals wohl gewaltigen Station. Den Schäden nach zu schließen, war sie von einer Explosion in ihrem Inneren zerrissen und aus ihrer Bahn geworfen worden. Ihr Alter lag, nach ersten Analysen, weiter in der Vergangenheit als das aller mir bekannten Artefakte ähnlicher Art. Ihre Bauweise war mir völlig fremd.

Selbstverständlich schloss ich mich dem Enterkommando an, das die Stationsreste untersuchen sollte. Selbst dieses Trümmerstück war von solchen Ausmaßen, dass wir es nicht an Bord nehmen konnten.

Die Ausbeute war auf den ersten Blick wenig ergiebig. Haluhoh lagerte vorsichtshalber sämtliche auch nur halbwegs funktionstüchtig erscheinenden Teile, Geräte und Aggregate ein, und das obwohl wir zunächst in keinem Fall klären konnten, wozu das jeweilige Teil ursprünglich gedient haben mochte.

Ich selbst hatte für den eigenen Gebrauch eine kopfgroße Speichereinheit abgezweigt. Das heißt, anfangs vermutete ich nur, dass es sich um einen Speicher handelte. Erst langwierige Untersuchungen, Tests und Experimente sollten meine Annahme bestätigen.

»Leute«, sagte Orgel Haluhoh, nachdem wir die Station ausgeschlachtet hatten, »wir haben den ungefähren Kurs dieses Wracks berechnet. Wir folgen diesem Kurs. Womöglich führt er uns zu noch fetterer Beute.«

Seine Hoffnung erfüllte sich allerdings in der nächsten Zeit nicht, was mich jedoch kaum berührte, da ich vollauf damit beschäftigt war, meinen Speicher zu knacken. Haluhohs Laune aber verschlechterte sich mit zunehmender Dauer der erfolglosen Suche. Und das umso mehr, als uns der berechnete Kurs in immer abgelegenere Teile und Bereiche des bekannten Universums führte. Außer wertlosem Müll kreuzte nichts unseren Weg, und es war zuletzt nur noch eine Frage der Zeit, bis Haluhoh

erst gewalttätig werden und dann die Fahrt aus Gründen
der Unrentabilität abbrechen würde.

Seit mehreren Zeiteinheiten hatte ich mein provisori-
sches Labor nicht mehr verlassen, und meine Arbeit
zeigte erste Erfolge. Mittels eines improvisierten Code-
gebers auf manuell-magnetropher Basis, verschiedener
Induktionsspulen in ausgeklügelter interferierender
Anordnung sowie eines Dosentelefons war ich in den
Speicher eingedrungen.

Das war der Moment, in dem mich Haluhoh aufsuchte.
Seine gefurchte Stirn und das gesträubte Gesichtsfell ver-
sprachen nichts Gutes. Ohne Umschweife kam er zur Sache.

»Seit geraumer Zeit treibst du hier deine Privatstu-
dien – mit Bordmitteln, also mit meinen Mitteln, wohlgemerkt! Beteiligst dich nicht an den eigentlichen Arbeiten ... Kurz und gut, du wirst mir zu teuer. Für die Benutzung dieser Geräte wird daher ab sofort eine Gebühr
fällig! Und zwar rückwirkend zum Beginn unserer Fahrt.
Andernfalls muss ich dich leider bitten, mein Schiff zu
verlassen! Und ich werde keinen Planeten anfliegen!«

Zur Unterstreichung seiner Worte wischte er ein
Energiemodul vom Tisch. Es prallte gegen meine Kaffee-
kanne, zertrümmerte diese, sodass sich deren Inhalt
über das Modul ergoss. Die Folge war eine krachende,
unterdimensionale Entladung, die augenblicklich zu
Rückkoppelungen in meinem Versuchsaufbau führte.

Die eingespannte Speichereinheit brummte auf – und
plötzlich füllte eine rollende Stimme den Raum. Krei-
schende Überlagerungen sorgten für unerträgliches Getöse. Gleichzeitig manifestierte sich ein verschwomme-
nes Hologramm in der Nähe des Speichers. Leider war
die Qualität derartig schlecht, dass Rückschlüsse auf das
Aussehen des vermeintlichen Sprechers nicht möglich
waren.

Haluhoh riss die Glubschaugen auf.

»Du entschlüsselst mir das!«, keuchte er. »Vergiss, was ich gerade gesagt habe! Wenn du etwas brauchst – dir stehen sämtliche Bordmittel zur Verfügung ...!«

Mich hatte der Forscherdrang gepackt; kaum noch verließ ich das Labor, schlief meistens zwischen den Apparaturen und Gerätschaften. Eine Displayschaltung zum Bord-Rechenzentrum gab mir Einblick in sämtliche vorliegenden Ergebnisse der verschiedensten Untersuchungskommandos, wobei sich mir letztlich eine lapidare Benutzervorschrift auf dem Deckel einer – wie sich nun herausstellte – Nahrungsmittelkonserve als Schlüssel erwies: ich dechiffrierte den Sprachcode.

Unter Rauschen und Brausen, Pfeifen und Kreischen, Ächzen und Krächzen übertrug ein zwischengekoppelter Analyseverbund die rollenden Laute in die offizielle Verkehrssprache dieses Teils des Universums. Die Bildübertragung blieb leider nach wie vor unlesbar, und auch der gesprochene Text wies bestimmte Fehlstellen aus.

»... meldung oberster Dringlichkeit ... Koordinierungsstelle ... betrifft Projekt – ...manipulation... – (Ausfall, unklarer Begriff aufgrund Phonetikanalogie) ...Sternkatalog... Wiederhole: oberste Dringlichkeit. Passwort: – Krrrsch'choschrrr'rr – (unübersetzbar) ... Weise ich nochmals in aller Dringlichkeit darauf hin ... durch die umfänglichen Manipulationen in den Atmosphäreschichten zu Rückkopplungen in der Überlappungsmatrix kommen kann ... weitreichenden Folgen wir ... Vernichtung der Wetterstation führen wird. – Arrr'ch'schrrr'ch – (vermutlich: Name), Technoferstelle Biotop 5766,07. Beende hiermit meine Mission an Bord der ... (Rest unleserlich).«

Nun, Arrr'ch'schrrr'ch, falls das wirklich sein oder ihr Name und wer auch immer er/sie gewesen sein mag, hatte zweifellos recht behalten: Die Station war zerstört worden. Was auch immer das zu bedeuten hatte.

Übrigens war inzwischen auch das Alter der Meldung respektive des Wracks annähernd bestimmt worden: mehrere hundert Millionen Zeitgroßeinheiten.

Zwar wussten wir nun, dass wir eine ehemalige Wetterstation vor uns hatten, doch alles in allem war das Ergebnis eher unbefriedigend.

Der Bordrechner des Raumsäuberers verfügte nicht über ausreichende Kapazitäten, um die vorhandenen stellaren Daten auf bekannte Sternenkarten umzurechnen, zumal die Daten beschädigt waren. So waren wir weiterhin gezwungen, in Schleichfahrt unserem Kurs zu folgen.

Ich hatte mittlerweile die Restdisplays eines Nebensystems – nun ja, sagen wir – in Behandlung. Viel war nicht mehr übrig; was die Katastrophe nicht vernichtet hatte, war dem lyrischen Zahn der Zeit zum Opfer gefallen.

Das Hauptsystem war darüber hinaus gänzlich verschwunden – entweder war es vollständig zerstört oder aber nachträglich entfernt worden. Vieles schien darauf hinzudeuten, dass noch nach der Katastrophe Aufräumarbeiten stattgefunden hatten. Oder hatte man Spuren beseitigen wollen?

Wie dem auch sei, jedenfalls wurde ich fündig, nachdem ich die wenigen brauchbaren Speicherkristalle isoliert und mit Lichtquanten des halbzyklisch-ultravioletten Spektrums beschickt hatte.

Ich will euch nicht mit meinen unzähligen improvisierten Versuchsaufbauten langweilen. Vielleicht nur so viel: Verschiedene, mehr schlecht als recht selbstgefertigte Linsen filterten die Informationsströme von- und gegeneinander. Ströme ist wohl zu viel gesagt; jedenfalls leitete ich die getrennten Fäden auf Membranen, die wiederum in elastischen Aufhängungen mit digitalen Aufzeichnungsgeräten und akustischen Verstärkern verbunden waren. Das, liebe Freunde, war wenigstens im

Groben der Aufbau, der zumindest kleinere Erfolge brachte.

Die Laboreinrichtung des Raumsäuberers war ebenso beschränkt wie die restliche Einrichtung. Saubere Ergebnisse konnten unter diesen Umständen nicht erzielt werden. Und leider konnte ich die Untersuchungen später, diesmal unter optimalen Bedingungen, eben nicht wiederholen.

Meine Resultate waren mit einer Ausnahme recht kümmerlich, meist nur Bruchstücke von Worten und Sätzen, aus denen wenig Zusammenhang zu konstruieren war. Immerhin glaubte ich zu entnehmen, dass es in erster Linie wohl um klimatische Verhältnisse und deren Veränderung gegangen war. Vermutlich war ein bestimmter Planet vermessen und klimatologisch beeinflusst worden. Oder es hatten zumindest die Pläne dazu bestanden.

Bei der Ausnahme, von der ich sprach, handelte es sich allem Anschein nach um ein Privatgespräch, das ein Besatzungsmitglied der Station geführt haben musste. Es hatte folgenden Inhalt:

»... *habe ich endlich den geeigneten – Schrrro'chrrr'schrrr'rrro – (Annäherungsübersetzung: Resonanz-Akkzelerator) auftreiben können. Geht dir mit der nächsten Lieferung zu. Ha, nach dem Ausschlüpfen werden unsere Nachgeborenen einen Entwicklungsvorsprung von mehreren Phasen haben!*

Projekt – Rrrrsss'chrumm'schrrr'mmm – (Annäherungsübersetzung: Übergangsfristen-Wartezeit-Sprung), das nun anläuft, wird mich leider noch einige Zeit hier oben ... halte ich immer noch für eines der überflüssigsten Projekte, das je der Sonnenlauf bestrahlte ... gerade jetzt, da unsere Weltenfestung im Orbit einwandfreie Ergebnisse liefert. Du kennst ja unsere Projektleiter – wenn sie keine Probleme haben, so erschaffen sie sich welche. Oh, könntest du ihre Reden hören, wie sie das Blaue, Gelbe und Grüne vom Horizontenhimmel ... Da wird noch manche übelriechende Flüssigkeit die Gestade des Meeres hinabfließen und, wenn du mich fragst, auch wieder hinauf. Und den Damen und Herren meiner direkten Projektgruppenleitung, du machst dir kein Bild, mein spitzzüngiges Raffelschnütchen, ihnen steht der Schließmuskel offen bis zur Halskrause!

Die Beziehung zu meiner untergeordneten Schreibkraft habe ich abgebrochen, wie du es gewünscht hast, mein Breitschwänzchen. Ich darf noch einmal mit Nachdruck betonen, dass es rein körperlich war und daher ohne allen Belang.

Nicht geringe Sorgen indessen bereitet mir der Umstand, dass seit der vergangenen Weltphase die stellaren Nachrichten nur noch in zensierter Form an uns weitergereicht werden. Ich höre die Schleimbeutel platzen! Was geht da unten bei euch vor, wovon wir nichts wissen dürfen oder sollen? Wenn ich nur Genaueres wüsste! Süßliche Dämpfe kriechen aus den Ritzen und kitzeln meine empfindliche Nase. Mag die Leitung noch so hinhaltend und unbesorgt tun! Ich weiß, wann die nachtwandlerische Schuppung einsetzt und wann nicht!

Ich verlasse mich darauf, bei der vielzehigen Kralle, dass du die Dinge in besprochener Art und Weise vorangetrieben hast. Die dunkle Kreatur des Nachtschattens verbietet es mir, an dieser Stelle deutlicher zu werden ...

Es sind mir, bei aller ... Gerüchte zu Ohren gekommen, du seist vehementen Nachstellungen ausgesetzt. Meine Liebe, lass dir um aller trockenen Winde willen keine faulen Eier unterschieben! – Wiewohl die Gelegenheit während meiner Abwesenheit günstig ist, und die Säfte ihren Tribut fordern ...

Projektkoordinator – Grrr'schrrro'glrrr'z – (vermutlich: Name), mögen seine Schuppen noch lange erstrahlen, hat gewisse Anspielungen hinsichtlich meiner Karriere gemacht. Falls nicht alle Schwänze brechen, werden wir wohl demnächst ein rauschendes Schlammtreffen feiern können! Und dann: Auf Wiedersehen, ihr knöchernen Knorpelkämme! Ich schwimme auf gläsernen Wolken des Glücks, und die Fontänen der dampfenden Schaumquellen bedecken mich mit ihren heißen Wassern!

Mit diesem Gedanken und in diesem Sinne schließt für diesen Zyklus – dein Rasierzahn.«

Ich war völlig konsterniert. Nicht nur wegen der unzähligen inhaltlichen Rätsel, die dieses Gespräch, Ansage, Brief, was auch immer, aufwarf, sondern merkwürdigerweise in erster Linie wegen der Tatsache, dass außer »Rasierzahn« alle anderen Namen offensichtlich unübersetzbar waren.

Leider hat Orgel Haluhoh etwas später in einem Wutanfall, als dessen Ergebnis ich sozusagen von Bord geworfen wurde, sämtliche Unterlagen und auch die kostbaren Speicherkristalle vernichtet.

Vermutlich war diese Überreaktion das Ergebnis einer erhitzten Debatte zwischen Haluhoh und mir, während der er mir Verschwendung von Zeit und Kreditmitteln vorgeworfen, ich aber mit dem Hinweis auf seine nicht ganz legalen Geschäfte gekontert hatte.

Wie dem auch sei, ich konnte von Glück sagen, dass mich ein Sonnenwandler von Fattobugkh 7 an Bord nahm. Natürlich hatte ich keinerlei Einfluss auf den Kurs der Fattobugkher – und ihr kennt ja deren Vorliebe für Weiße Zwerge, Rote Riesen und Graue Hauptreihensterne. Daher musste ich mich damit abfinden, in aberwitzigen Sprüngen quer durchs Universum zu hüpfen, bis ich endlich auf ein anderes Schiff wechseln konnte.

Da meine Kreditmittel erschöpft beziehungsweise von Haluhoh konfisziert worden waren, war ich gezwungen, verschiedene Gelegenheitsarbeiten anzunehmen. Infolgedessen ermattete mein Interesse an der Wetterstation, schlüpfte in den Hintergrund meines Wachbewusstseins, wurde von neuen Eindrücken verschüttet – kehrte aber doch in regelmäßigen Abständen zurück. Und ich trug die Gedankenprotokolle, die ich gleich nach meiner Verbannung aus Haluhohs Raumsäuberer angefertigt hatte, stets bei mir.

Ihr könnt euch sicher vorstellen, wie elektrisiert ich war, als ich Zyklen nach den gerade geschilderten Ereignissen auf eine wissenschaftliche Abhandlung im »Stellar-Collectron-Digest« stieß, in der von einer Rasse von Echsenabkömmlingen die Rede war, die vor Millionen von Zeitphasen fast spurlos von der Bühne des universalen Geschehens abgetreten sein sollte. Die 3d-Holografien von hinterlassenen Artefakten und Geräten im Digest ließen keinen Zweifel: Ich hatte es mit den Erbauern der Wetterstation zu tun!

Begierig sog ich alle erreichbaren Informationen auf und erfuhr schließlich, dass der Verfasser des Digest-Artikels, ein zugegebenermaßen publicitygeiler Quadroprofessor namens Erpel Ben Karatama, eine Expedition zu einem Planeten ausrüstete, den er, wenn nicht für die Ursprungswelt der Echsen, so doch zumindest für eine bedeutende Kolonie derselben hielt: Dreck. Die Erde. Oder eben: Terra. Wie ihr wollt.

Ich war Feuer und Flamme. Um mich mit den nötigen Kredits für eine Teilnahme an dieser Expedition zu versorgen, arbeitete ich sogar eine zeitlang in den subplanetaren Hybridanlagen von Blupp Zero. Wo, wie ihr sicher wisst, eine Sterblichkeitsrate von 89% herrscht. Aber die Bezahlung sucht ihresgleichen.

Nun, Dreck, pardon: die Erde, war damals schon so provinziell, wie sie es auch heute noch ist, doch die umständlichen Vorhaltungen einiger engstirniger Bürokraten konnten durch Bereitstellung horrender Grabungsgebühren überwunden werden. Noch dazu brachte Erpel Ben Karatama sein eigenes Berichterstattungs-Team mit, das dafür sorgte, dass Dreck zumindest zeitweise tatsächlich in die interstellare Medienlandschaft geriet. Was angeblich auch zur Erhöhung des Touristik-Aufkommens führte. Das alles legte sich relativ schnell wieder, als die Grabungen zunächst ergebnislos blieben. Die Haltung der Dreckbehörden uns gegenüber wurde zusehends frostiger.

Im sogenannten Marianengraben, etwa 11.022 Meter – eines der merkwürdigen Längenmaße dieser Dreckianer – unter dem Meeresspiegel, wurden wir schließlich fündig. Das Interesse der Medien war allerdings mittlerweile erloschen, und nur atemberaubende Neuigkeiten hätten es wiederbeleben können.

Was wir zu Tage förderten, war nichts weiter als eine Ein-Mann-Kapsel. Zuerst hatten wir sie für eine Telefonzelle gehalten.

Kaum war klar, dass die Kapsel nach so langer Zeit immer noch funktionstüchtig war, da erklärte Quadroprofessor Karatama sie auch schon zum wissenschaftlichen Sperrgebiet. Was nichts anderes bedeutete, als dass er den anderen wissenschaftlichen Mitarbeitern den Zugang untersagte und sie durch eigens dafür angeheuerte Kampftrupps unter Bewachung halten ließ. Wie gesagt, der Mann war äußerst geil auf Publicity. Kein anderer sollte an seiner Forschung, an deren Ergebnissen, vor allem am einzuheimsenden Ruhm Anteil haben.

Ich war so unvorsichtig oder naiv gewesen, ihm von meinen ersten Untersuchungen berichtet zu haben, ohne allerdings zu sehr in die Einzelheiten zu gehen. Auf jeden

Fall erschien ich ihm nun als in höchstem Maße gefährlich, was seine Arbeit anbelangte – und ich fand mich
eines Tages, eskortiert von einer Gruppe Elitekämpfer,
auf diesem Dreckstrabanten wieder, diesem absolut
nichtssagenden Steinhaufen Mond.

Man ließ mir eine Überlebenseinheit sowie ein mittel-
starkes Kommunikationsgerät zurück, und da saß ich
nun. Allein, vor einem ungewissen Schicksal.

In der ersten Zeit versuchte ich vergeblich, mich in
die Code-Stellen der sporadisch eintreffenden Versor-
gungsschiffe einzuklinken. Daneben verfolgte ich aber
auch mit höchstem Interesse die Fortschritte der Gra-
bungsarbeiten, die jedoch nichts Greifbares mehr ans
Licht brachten, sich nur noch länger und länger hinzo-
gen.

Das heißt, ein Ergebnis konnte durchaus verzeichnet werden: die Vernichtung der kleinen Ein-Mann-
Kapsel.

Unvorsichtige Untersuchungsmethoden hatten den
uralten Selbstzerstörungsmechanismus aktiviert – und
für eine Weile hegte ich die berechtigte Hoffnung, dass
es den Quadro dabei mit in die Luft geblasen haben
könnte.

Jedenfalls, ich will euch nicht über Gebühr langweilen, irgendwann wurde das Unternehmen aus Kredit-
mangel abgebrochen. Die Grabungseinheiten verließen
die Erde, an ihrer Spitze Quadroprofessor Erpel Ben
Karatama, der bereits von neuen Vorhaben schwallte,
um von diesem Desaster abzulenken, und sie verteilten
sich zwischen den Sternen – ohne sich an mich zu erinnern oder erinnern zu wollen ...

Das war der Augenblick, an dem ich mich erstmals
mit dem Gedanken an einen wohl doch längeren Aufenthalt auf dem Trabanten beschäftigte. Vor allem, nachdem das Kommunikationsgerät seinen Geist aufgegeben

hatte. Einige Anzeichen schienen mir damals darauf hinzuweisen, dass an dem Gerät entsprechend manipuliert worden war.

Etwa gleichzeitig begann ich mich für den Trabanten selbst zu interessieren. Offensichtlich hatte er für längere Zeit als eine Art Mülldeponie gedient – und ich spreche hier nicht etwa von Mondphasen, sondern von Sternenzeiten. An manchen Stellen türmte sich der Schrott verschiedenster Zivilisationen derart hoch, dass vom eigentlichen Mondgestein selbst nichts mehr zu sehen und man anzunehmen geneigt war, dieser Mond bestünde aus nichts anderem als Schrott. Ich schöpfte indessen die Hoffnung, mir aus diesem Müllberg in absehbarer Zeit mein eigenes Rettungsinstrumentarium zusammenstellen zu können.

Glücklicherweise wiesen die Batterien meiner Überlebenseinheit genügend Restenergie auf, sodass in Bezug auf Recycling, Nahrung, Trinkwasser, Atemluft und dergleichen kein akuter Handlungsbedarf bestand.

Es gelang mir schließlich tatsächlich, einige Nullschwerkraft-Aggregate verschiedenster Bauart flott zu machen und an meinen Überlebenstank anzuflanschen. So entstand ein recht abenteuerliches Fortbewegungsmittel, das es mir aber zumindest gestattete, mich von meinem Standort zu entfernen.

In relativer Bodennähe umrundete ich den Mond und stellte dabei fest, dass in der Tat jedes Fleckchen seiner Oberfläche von Abfall, Unrat und Müll bedeckt war. Immerhin war ich so in der Lage, wenn nicht gerade ein stellartaugliches Fluggerät, so doch wenigstens einen leistungsstarken Funkapparat herzustellen. Stoff dazu war schließlich in Hülle und Fülle vorhanden.

Mitten in dieser schweißtreibenden Arbeit hatte ich eine folgenschwere Eingebung: Vielleicht hatten ja diese geheimnisvollen Echsen, wenn sie schon über die ausge-

reifte Technik der Klimamanipulation und dergleichen
verfügten, auch diesen Mond für ihre Zwecke genutzt!

Der Gedanke beflügelte mich. Ich warf alle Energie
auf dieses Forschungsgebiet – und ich hatte Erfolg!

Die Station, die ich nach langwierigen Grabungsar-
beiten endlich betreten konnte, übertraf alle meine Er-
wartungen. Ein einfaches Rufsignal auf einer mir mittlerweile bekannten Frequenz hatte übrigens genügt, die
Meldeeinheit der Station zu aktivieren.

So stand ich nun in einem kuppelförmigen Bau, dessen kreisrunde Wand übersät war von technischem Gerät. Der Bau selbst lag einige hundert galaktische Län-
geneinheiten unterhalb der Mülloberfläche; womöglich
stand er auf Mondgestein. Ich machte mir nicht die Mühe, dies näher zu untersuchen. Ich hatte auch gar keine
Zeit dazu.

Ich hatte auch keine Zeit, in langes Staunen und Be-
trachten zu versinken, denn kurz nachdem ich die Station betreten hatte, nahmen die Lebensfunktionsmaschi-
nen ihre Arbeit wieder auf – und leider auch die Über-
wachungssysteme.

Kaum also strömte Atemluft in den Saal, stieg die
Temperatur auf die für die Erbauer wohl angenehmen
Werte, da ertönte auch schon eine Automatenstimme:

*»Unberechtigter Zutritt. Vernichtungsprogramm
Stufe zehn. Erbitte Identifikation.«*

Es war ein weiterer Gedankenblitz von mir gewesen,
ein tragbares geeichtes Übersetzermodul mitzunehmen.

Monitore flimmerten mich giftig an. Schwere Panzerschotts fielen krachend zu. Energiefelder flammten sir-
rend rings um mich auf. Eine ungemütlich aussehende
Atomisierungswaffe richtete ihren noch ungemütlicher
aussehenden Abstrahltrichter auf mich.

*»Vernichtungsprogramm Stufe neun. Erbitte Identi-
fikation.«*

»Es ist viel Zeit vergangen«, sagte ich vorsichtig, und meine Gedanken überschlugen sich. »Unsere Erscheinungsform deckt sich eventuell nicht mehr mit deinen Sicherheitsdaten.«

»*Vernichtungsprogramm Stufe acht*«, bestätigte die Stimme unerbittlich. »*Erbitte Identifikation.*«

Mir brach der kalte Schweiß aus. Mühsam kämpfte ich die aufsteigende Panik nieder, die sich langsam aber sicher wie eine Klammer um mein Gehirn legte und jedes logische Denken hintertrieb.

»*Vernichtungsprogramm Stufe sieben. Erbitte Identifikation.*«

Immerhin hatte ich eine minimale Chance. Die Maschine war nicht darauf programmiert, jeden Eindringling bedingungslos zu vaporisieren. Man hatte also in die Programmierung schon seinerzeit gewisse Eventualitäten mit einbezogen und eine Möglichkeit vorgesehen, den Prozess zu stoppen. Diese Möglichkeit galt es zu finden.

»*Vernichtungsprogramm Stufe sechs. Erbitte Identifikation.*«

Ich griff zu der einzigen Notbremse, die sich in meinem gemarterten Hirn auftat, denn natürlich lief alles viel schneller ab, als ich es hier schildern kann.

»Krrrsch'choschrrr'rr!«, presste ich hervor, mich an die Zeit bei Orgel Haluhoh besinnend. Das Passwort Arrr'ch'schrrr'ch's von der Technoferstelle Biotop 5766,07 hatte hoffentlich auch hier Geltung.

»*Passwort oberer Priorität*«, entgegnete die Stimme emotionslos, was mich doch sehr erleichterte. »*Zugang gewährt. Parallelprogramm übernimmt Funktionsleiste. Die Zeit ist gekommen?*«

Was tun?

Was sagen?

Überhaupt etwas tun oder sagen?

Meine Stirn glühte. Ich ahnte, dass ich längst nicht außer Gefahr war. Ich musste vorsichtig sein, sehr vorsichtig.

»Viel Zeit ist vergangen«, begann ich tastend. »Sehr
viel Zeit. Vieles ist geschehen.«

»*Ihr habt andere Körperform angenommen*«, sagte
die Stimme.

War es eine Frage oder eine Feststellung?

»Es erschien uns notwendig und zweckmäßig«, tastete ich weiter.

Noch waren die drohenden Energiefelder nicht verschwunden. Wenigstens die Atomisierungswaffe hatte
sich in eine – vorerst – unbedenkliche Position verlagert.
Für den Augenblick ...

»Bei dieser Entwicklung traten Umstände ein, die wir
nicht vorhersehen konnten, und die sich womöglich negativ auswirkten«, fuhr ich gehetzt fort. »Wissenslücken
sind aufgetreten. Elementarste Dinge sind verloren gegangen.«

»*Du kommst, diese Lücken zu schließen*«, dachte die
Maschine für mich mit, wofür ich ihr mehr als dankbar
war. »*Ich stehe zur Verfügung. Frage mich.*«

Die Energiefelder erloschen. Die Panzerschotts öffneten sich zischend. Ich atmete pfeifend aus. Mein Körper
war in Schweiß gebadet.

»Abschirmung nach außen aufbauen«, befahl ich.
»Raumüberwachung einspielen. Optisches Bild des Systems auf Sichtschirm.«

Es war für mich in höchstem Maße erstaunlich, eine
noch absolut funktionstüchtige Maschinerie vorzufinden
– nach all der vergangenen Zeit. Ich würde behaupten,
und niemand wird mir wohl widersprechen, dass unsere
heutige, so hochgerühmte Technik bei weitem nicht eine
solche Langlebigkeit aufzuweisen hat.

Mir schauderte bei dem Gedanken an die technischen
Möglichkeiten der Echsen.

Die Stationsanlage erwies sich als außerordentlich kooperativ; wenngleich sie auch, wie ich vermeinte festzustellen, immer wieder kleine Tests vornahm, um meine Befugnis zu prüfen. Es galt also, ständig auf der Hut zu sein, was sich mit der Zeit als relativ ermüdend herausstellte.

Jedenfalls gelang es mir, aus den Speichern der Maschine nach und nach einen Überblick über die Geschichte der Echsen herauszukitzeln, wobei ich mich natürlich in der Hauptsache auf die Wetterstation konzentrierte.

Es war im Jahr des »Mächtigen Senfgurkers« – die Echsen befleißigten sich mitunter einer recht blumigen Ausdrucksweise –, in dem der Plan entstand: Ein Experiment ungeahnten Ausmaßes, das einerseits die Naturbeobachtung revolutionieren, andererseits aber auch die Fragen nach dem transzendenten Überwesen kritisch beleuchten sollte.

Der Plan sah, kurz gesagt, vor, mittels Klimamanipulation in einer eng begrenzten Region des Planeten »Wiege des Schleims«, wie sie Dreck, respektive Terra, nannten, einer bestimmten Spezies, den sogenannten »weichen Lebendgebärern«, einen evolutionstechnischen Schub zu geben.

Das Projekt war in den Reihen der Echsen nicht unumstritten, doch die Befürworter hatten sich durchgesetzt; wenngleich man so umsichtig war, parallele Hilfs- und Ausweichprogramme in Angriff zu nehmen, die im Falle eines Falles zum Tragen kommen sollten.

Eine gigantische Wetterstation wurde erbaut, aus dem Orbit die vorgesehenen Eingriffe zu steuern. Zum Beispiel wurden die Temperaturen insgesamt beeinflusst, wodurch die für die Lebendgebärer optimalen Umweltbedingungen geschaffen wurden. Neben vielen anderen Manipulationen, versteht sich. Ein kurzfristiges Vordringen der an den Polkappen gelagerten Eismassen wurde hierbei billigend in Kauf genommen.

Einer Kommission führender Köpfe oblag die Überwachung des Experiments; mehrfach wurde auch vor möglichen Katastrophen gewarnt, was aber nicht zum Abbruch des Experiments führte. Schließlich waren nach kurzer Zeit bereits erste Erfolge zu verzeichnen.

Die Entwicklung der Lebendgebärer war erstaunlich. Es war abzusehen, dass sie sich in Kürze aus ihrem dumpfen Vierfüßler-Stadium in den aufrechten Gang erheben würden – mitsamt aller damit verbundener sonstiger Weiterentwicklung des Geistes, des Verstandes, was auch immer.

Doch dann geschah es. War es Materialermüdung, eine technische Fehlkonstruktion, eine Sparmaßnahme am falschen Platz oder Sabotage? Man konnte es nicht sagen. Oder wollte es nicht. Jedenfalls schied unter dem Druck der gewaltigen vordringenden Eismassen eine der wichtigen terragebundenen Relaisstationen aus.

Eine Fehlmeldung führte zur Überlastung der Quasarschienen – ihr braucht jetzt nicht genau zu wissen, was darunter zu verstehen ist – hinauf zur Wetterstation, woraufhin diese teilwcisc kollabierte. In diesem Augenblick lief das Ausweichprogramm »Wartefrist-Zeitsprung« an, welches vorsah, die nun für die Echsen unbewohnbar werdende Welt, denn die Klimakontrolle geriet zwangsläufig außer Kontrolle, zu verlassen und nach einem Sprung in die Zukunft die Endergebnisse des Experiments zu begutachten.

Daneben arbeiteten Technikermannschaften fieberhaft an der Wiederherstellung der Wetterstation. Kurzfristig wollte es scheinen, als hätten sie Erfolg.

Bei einem Probelauf jedoch zerriss es einen überhitzten Energiekollektor. Eine gewaltige Explosion zerstörte die Station und katapultierte sie aus ihrem Orbit. Der Verlust Tausender von Echsenleben war zu beklagen.

Glücklicherweise war das Ausweichprogramm bestens vorbereitet. Die Echsen sammelten sich in den Zeitburgen. Über deren Standort konnte ich allerdings nichts in Erfahrung bringen.

Ebenso wenig wie über ein gleichzeitig anlaufendes Parallelprogramm.

Scheinbar liebten es die Echsen über alle Maßen, verschiedenste Dinge zur gleichen Zeit in Angriff zu nehmen. Aus merkwürdigen Andeutungen, die im Speicher versteckt lagen, schloss ich, dass die Echsen irgendwelche präparierten Dinge, seien es Bauwerke, Kunstobjekte, Artefakte aller Art, was weiß ich, auf der Erde zurückließen, um den sublimsten Hirnschichten der heranwachsenden Lebendgebärer, die zweifellos über kurz oder lang eine gewisse Intelligenz entwickeln würden, falsche Spuren einzugraben. Schon erging man sich in Theorien, welche Schlüsse die »erwachsenen« Lebendgebärer wohl ziehen würden ...

Verschiedene Male besuchten die Echsen im Laufe der Zeit den Planeten, und was sie sahen, machte sie nicht unbedingt glücklich.

So schien zum Beispiel die Umweltveränderung, die sie schließlich selbst eingeleitet hatten, von weitaus dauerhafterem Zustand, als ihre Wissenschaftler es vorausgesagt hatten. Zuletzt erschien es ihnen fraglich, ob die Verhältnisse sich tatsächlich von selbst stornieren würden, wie es ebenfalls vorausgesagt worden war. Zumindest stürzten sie sich auf ein neues Entwicklungsprogramm, das zunächst den Arbeitstitel: »Klimakopplung-Rückführungs-Parallaxe« erhielt.

Darüber hinaus ekelte sie das, was sie von den Lebendgebärern im Laufe deren evolutionärer Entwicklung zu sehen bekamen, außerordentlich an. Lag es an der forcierten, künstlich angeheizten Biogenese? Man weiß es nicht. Trotz – oder gerade wegen? – ihrer hochstehenden Wissenschaft waren die Echsen unglaublich sensibel. – Zuletzt bereitete ihnen der bloße Anblick der Lebendgebärer regelrecht körperlich Schmerzen, sodass sie beschlossen, vor Ablauf des Experiments nicht mehr zurückzukehren. Dass das Experiment ein Ende finden würde, war allzu deutlich. Es konnte nicht allzu lange dauern. Die Lebendgebärer würden sich von selbst erledigen, so viel stand fest.

So brachen die Echsen zu ihrem letzten Sprung in die Zukunft auf ... –

Der Professor nahm tiefe Züge einer dampfenden, gallertartigen Flüssigkeit zu sich und schwieg sich aus.

»Was du also sagen willst«, brach der semimechanische Luftgurgler von Beloästher Gurx die Stille, »ist, dass die sogenannten Terraner das Ergebnis eines Versuchs zu wissenschaftlichen Zwecken sind, welcher durch missliche Umstände aus dem Ruder gelaufen ist. Eines Experiments, durchgeführt von Wesen, die man üblicherweise bezeichnet als: Saurier.«

Der Professor brummte zustimmend. »Du kennst dich aus mit Terra und den Menschen, Entschuldigung: Terranern?«

»Nun ja, man findet sie und ihre Abkömmlinge in allen Ecken und Enden des Universums.« Dabei warf er bezeichnende Blicke auf den Professor selbst, Cassiopeja Pearl und mich. »Großartiges Experiment gewesen, so gesehen. Voller Erfolg. Wimmelt von ihnen. – Aber sie haben ja wohl nichts anderes zu tun, als zu jammern und zu klagen. Über sich und ihre ach so harte Geschichte. Das Unverständnis! Und so.«

»Halt die Luft an, ja?!«, zischte Cassiopeja und spielte wie zufällig am Griff ihres Atombläsers herum.

»Die Frage ist doch«, schaltete sich der Tentakler von Heu-Emm-Euatha ein, »ob du das alles auch beweisen kannst, Professor. Du tischst uns da eine tolle Geschichte auf. Zugegeben: hochinteressant. Die andererseits natürlich das phantastischste Lügenmärchen sein könnte, das mir je vor die Membranen gekommen ist.«

»Du zweifelst meine fachliche und sachliche Kompetenz an?!«, brauste der Professor auf, beruhigte sich jedoch wieder, als der Tentakler beschwichtigend die Fangarme schwenkte.

»Tut mir leid, Freunde«, zuckte der Professor die schmächtigen Schultern. »Den Beweis kann ich leider nicht antreten. Die Anlage war während meiner Befragung immer misstrauischer geworden. Dass die Wissenslücken derart groß geworden sein sollten, war eher unwahrscheinlich. Oder die Saurier waren eben übervorsichtig. Vermutlich war es mir nie gelungen, die Station vollständig zu überzeugen.

Jedenfalls, so rekonstruierte ich später die Vorgänge, schaltete sie sich in meine Gehirnströme ein und stellte bald gewisse Unstimmigkeiten mit meinen Aussagen ihr gegenüber fest. Bestimmt waren auch die Affinitäten zu eben den verhassten ›Lebendgebärern‹ zu offensichtlich.

Als es zum Ausbruch der Vernichtungsgeräte kam, hatte ich mich jedoch meinerseits längst in ihren Überwachungskreis eingeschleust und konnte die ohne Vorwarnung abgegebenen Atomisationsschüsse umlenken.

Die Energiebündel schlugen mit brachialer Gewalt in die eigenen Steuerungssysteme der Station ein, was natürlich zum Kollaps führte.

Ich nutzte die verbleibende Zeit, mich schleunigst aus dem Staub zu machen, wobei ich mich der in einem Hangar bereitstehenden Ein-Mann-Flugkapsel bediente, die mich bis an den Rand des Sonnensystems brachte. Dort holte ein Selbstzerstörungsimpuls, den die Mondstation in letztem Aufbäumen gesandt haben musste, meine Kapsel ein – doch ich befand mich bereits an Bord eines örotholuiden Sternenwälzers, der mich fürs Erste aus der Reichweite der Echsen entfernte.

Ihr könnt euch denken, dass ich nicht im Geringsten daran denke, jemals wieder diesen Mond zu betreten oder auch nur in seine Nähe zu kommen. Ich rate das auch keinem anderen Wesen terranischer Abstammung. Ich vermute, die Station hat sich mittlerweile selbst instandgesetzt ... Und jetzt ist sie sensibilisiert; nach dem Vorfall möglicherweise auch in ihren Funktionen gestört ... Ich habe keine Ahnung, wie sie reagieren würde.«

Ich lächelte schief.

»Gut ausgedacht, Professor. – Wir wissen doch alle, dass die Menschen auf der Erde Ergebnis eines Besuchs dieser Sternenvagabunden sind, ein mehr als jämmerlicher Zweig allerdings, im Laufe der Zeiten unter den Strahlen ihrer überforderten Sonne degeneriert. Mit den eigentlichen Vagabunden haben sie kaum mehr als noch die ungefähre Körperform gemein.«

»Quatsch!«, quakte der Beulenfrosch von Chtumchochumth benebelt dazwischen. »Alles Zufall! Evolution ist nichts als blöder Zufall! Atompartikel knallen aufeinander und – peng!«

»Das sind alles auch nur Theorien«, sagte der Professor trocken. »Alles nur Theorien. Zusammengeschustert von beschränkten Gehirnen. Exakt zugeschnitten auf deren Bedürfnisse. Man kann sich die Fakten ohne Mühe so zurechtbiegen, dass sie ins Konzept passen. Dass man sie überhaupt verstehen oder akzeptieren kann. Gar kein Problem.«

»Was sind schon Fakten!«, blies sich der Beulenfrosch auf. »Selbst Fakten sind faktisch irreal!«

»Interessanter Gedanke«, murmelte der Professor.

Es war spät geworden.

Hounds hatte seinen Platz hinter dem Tresen verlassen und war in den Tiefen der betretbaren Teile seiner substationären Hallen, in jenen obskuren Bereichen »jenseits« der Bar, verschwunden.

Der Luftgurgler, der Beulenfrosch und der Tentakler hatten vor geraumer Zeit die Bar mit unbestimmtem Ziel verlassen.

Starshine Furunkel lag noch in der verkrümmten Haltung am Boden, in die ihn Cassiopejas Tritt versetzt hatte.

Schweigend hatten wir übrigen eine Kanne dieses warmen Gesöffs geleert, das die Sinne zu neuen Ebenen auf- und absteigen lässt; in nicht vorhersehbarem Wechsel und mit zunehmender Geschwindigkeit.

Dass wir schlagartig alle wieder zu uns kamen, lag an dem gleißenden Licht, das mit einem Mal schmerzhaft durch den Barraum bis tief in unsere Hirne hinein stach. Es kam von einem Raumschiff her, das in dunklen gigantischen Ausmaßen direkt über der Bar hing.

Etwas verwirrt löste sich Cassiopeja aus der semiariden Tanzklammer, zu der sie auf dem Professor Platz genommen hatte.

Verblüfft starrten wir alle auf eine Hochglanzmontur, die unter dem Eingang stand, und in der ohne jeden Zweifel ein Saurier steckte, der seinerseits uns anstarrte.

Einige Zeitbruchteile flossen zäh wie Brei vorüber. Dann klappte der Rachen der Echse herunter, entblößte rasiermesserscharfe Zähne, schüttelte angeekelt eine hornige Zunge und stieß einige Laute in dieser krächzend-rollenden Sprache aus.

Bevor wir uns von unserer Überraschung erholen konnten, war die riesige Gestalt auch schon wieder verschwunden, mit ihr das blendende Licht und auch das geheimnisvolle Schiff.

»Hol mich das Schwarze Loch, Professor!«, brachte ich schließlich hervor. »Ich würde zu gerne wissen, was der Kerl gerade gesagt hat!«

»Nun ja«, überlegte der Professor, »ich beherrsche diese Sprache zwar nicht sonderlich gut, außerdem liegt die Zeit, in der ich mich intensiv damit befasst habe, schon fast ein Leben zurück ... Aber wenn mich nicht alles täuscht, sagte er so viel wie: *Ach du Scheiße, es gibt sie noch ...!*«

Alethea von Bergkh

An jedem anderen Ort des bekannten Universums hätte die zusammengewürfelte Gesellschaft, die mit entsicherten Waffen mittelschwerer Feuerkraft den Raum – respektive die darin sich aufhaltenden Personen – überstrich, kein geringes Aufsehen erregt. Doch nicht hier, nicht im *Houndsndogs*, der Bar am Andromeda-Highway.

Nachdem sie die Bar mit kritischen Blicken gemustert hatten, ließen sich die sechs – beinahe hätte ich gesagt: »Mann«, aber doch wohl eher – *Wesen* der Gruppe an einem Tisch unmittelbar an der Wand und in der Nähe der Ausgänge nieder, die Waffen griffbereit auf ihren Knien und sonstigen vergleichbaren Körperteilen. Offensichtlich war der Trupp gut eingespielt; denn ohne dass es eines Befehls oder Winks eines Anführers, den es zweifellos gab, bedurft hätte, sicherten sie wortlos ihre Deckung nach allen offenen Richtungen.

Sie verständigten sich, wie mir später auffiel, untereinander hauptsächlich mit Blicken – was wiederum dafür sprach, dass wir absolute Profis vor uns hatten. Denn eine wort- und im Grunde auch gestenlose Kommunikation mit einem wirbellosen Vielstieläuger von Lilapsi Rouge ist für ein Normalwesen beinahe ein Ding der Unmöglichkeit

Dabei war der Vielstieläuger meines Erachtens noch nicht einmal das herausstechendste Mitglied des Spezialistentrupps.

Der Oktopode aus den Sternenmäandern von Bienenschwarm 521 fiel mir mehr ins Auge. Seine Extremitäten, die wechselweise je nach Bedarf als Arme oder Beine eingesetzt werden – für einen Humanoiden äußerst verwirrend –, hatten eine Länge von mindestens drei alten

Maßmetern, wobei das, was man für gewöhnlich als Kopf oder Gesicht bezeichnen würde, den Mittelpunkt des Geschlängels bildete. Momentan präsentierte er sich als unüberschaubares Knäuel sich windender Schlangenarme – und ich fragte mich, wie er sich wohl auf dem Barhocker halten mochte.

Zwei dreiköpfige Gleichschalter aus den Nebelhöhlen der Zentrumsgalaxien machten vermutlich das Techniker- oder Strategie-Team der Truppe aus. Mit ihren feingliedrigen, fast zerbrechlichen Körpern waren sie für den Nahkampf zwar denkbar ungeeignet, ihre drei Köpfe aber übertrafen – gleichgeschaltet – das Potenzial einer mittelgroßen Positiv-Computereinheit.

(Zur Führung eines Raumers wird in der Regel lediglich eine halbgroße Einheit gebraucht. Das nur zum besseren Vergleich. Schalten sich nun gar zwei dieser Nebelhöhler gleich, so erreichen sie annähernd die Kapazität des Gigantkomplexes von Robomex, der systemumspannenden Großanlage der rumbulanischen Robotniks, die immerhin deren unvergleichlich komplizierte Zeitrechnung verfügbar macht.

Mehr als zwei von ihnen gleichzuschalten, ist hingegen schon wieder ohne viel Sinn: Man braucht mindestens vier, um die Ergebnisse von dreien auch nur entziffern zu können ...)

Übrigens hat es Hunderte von Zeitdekaden lang gedauert, Kontakt zu den Gleichschaltern aufzunehmen. Aufgrund ihrer Fähigkeiten im mentalen Bereich war ihnen der Gebrauch von Computern, ja deren bloße Existenz, vollkommen unbekannt. Sie deuteten die Computertechnik als Zeichen fehlender Intelligenz und weigerten sich strikt, mit Typen in einen näheren Austausch zu treten, für die der Computereinsatz normal und alltäglich, gewissermaßen notwendig war. Und das sind immerhin 90% der Population des bekannten Universums.

Man musste also die Gleichschalter erst von angeblich vorhandener Intelligenz überzeugen – und das erwies sich als nahezu unmögliches Unterfangen ... Wie es zuletzt gelungen ist, weiß ich nicht. Vor diese Aufgabe gestellt, würde ich selbst höchstwahrscheinlich kläglich versagen. Doch das nur am Rande.

Zwei Humanoide bildeten den Rest der Truppe. Wie immer bei hominiden Lebensformen konnte man auf den ersten Blick kaum abschätzen, woher sie stammten. Ich nahm mir zum wiederholten Male vor, mit dem Professor endlich ausführlicher zu erörtern, was es mit der weiten Verbreitung dieser Lebens- und Erscheinungsform, die schließlich auch die meine ist, auf sich hatte.

Ein hünenhafter, silberhäutiger Koloss von einem Mann mit aschgrauer Mähne hantierte gelangweilt mit seiner armlangen, doppelläufigen Booster Special herum, über der wulstigen Brust spannten sich schwere Waffen- und Munitionsgurte.

Die Frau machte daneben einen eher unscheinbaren Eindruck. Sie war nur mittelgroß, schlank. Mit den blondglitzernden Locken, die sanft über die Schultern flossen, machte sie sogar einen verträumten Eindruck, als sei sie nicht ganz von dieser Welt. Doch ihr, wenn auch nicht im Übermaß, mit stahlharten Muskeln bepackter athletischer Körper mit dem relativ breiten Kreuz strafte diesen Eindruck Lügen – vorausgesetzt, man hatte einen Blick für so was.

Ihr hautenges Mieder ließ für einen Humanoiden kaum Wünsche offen. Ebenso ihre endlosen Beine. Sie war die Einzige im Trupp, die nicht mit einer Waffe herumspielte.

Der aschgraue Riese winkte mit der Booster zu Hounds hinüber und brummte etwas Unverständliches. Hounds, der erst vor Kurzem von einer seiner gelegentlichen Reisen zurückgekehrt war, servierte, wie in solchen

Fällen üblich, seinen Norm-Mix. Dieser stellte die Neuankömmlinge offensichtlich zufrieden.

Der Gehilfe, den Hounds seit Neuestem beschäftigte, ohne dass dieser, der Gehilfe, jenem, nämlich Hounds, auch tatsächlich im Barbetrieb zur Hand ging – seine Funktion war uns vielmehr ein einziges Rätsel –, dieser Gehilfe also verschwand mit einem Konglomerat aus Waschmaschinenmotoren und Mikrowellengeräten auf Kopf und Schultern in den merkwürdigen Räumen hinter dem Barbereich, von denen wir anderen uns geflissentlich fern hielten.

Schließlich trat die Frau an die Theke, lehnte sich lässig dagegen, Blickrichtung zum Gastraum, und sprach über die Schulter mit Hounds, der sich wieder einmal hingebungsvoll der manuellen Reinigung diverser Gläser widmete.

»Wir sind auf der Suche nach einer bestimmten Person«, sagte sie mit heller Stimme.

Wie zufällig ragte die Booster Special, die der Koloss wie einen leichten Zeigestab handhabte, in ihre Richtung, sodass sie völlig in seinem Feuerschutz stand.

»Sind wir das nicht alle?«, lächelte Hounds unverbindlich.

»Ihr sucht jemanden?«

Blem Siebenschön war aus seiner Ecke gekrochen und machte sich wie immer wichtig.

»Dann seid ihr hier genau richtig! Man glaubt es kaum, aber hier kursieren die wichtigsten Infos immer zuerst. Oder sollte ich mich irren?«

»Blem?«, machte die Frau überrascht. »Blem Siebenschön?«

Und sie musterte die verschrumpelte, fast mumienhafte Gestalt des ehemaligen Topfahnders von oben bis unten.

»Freut mich. Freut mich ja so, dass jemand wie du sich an mich erinnert ...«, krächzte Blem mit Tränen in den Glubschaugen.

»Nun ja«, hob die Frau ihre Augenbraue, »ich habe von deinem – hm – Missgeschick gehört ... Aber *das* hatte ich dann doch nicht erwartet ...«

Blem wand sich vor Verlegenheit.

»Naja ... das Risiko ... die Zeitfalle ... du verstehst ...«

»Blem Siebenschön, ich denke, diesmal irrst du dich wirklich. Noch dazu, da Phagoneres Cephyrillis, der ja auch in die Sache verwickelt war, heute ganz anders da steht als du.« Dabei bedachte sie mich quer durch den Raum mit einem tiefen Blick aus dunklen Augen.

Ich muss sagen, sie war wirklich gut informiert. Offensichtlich hatte die Begebenheit, die nun auch schon wieder einige Zeit zurück lag, mehr Aufmerksamkeit erregt, als ich gedacht hatte. Leider schien andererseits das Ansehen, das ich mir als »Phagoneres, die Qualle« erworben zu haben einbildete, zu verblassen, zugedeckt durch die Story von »Phagoneres mit dem Zeitsprung aus dem *Houndsndogs*«.

Blem jedenfalls machte ein bekümmertes Gesicht und kratzte sich mit seinen vier Händen an allen möglichen Körperstellen.

»Ich bin nicht hier, um alte Erinnerungen auszutauschen«, beendete sie abrupt die verlegene Stille. »Ich will Infos über eine bestimmte Person. Die Spuren führen hierher, in die Kneipe am Andromeda-Highway.«

In Siebenschöns Augen flackerte es. Der Fahnderinstinkt verflossener Tage regte sich in ihm.

»Wenn du das sagst, Alethea, dann glaube ich dir das unbenommen. Oder sollte ich mich irren? Dann wird der oder die Gesuchte auch hier sein. Oder hier gewesen sein.«

Ich horchte erstaunt auf. Alethea? Das war Alethea von Bergkh?

»Wir brauchen nur«, brabbelte Siebenschön weiter, »die Hinweise zu sammeln, zu verdichten, zu sortieren und auszuwerten. Sie werden uns untrüglich zum Ziel führen. Vorbereitung ist der letzte Schritt vor dem Erfolg, sagte ich früher immer. Oder sollte ich mich irren?«

»Was deinen fraglichen Einsatz hier im *Houndsndogs* anbelangt«, kam die ungerührte Antwort, »so war damals die Vorbereitung mehr als lausig.«

Alethea löste sich von der Theke und dem Schwätzer, dessen Kinnlade heruntergeklappt war.

»Phagoneres Cephyrillis, ehemals genannt: die Qualle, wie ich vermute?«

Sie stand aufreizend wippend mit in die Seiten gestemmten Händen vor mir.

»Angenehm«, gab ich kühl zurück. »Alethea von Bergkh, wie ich annehme?«

Sie lächelte schmal, und ich deutete im Sitzen eine Verbeugung an, woraufhin sie mir gegenüber Platz nahm.

»Gehört habe ich natürlich schon von dir. Alethea von Bergkh. Ein Name, den man so schnell nicht vergisst ... Und man hört so einiges hier in der Bar am Andromeda- ...«

»Das kam mir auch zu Ohren«, schnitt sie mir das Wort ab. »Deswegen bin ich hier. – Doch hoffentlich nur Gutes?«

»Wie man's nimmt. – Alethea von Bergkh, die beste Spürerin der Oberbezirke, eine der besten Zehn des Universums. Mindestens.«

Ihr Lächeln wurde undurchsichtiger.

»Unerbittlicher Spürhund von bedingungsloser Härte. Führt jeden Auftrag kompromisslos zu Ende. Kennt in der Verfolgung ihrer Ziele keinerlei Rücksicht.«

Ihr Lächeln blieb unverändert.

»Überragende Liebhaberin. Erfahren in den erotischen Künsten der 5.000 Galaxien, treibt es mit jedem, wenn sie einen Vorteil daraus ziehen kann.«

Ihre Mundwinkel zuckten amüsiert.

»Hat zu jedem einzelnen ihrer Kampftruppe eine – vermutlich intime – Beziehung. Im Regelfall zu allen gleichzeitig.«

Wieder schob sie ihre Augenbraue in die Höhe.

»Ihr Körper gilt als ultimative Waffe.«

Sie schlürfte wie unbeteiligt den Drink, den Hounds ihr gebracht hatte.

»Und?«, machte sie mit feuchten Lippen.

»Nichts und. Du bist am Zug. Scheint so, als wolltest du etwas von mir.«

Ohne lange Umschweife kam sie zum Punkt: »Du hältst dich viel in der Bar auf, wie ich hörte. Du kennst die Geschichten, die hier kursieren. Ich brauche Infos.«

»Nochmal dasselbe!«, rief ich in Richtung Tresen.

»Du bist ein guter Zuhörer, so sagt man. Du musst zwangsläufig Bescheid wissen.«

»Jaja. Ist schon ein eigenartiger Platz hier.«

»Lenk nicht ab!« Ihre Stimme klang lediglich eine Nuance schärfer als vorher, war aber dennoch geeignet, die Luft zu schneiden.

»Ich bin etwas nervös. – Vielleicht könntest du deinem Begleiter da drüben andeuten, er möchte seine Booster Special doch bitte in eine andere Richtung hin säubern? Vielleicht in die entgegengesetzte?«

Alethea hob nur kurz den Kopf, und die Mündung der Booster schwenkte augenblicklich herum, sodass ich endlich nicht mehr im direkten Schussfeld saß.

»Ist er gut?«

Sie lachte hell auf.

»Butchinsky? – Nun, die Dimensionen sind enorm, bei entsprechender Stimulation. Wenn du verstehst, was ich meine.«

Sie grinste anzüglich und wurde übergangslos ernst.

»Zur Sache«, strich sie sich durch die Lockenpracht. »Ich bin auf der Suche nach einer ganz bestimmten Person. – Wir haben die Spur im Ginseng-Sektor aufgenommen und bis hierher verfolgt.«

»Sehr interessant«, nippte ich an meinem Glas. »Und was habe ich damit zu tun? Bin ich dein Hauptverdächtiger, oder was?«

Sie verzog nicht einmal das Gesicht.

»In diesem Fall hättest du keine Zeit mehr gehabt, deine letzte Bestellung aufzugeben.«

Ich wiegte abschätzig den Kopf.

»Willst du mich verarschen? – Diese Töne kannst du dir sparen! Du tappst völlig im Dunkeln, wen oder was du überhaupt verfolgt hast. Oder was soll dieser Smalltalk sonst bedeuten? Ich nehme nicht an, dass dir meine blauen Augen so gefallen ...«

»Sie sind braun. Aber trotzdem: Die Runde geht an dich. Ich muss sagen, die Leute übertreiben nicht, was dich angeht.«

»Man schlängelt sich so durch«, entgegnete ich vage und auf der Hut.

»Schön. Kommen wir zur Sache. Es ist mir also – hm – zugetragen worden, dass du die Ohren offen hältst. Du kannst mir daher unter Umständen weiterhelfen. – Wir haben die Spur verloren ...«

Ich blickte mich suchend nach dem Professor um, der in Sachen Auskünfte sicherlich die bessere Adresse gewesen wäre.

»Er ist nicht hier«, verzog sie den Mund. »Seltsam, nicht wahr? – Phago, du bist leider nur der Zweite auf meiner Liste. Enttäuscht?«

Ich zuckte die Schultern. Eigentlich: ja.

»Ist mir nachgerade zu anstrengend, in jeder Disziplin der Erste sein zu wollen«, sagte ich stattdessen und machte eine gewichtige Pause. »Und du hast nicht die

Sorge, dein ›Mann‹ könnte die Flatter machen, während du mit mir redest? Und zwar offensichtlich über ihn?«

»Ich bin ja nicht alleine hier.«

Das war deutlich.

Bedächtig leerte ich mein Glas und gab Hounds das bekannte Zeichen.

»Also bitte. Ich höre.«

Sie legte fragend die Stirn in Falten.

»Na, hör mal!«, erklärte ich. »Was du bislang herausgelassen hast, reicht nicht. Bevor du etwas zu hören bekommst, ist schon die ganze Geschichte fällig.«

Sie schlug die Beine übereinander, ihr Gesicht eine undurchdringliche Maske. Widerwillig begann sie zu erzählen. –

Der Auftrag war im Grunde recht simpel. Ich habe ihn eher aus Langeweile angenommen, obwohl die Bezahlung durchaus in Ordnung war. Im Voraus, wie immer, wohlgemerkt. Alethea von Bergkh bringt ihre Aufträge stets zu Ende. So oder so.

Es ging darum, eine bestimmte Person, nun ja, entführen ist wohl das falsche Wort, sagen wir: eine bestimmte Person vor unseren Auftraggeber zu bringen.

Der Aufenthaltsort war bekannt: die geschlossene Anstalt der zerophilen Psychonauten auf Hepatitis 9.

Nun ist es ja so, dass im Allgemeinen jeder Insasse einer solchen Anstalt über kurz oder lang frei zu bekommen ist. Eine Frage der Zeit, des bürokratischen Aufwands und der entsprechenden Schmiergelder. Unser Auftraggeber hatte alles: die nötige wirtschaftliche Potenz, die geeigneten Geschäftsverbindungen – nur leider keine Zeit.

Wie gesagt, an sich nichts weiter als eine Fingerübung für uns. Was aber nicht heißen soll, dass wir die Sache auf die leichte Schulter nahmen.

Die erste Hürde, die es zu nehmen galt, war, uns Zugang zur inneren Abteilung der Anstalt zu verschaffen, und zwar, ohne Aufsehen zu erregen. Ist Hepatitis 9 selbst schon hermetisch vom Außenuniversum abgeriegelt, so gilt das für die geschlossene Abteilung erst recht und für die innere davon im Besonderen. Gewaltsam einzudringen hätte bedeutet, den halben Planeten in die Luft jagen zu müssen.

Es blieb die Lösung, die eigentlich auf der Hand liegt: Wir ließen uns einliefern.

Einer unserer Gleichschalter spielte dabei die Rolle des hochgradig Verstörten. Zwei Köpfe übernahmen die Wesenheiten aller drei, während der dritte sich abkapselte, um zu gegebener Zeit das Gleichgewicht wieder herzustellen.

Wir wurden mit offenen Armen empfangen.

Der Oberchefpsychisist leckte sich sämtliche 47 Finger nach unserem Gleichschalter. Ein solcher Fall war ihm bislang noch nicht untergekommen, schien geradezu einzigartig zu sein, und er sah schon die hohen Auszeichnungen sämtlicher Akademien an seiner Bauchdecke prangen, sich selbst hinwiederum auf den Titelseiten der einschlägigen Videoclips.

Unter uns gesagt, ist aber ein solcher Fall ein Ding der Unmöglichkeit; was der gute Mann durch entsprechende Lektüre leicht hätte feststellen können. Gleichschalter rangieren hier unter dem Siegel der Katadiagnostik. Normal denkende Wesen sind gar nicht in der Lage zu erkennen, ob ein Gleichschalter durchdreht oder für seine Begriffe normal reagiert. Aber was heißt schon normal ...? Vielleicht reizte den Oberchef auch gerade dieses vermeintliche Verdikt der unmöglichen Diagnosestellung. Jedenfalls war er ein publicitygeiler Knochen, ist es wohl noch immer, der sich mehr für Aufsehen erregende Fälle denn für fundierte Forschung interessiert.

Das war uns bekannt. Wir hatten uns eingehend bei den Leuten informiert, die ihm den Posten zugeschanzt hatten.

Türen und Tore öffneten sich also vor uns. Während alle sich mit Macht auf ihr neues Studienobjekt, unseren Gleichschalter, stürzten, fanden wir übrigen kaum Beachtung. Wir wurden als vernachlässigbare Größen in irgendeinen Keller geschafft, von wo aus wir uns jedoch unsererseits auf das Objekt unserer Begierde stürzen konnten. Die Sicherheitsvorkehrungen im Innern entsprachen bei weitem nicht dem äußeren Maßstab; noch dazu wir heimtückischer Weise die uns verabreichten Präparate unschädlich zu machen verstanden.

Ohne große Mühe drangen wir in den Hochsicherheitstrakt ein. Und mussten feststellen, dass uns jemand zuvorgekommen war. Das Objekt war verschwunden!

Niemand hatte etwas davon bemerkt. Kein Alarm war ausgelöst worden. Es gab keinerlei Spuren von Gewaltanwendung, auch kein Zeichen einer Kriegslist, in etwa vergleichbar mit der unsrigen. Es schien auf den ersten Blick überhaupt keine Spuren zu geben. Ein Rätsel.

Auf den zweiten Blick stellten wir fest, dass unmittelbar vor unserem Einsatz merkwürdige Schiffsbewegungen im Ginseng-Sektor stattgefunden hatten. Ein übler Verdacht drängte sich auf: Jemand hatte Wind von unserem Auftrag bekommen und alles daran gesetzt, ihn zu durchkreuzen!

Wir verfolgten zunächst drei erfolgversprechende Fährten.

Nummer eins erwies sich zugegebenermaßen als etwas harte Nuss. Wir waren dazu gezwungen, einen Giga-Walzenraumer regelrecht in seine Bestandteile zu zerlegen. Nur um festzustellen, dass wir es mit kleinen, schmierigen Astralperlen-Schmugglern zu tun hatten.

Nummer zwei entpuppte sich ebenfalls als Fehlschlag. Ein Stoßkommando irgendeiner galaktischen Splitterpartei hatte die Einlieferung eines ihrer politischen Gegner verhindern wollen. Kurz vor den Wahlen. Man hatte ihn der universalen Öffentlichkeit zur Schau stellen wollen; zum Beweis, dass er seit seiner Amtsübernahme vollkommen irrsinnig war. Was an sich selbst ein irrsinniges Unterfangen war, denn krankhaftes Verhalten auf politischer Bühne ist ja ohnehin an der Tagesordnung.

Blieb also Nummer drei.

Volltreffer.

Wir folgten der Spur einer Brimboldt'schen Hintersteuerungsautomatik, die aus dem Ginseng-Sektor hinaus führte.

Du weißt vielleicht, dass diese Automatik als der ultimate Ortungsschutz gilt – was jedoch völlig absurd ist. Sie ist einfach zu gut. Sie schluckt alles, selbst das Hintergrundsrauschen, das an jedem Punkt des interstellaren Raums herrscht. Man braucht daher nur hinzuhören: Bei absoluter Stille ist garantiert ein Brimboldt am Werk.

Wir nahmen die Fährte auf. Sie lockte uns kreuz und quer durch die südost-tangentialen Mittelballungen. Man hatte uns gelinkt. Was wir zuletzt vorfanden, war ein einfaches Antriebsaggregat, gekoppelt mit zufallsgesteuertem Richtungsvektor und einem aktiven Brimboldt. Sonst nichts. Man hatte damit gerechnet, dass wir uns auf diese Spur setzen würden – und hatte uns auf diese Art und Weise klassisch an der Nase herumgeführt. Wir hatten Zeit verloren. Zu viel Zeit. Mittlerweile waren weitere brauchbare Spuren längst verwischt.

Und dennoch ist dem oder den Gesuchten ein winziger Fehler unterlaufen.

Offensichtlich war die abenteuerliche Konstruktion, der wir gefolgt waren, vermittels eines Fußtritts aus irgendeiner Schleuse ins All expediert worden. Wir fanden an der Außenhülle des Aggregats Glassplitter, die sich der- oder diejenige zunächst in die Schuhsohle getreten hatte. Aus diesen Splittern rekonstruierten wir das ursprüngliche Behältnis – und daher sind wir hier. –

»Interessant«, sagte ich. »Darf ich mal sehen?«

Sie reichte mir die 3d-Rekonstruktion eines Glases, wie es hier in der Bar am Andromeda-Highway höchst gebräuchlich war.

»Das hat allerdings nicht viel zu besagen«, brummte ich. »Gut, hier wird in Gläsern ausgeschenkt. In der Tat recht ungewöhnlich. Aber doch nicht unbedingt einzigartig. Ich könnte da noch einige andere Adressen ...«

»Geschenkt!«, unterbrach sie mich. »Wir haben natürlich durch Molekularprozessoren auch die Getränke, die in diesem Glas ausgeschenkt wurden, analysiert. Vor allem deren Zusammensetzung.«

»*Spacetravellers Grave* ?«, mutmaßte ich.

Alethea schnalzte anerkennend mit der Zunge.

»In einer Mischung, die nur hier im *Houndsndogs* kredenzt wird.«

»Glasklar! Oder sollte ich mich irren?!«, heulte Blem Siebenschön und stemmte sich ächzend in die Höhe, wobei das Tischchen, an dem ich wie gewöhnlich saß, gefährlich ins Schwanken geriet.

»He, Hounds!«, brüllte Siebenschön mit vibrierender, aber dennoch durchdringender Stimme, verlor jedoch durch den überraschenden Energieausbruch den Halt und schlug der Länge nach hin.

Gegen alle Erwartung trat Hounds an unseren Tisch. Die Stirn fragend in Falten gelegt, ein fleckiges Geschirrtuch über der Schulter, nahm er das Glas in Empfang, das Alethea ihm unter die Nase hielt.

»Was soll ich dazu sagen?«, lächelte er, nachdem er das Teil kurz in der Hand gewogen hatte. »Meine Gläser bestehen aus einer Schmelze von … nun ja, im Grunde Sand – so lange es noch Sand gab –, nicht aus einfacher geformter Energie wie dieses hier.«

»Es ist eine Reproduktion!«, zischte Alethea.

»Aha. Sehr gelungen.«

Blem Siebenschön hatte sich endlich wieder in die Höhe gewuchtet. Schwankend stand er vor Hounds. In seinen Augen glomm ein längst erloschen geglaubtes Feuer. Mit spitzem Finger tippte er bei jedem Wort gegen Hounds' Brust.

»Gestehe!«, geiferte er, wobei seine Stimme vorübergehend den drohenden Tonfall des ehemaligen Topfahnders annahm. »Oder sollte ich mich irren? Das Glas ist der Beweis!«

»Aber wofür?«, wollte Hounds wissen und trat einen Schritt zurück.

Blems Finger stach ins Leere, und der Schwung riss ihn mit nach vorn. Abermals kam er polternd zu Fall.

»Wie hoch würdest du deinen Glasbruch ansetzen?«, fragte Alethea ungerührt.

Bevor Hounds antworten konnte, erschütterte ein splitterndes Getöse die Bar.

Hinter dem Tresen stolperte die hagere Gestalt des Gehilfen, Faktotums oder wie auch immer in kopfloser Hektik hin und her. Kein Wunder: Trug er doch auf seinen Schultern eine Art überdimensionale, mit Drähten umschlungene und in verschiedensten Farben blinkenden Lämpchen bestückte Trockenhaube, die seinen Schädel vollständig bedeckte und offensichtlich sein Blickfeld in höchstem Maße beeinträchtigte. In den knochigen Händen hielt er einen mehrfach in sich gedrehten, gewundenen, Spiralen schlagenden, mannshohen Stecken von unbestimmter Funktion. Mit diesem hatte er, indem er ihn quer vor der schmächtigen Brust hielt, in unkontrollierter Drehung um die Körperachse die Theke leer gefegt. Ohne weiter auf die Bescherung zu achten, verschwand er brummelnd und brabbelnd mit stampfenden Schritten und arhythmisch zuckenden Armen in einer jener geheimnisvollen Falltüren, die hinab in vermutlich noch geheimnisvollere Gewölbe führten.

»Nun, das ist von Tag zu Tag verschieden, wie du leicht einsehen wirst«, beantwortete Hounds trocken die gestellte Frage, obwohl es auf *Houndsndogs* natürlich überhaupt keinen Tag-und-Nacht-Wechsel gab.

Auf Aletheas Stirn erschien eine steile Unmutsfalte.

»Schön«, sagte sie schließlich. »Ich sehe ein, dass ich so nicht weiterkomme ...«

Hounds zuckte unbeeindruckt die Achseln und trat mit langen Schritten wieder hinter seine Theke.

Ich blickte Alethea unverwandt an.

»Vielleicht solltest du deine Taktik überdenken«, schlug ich vor.

»Inwiefern?«

»Du erwartest Auskünfte ... und hüllst dich deinerseits in Schweigen ...«

»Interessant. Wie meinst du das?«

Ich lehnte mich grinsend zurück.

»Wie wäre es, wenn du die ganze Geschichte erzählen würdest? Mir scheinen da bislang gewisse Einzelheiten übergangen worden zu sein ...«

»So?«, schnaubte sie und legte die seidigen Beine übereinander.

Blem Siebenschön, beim Versuch, sich auf allen Vieren zitternd in die Höhe zu wuchten, versteifte sich, starrte sabbernd in ihren Schritt, und seine Augenstiele begannen zu zittern.

Ich wartete gelassen ab und nippte an meinem Glas. Auch Alethea schwieg. Allerdings mürrisch.

»Nicht dass ich aufdringlich erscheinen möchte«, begann ich schließlich seufzend, »aber du scheinst mich irgendwie für einen Trottel zu halten. Du bist offensichtlich der Meinung, auf eine x-beliebige Geschichte hin von mir jede nur erdenkliche Gegenleistung zu bekommen. Nicht gerade schmeichelhaft für mich. Ich hatte gedacht, einen besseren Ruf zu haben. Oder wenigstens einen anderen.«

»Meine Geschichte ist nicht x-beliebig!«, protestierte sie mit verletztem Augenaufschlag.

»Gut. Kleine Übertreibung meinerseits«, räumte ich ein. »Andererseits ...«

Sie zog einen Schmollmund und verschanzte sich hinter überkreuzten Armen.

»Nehmen wir zum Beispiel Hepatitis 9«, sagte ich belehrend. »Es gibt nur eine Person in dieser geschlossenen Anstalt, die meiner Meinung nach einen solchen Aufwand lohnte: Jakofalt S. Brimboldt. – Und prompt stellt sich die Frage, wer wohl ein Interesse daran haben könnte, den Erfinder der Hintersteuerungsautomatik in die Freiheit zu entlassen. Oder ging es gar nicht um Freiheit? Sollte nur – hm – die Anstalt gewechselt werden?«

Aletheas sich mehr und mehr verfinsterndes Gesicht zeigte mir überdeutlich, dass ich auf der richtigen Spur war.

»Ich vermute hinter deinem Auftraggeber einen multigalaktoiden Großkonzern«, fuhr ich blasiert fort. »Mit einiger Recherche dürfte es nicht allzu schwierig sein, diesen ausfindig zu machen. Und schon stellen sich die nächsten Fragen: Was steckt dahinter? Soll man diese Ziele unterstützen?«

»Du hast eine Frage vergessen!«, fauchte sie.

»Aha?«

»Was springt für den Informanten dabei heraus?«

»Oh ja! Hochinteressant. Um aber die Verhandlungen abzukürzen: Meine Kreditkonten sind voll bis oben hin. Was hast du denn außer Zahlungsmitteln sonst noch zu bieten?«

Mit diesen Worten strich ich durch ihre Mähne und packte sie im Nacken.

Fast augenblicklich zuckte meine Hand zurück. Ein äußerst schmerzhafter Nervenschockimpuls hatte mich getroffen.

Butchinsky grinste aschgrau und riesig zu uns herüber, während der Vielstieläuger von Lilapsi Rouge seine sämtlichen Augenstiele vibrierend kreisen ließ. Was in diesem Fall so viel bedeuten mochte wie: Finger weg! Von der Nervenpeitsche selbst war nichts zu sehen.

Alethea entblößte in überheblichem Lächeln ihre makellosen Zähne. Dennoch hatte ich etwas Wichtiges erfahren: Die Truppe der von Bergkh war derart gut ausgerüstet, dass sie diese Anti-Energiewaffen-Glocke, die in der Bar den Gebrauch von ebensolchen normalerweise unmöglich machte, ausschalten konnte.

Ich warf einen raschen Blick auf Hounds, doch dessen ausdruckslosem Gesicht war wie meist keinerlei Regung anzumerken.

»Es kommt auf die Qualität der Informationen an«, sagte Alethea unbestimmt und leckte mit der Zungenspitze langsam über ihre Lippen.

Neben mir stöhnte Blem Siebenschön gequält auf, und sein Körper fing an zu zucken.

Gerade wollte ich tiefer in die delikaten Einzelheiten des Deals eindringen, als Hounds' Gehilfe erneut hinter der Bar auftauchte. Diesmal trug er eine Art Motorradhelm mit heruntergeklapptem, verspiegeltem Visier, streckte suchend und tastend die Arme aus. Drüben hüpften mit einem Mal die Gleichschalter aufgeregt herum, der Koloss sprang auf und brüllte:

»Brimboldt!!!«

Der Gehilfe stockte wie vom Schlag getroffen mitten in der Bewegung, riss sich herum und hechtete kopfüber in die offene Falltür.

Butchinsky, der Vielstieläuger und der Oktopode stürzten, quallten, schlängelten sich ohne zu zögern hinterher, schleuderten alles und jeden, der ihnen im Weg stand oder saß, zur Seite. Die Gleichschalter blieben eher hilflos zappelnd zurück, im Versuch, ihre von der Gleichschalterei ineinander verschränkten Gliedmaßen zu sortieren.

Alethea hatte unbewegt zugesehen, wie ihre Teamgefährten in der Falltür verschwanden.

»Sieht so aus«, sagte sie lakonisch, und ihr Gesicht verlor schlagartig jegliche erotisierende Ausstrahlung, »als wären unsere Verhandlungen beendet, noch ehe sie richtig begonnen haben ...«

Sie erhob sich, stelzte steifbeinig über den mittlerweile auf dem Rücken liegenden Siebenschön hinweg, dessen Körpermitte konvulsivisch bebte, und griff sich die Booster Special.

»Ich würde keinem raten, irgendeine falsche Bewegung zu machen!«, befahl sie kalt.

Dass kaum jemand ihren Worten Beachtung schenkte, lag an den blitzenden Leuchterscheinungen, die plötzlich aus der Falltür brodelten.

Neugierig scharten sich die in der Bar verbliebenen Gäste um die Tür und starrten mit geblendeten Augen oder sonstigen optischen Rezeptoren in das peitschende Licht.

Ein Arm schälte sich aus der schillernden Flut. Das seltsam verzerrte Gesicht Butchinskys folgte, der Mund zu einem lautlosen Schrei aufgerissen. Die muskulösen, irgendwie zerfließenden, sich ausbeulenden Arme stemmten sich gegen den Boden, doch irgendetwas schien ihn von unten gepackt zu haben und zog ihn unerbittlich zurück.

Alethea zischte einen halblauten Fluch durch die gebleckten Zähne und schickte sich zum Abstieg an. Ich packte sie am Handgelenk.

»Nicht!«, rief ich. »Es ist noch nie einer von dort zurückgekommen!«

»Doch. Er.«

Sie meinte Jakofalt S. Brimboldt und hatte zweifellos recht. Dennoch gab ich sie nicht frei.

Sie blitzte mich aus Augenschlitzen an und jagte mir ihr Knie zwischen die Beine – besser gesagt, versuchte es. Ich ahnte ihre Absicht und drehte mich zur Seite weg. Dabei entglitt sie allerdings meinem Griff und sprang sofort in die Tiefe.

Fast im selben Augenblick erstarb mit hohlem Seufzen das Leuchten, und wir standen ratlos da. Unsere Blicke in die pechschwarze Öffnung können nur mit *blödsinnig* beschrieben werden.

Niemand gab irgendeinen Laut von sich. Mehrere Standardzeitbruchteile verstrichen.

Dann plötzlich schlurfende Geräusche. Der Helm erschien, knochige Finger, schmale Schultern, ein fleckiger Mantel. Brimboldt kletterte aus der Falltür, schwankte und torkelte durch unsere Reihen, summte dabei irgendeine Melodie der Galaxy-Top-Ten. Schweigend machten wir ihm Platz.

Stille.

Bodenlos gähnte die Finsternis hinter dem Loch im Boden. Nichts rührte sich.

Nach und nach zogen sich die anderen an ihre Plätze zurück. Ich stand noch immer da und stierte in die Schwärze. Hounds trat neben mich.

»Sie hatte schon recht«, sagte er, und ich malte mir ihren phantastischen Körper, der nun wohl unwiederbringlich verloren war, noch einmal aus. »Brimboldt kehrt immer wieder von dort zurück. Aber er als Einziger. Er ist eben doch ein Genie, auf seine Weise.«

Ich nickte.

Aufs Schmerzlichste wurde mir bewusst, dass ich die wahren Hintergründe der ganzen, merkwürdigen Angelegenheit vermutlich nie erfahren würde. Natürlich hatte ich die dunkle Ahnung, dass Alethea auf der richtigen Fährte gewesen war.

Und diese Ahnung verdichtete sich zur Gewissheit, als Hounds mich wortlos mit stahlblauem Blick anschaute, bevor er die Falltür schloss.

Das 10.000-Jahre-Experiment

Auf *Houndsndogs* gibt es keinen Tag-und-Nacht-Wechsel. Die monströse Station – oder wie auch immer man das Gebilde nennen mag – hängt an einem anscheinend beliebigen Punkt im Raum, anscheinend ohne jeden Bezug zum Restuniversum, anscheinend einfach so. Falls es je einen solchen Bezug gegeben haben sollte, ist er im Laufe der Mega-Zeitdekaden verlorengegangen.

Die träge Bewegung der zerklüfteten Dreiecksplattform um sich selbst sorgt für eine relativ vielen Lebensformen angenehme Gravitation.

Die einzige Beleuchtung, die das *Houndsndogs* erfährt, ist das trübe, manchmal flackernde Transparent der gleichnamigen Bar, das die Station in unwirkliches Licht taucht.

Ob der Name der Station auf die Bar übergegangen ist oder ob es vielmehr umgekehrt war, kann heute nicht mehr nachvollzogen werden; die Frage bietet jedoch unerschöpflichen Gesprächsstoff an der Theke.

Welchem Zweck die Plattform im Leerraum zwischen den Galaxien ursprünglich diente, ist heute ebenso in Vergessenheit geraten wie die Identität der Erbauer. Angeblich soll ja der Andromeda-Highway, an dem das *Houndsndogs* liegt, vor Urzeiten eine der belebtesten Fernstraßen des Universums gewesen sein – eine Vorstellung, die heute schon eher lächerlich anmutet.

Einer der unzähligen Theorien zufolge könnte dann die Station als Anlaufstelle für Raumschiffe gedient haben, als Reparaturwerkstatt oder eine Art Tankstelle. Ein Bahnhof? Die verschiedenen Ausleger, deren Überreste noch heute strahlenförmig von der Plattform abstehen, scheinen in der Tat für diese Theorie zu sprechen; sie könnten als Anlegestellen fungiert haben.

Andererseits macht eine solche Theorie nur dann Sinn, wenn die Technik bzw. der auftretende Verschleiß in den Antriebsaggregaten oder sonstigen Teilen der Raumschiffe einen Zwischenstopp bei intergalaktischen Flügen notwendig gemacht haben sollte.

Das würde gleichzeitig bedeuten, dass die Station in einer Zeit erbaut worden ist, in der ein solcher Verschleiß an der Tagesordnung war oder der Schiffsantrieb auf einer Funktionsweise beruht hatte, die ein in zumindest unregelmäßigen Intervallen stattfindendes Auftanken mit irgendwelchen Antriebsstoffen erforderlich machte.

Im Zeitalter der sogenannten »Null-Energie-Standards«, wobei zum Beispiel die Raumschifftriebwerke die Multigravitationsfelder des Über-Hyperraums ausnutzen, ist eine solche Vorstellung geradezu undenkbar. Noch dazu, da namhafte Wissenschaftler nachgewiesen haben, dass die Tanks solcher »Nachfüll-Raumer«, wie der akademische Begriff lautet, einfach gigantische Ausmaße gehabt haben müssten. Die Tanks selbst hätten schon allein die Größe mittlerer Planeten besitzen müssen, mindestens die Hälfte der »getankten« Energie wäre nötig gewesen, allein nur die Tanks selbst samt Inhalt, also quasi sich selbst, in Bewegung zu setzen, vom restlichen Schiff ganz zu schweigen. Die Vorstellung, dass vernunftbegabte, denkende Wesen eine derart absurde Methode der Fortbewegung ersonnen haben sollen, ist nicht nur abwegig, sondern einfach lachhaft.

Darüber hinaus hat die Station technische Möglichkeiten zu bieten, die uns heute noch Bewunderung abringen und deren Funktionsprinzipien selbst unser hochentwickelter Intellekt nicht zu entschlüsseln imstande ist.

Es ist ja eine bekannte Tatsache, dass die Bar selbst eine Art Zeitenklave darstellt; eingehüllt in ein Temporalfeld, ich will mal diesen üblichen, aber hochumstrittenen Begriff verwenden, steht in ihr die Zeit sozusagen still. Irgendwo tief im Innern der Station sorgen Maschinenblöcke für dieses Stasisfeld, so wird jedenfalls vermutet, oder aber in den Teilen der Station, die in den Überraum oder wohin auch immer ragen und sich jeder Vermessung wie Kartographierung entziehen. Soviel ich weiß, ist bis heute keine der unzähligen Expeditionen, die jemals in die Tiefen des *Houndsndogs* aufgebrochen sind, zurückgekehrt. Und Jakofalt S. Brimboldt, der geniale oder meschuggene Wissenschaftler, dem dies als bisher Einzigem gelang, scheint mir in diesem Zusammenhang nicht repräsentativ zu sein. Es sollen andererseits auch schon mal Barbesucher einfach so auf dem Weg zum Klo ohne Wiedersehen verschwunden sein.

Dass nun einerseits eine solche Station mit solchen Möglichkeiten erbaut wird, während andererseits die Raumschiffe wie aufzufüllende Container durchs All kriechen – das liegt doch jenseits aller Vorstellung!

Einer anderen Theorie zu Folge soll das *Houndsndogs* – Plattform wie Kneipe, seinerzeit vermutlich in anderer, unbekannter Funktion – längst existiert haben, bevor irgendwann der Andromeda-Highway eher zufällig an ihm vorbei gelegt worden war. Und es existiert heute immer noch, nachdem der Highway längst jede Bedeutung verloren hat. Doch damit begeben wir uns auf das Feld der Mythen und Legenden ...

Es ist natürlich ein angenehmes Gefühl, ohne das üblicherweise drängende »Zeitempfinden« in der Bar herumhängen zu können, während »draußen« das Gebrande und Geschiebe, Gehetze und Gerenne ohne Ende weitergeht. Das Einzige, worauf es zu achten gilt, ist, beim Verlassen der Bar die richtige der beiden Ausgangstüren zu benutzen, nämlich jene, die in die regelrecht weiterrauschende Normalzeit zurückführt.

Auf der anderen Seite ist der Baraufenthalt auch eine – nun, etwas unheimliche Angelegenheit. Man verlässt sich auf unbekannte Aggregate unbekannter Bauart, unbekannter Funktionsweise und unbekannter Herkunft. Niemand weiß, ob und wie lange diese noch arbeiten werden, was passieren wird, sollten sie jemals den Betrieb einstellen. Ob dann nicht die angestauten Zeitabläufe wie Sturzfluten auf einen niederkommen und ihren Tribut fordern ...

Doch das sind Überlegungen, die erst nach dem fünften Starhooter-Slime ins ermüdende Gehirn sickern, um einen in diese nebelhafte Stimmung von Euphorie mit gleichzeitiger Todesahnung zu versetzen.

Noch ist es nicht so weit – und es wird nie so weit kommen! Oder aber schon im nächsten Zeitbruchteil. Allerdings hängt niemand dieser Stimmung über Gebühr nach, und wir alle wissen: Im *Houndsndogs* stirbst du nicht. Und erst recht keines natürlichen Todes.

Bis zu jenem Vorfall, der sich kurz nach der Übernahme des Colesterin-Clusters durch die holomorphen Gigantviroiden ereignete, war auch ich dieser Meinung gewesen.

Ich war gerade im Begriff, die Bar für diesmal zu verlassen. In einem Aufsehen erregenden Spiel hatte ich meine sämtlichen Anteile an der Niedrigmolluskular-Mine im Hundesternhaufen verloren, als eine Gestalt eintrat, die sofort meine Aufmerksamkeit fesselte und mich dazu bewog, mich an meinen Stammplatz im Hintergrund der Bar zurückzuziehen.

Mit schleppendem Gang tastete sich die Gestalt an den Tresen, die Hände krampfhaft an die Brust gekrallt. Ihre mantelartige Kleidung troff vor Nässe, sodass sich Lachen auf dem Boden bildeten. Das nasenlose Gesicht war von Schmerzen gezeichnet.

Zweifellos handelte es sich um einen Abkömmling der eliseptischen Quirulogen von Memphis 8, wie an den durchscheinenden Lippen, den übergroßen Augen und den extrem langen Armen mit den feingliedrigen Fingern unschwer festzustellen war.

Schwer sank der Quiruloge auf einen Stuhl, wobei sich sein Mantel öffnete – und eine schreckliche Wunde im Brustkorb wurde sichtbar. Es war seine eigene Körperflüssigkeit, die seine Kleidung und den Fußboden tränkte.

»Schnell, einen Medo!«, riefen besorgte Stimmen.

»Was soll ich mit einem Medo ...« rang sich der Quiruloge ein mühsames Lächeln ab. »Gebt mir einen *Planetengurgler!* Einen doppelten!«

Eine Gruppe monometrischer Insektenwesen schüttelte missbilligend die Fühler.

»Stellt doch wenigstens ein Gefäß auf«, zirpten sie im für meine Ohren gerade noch wahrnehmbaren Frequenzbereich, »um seine Flüssigkeiten aufzufangen. Ist ja ekelhaft!«

Protestierende wie zustimmende Rufe wurden laut; ein Tumult, keine Besonderheit im *Houndsndogs*, stand zu erwarten. Doch bevor es zum Eklat kommen konnte, unterbrach ein Poltern die hitzigen Diskussionen. Der Quiruloge hatte einen Ultrahoch-Thermo-Blaster auf seinen Tisch gewuchtet.

»Haltet eure Organe!«, keuchte er. »Ich will meine Ruhe. Wer mir zu nahe kommt, mir irgendwelche Medos auf den Hals hetzt oder mich sonstwie stört, den quantisiere ich zu Hitzestaub!«

Woraufhin er entkräftet zurücksank und in der Bar tatsächlich Stille einkehrte.

Der Quiruloge lächelte gequält und nahm in bedächtigen, genießerischen Schlucken den *Planetengurgler* zu sich. Über den Rand des Glases fixierte er uns dabei argwöhnisch.

»Ihr wartet auf eine Erklärung, wie ich sehe«, sagte er schließlich und krümmte sich vor Schmerzen. »Immer geil auf Geschichten ... Hat man mir doch nicht zu viel versprochen von dieser Bar am Andromeda-Highway ...«

Seine Stimme klang brüchig und kraftlos, sein Atem ging röchelnd.

»Was ihr vor euch seht, ist das Ergebnis oder das Ende eines Experiments, das vor ungefähr 10.000 Jahren begann. Ich bin zum Sterben hergekommen.«

Wir alle machten uns auf eine hochinteressante Geschichte gefasst.

»Hoffentlich hält er bis zum Ende seiner Erzählung durch«, raunte mir Blipstepp Hernan'kötter, mein Tischnachbar, zu. »Ich mag keine Geschichten ohne Pointe.« –

10.000 Jahre. – *begann der Quiruloge.* – Vor 10.000 Jahren wurde auf Memphis 8 das Experiment »Ewigkeit« gestartet.

Aber ihr wisst heute gar nicht mehr, was das ist: ein Jahr. Naja, in diesen Zeitrelationen rechnete man damals; das war zu Beginn der Meliphorno-Wirren. Oder war es danach? Ich kann mich nicht mehr erinnern ... Die Gehirnkapazität hat Grenzen. Ich konnte nicht alles speichern, musste selektieren. Oder *sie* taten es für mich. Keine Ahnung.

Nun, ein Jahr: Das war die Umlaufzeit irgendeines Planeten um seine Sonne. Oder war es die Expansionszeit des Universums in Bezug auf seine Krümmung? Ich weiß es nicht mehr.

Seither haben die Zeitmaße gewechselt und gewechselt ... Ich konnte mich mit derlei Nebensächlichkeiten nicht belasten ... –

Unaufgefordert schenkte Hounds den Drink nach, was der Quiruloge anscheinend nicht registrierte.

»Und jetzt bin ich hier, um zu sterben. Endlich zu sterben! Hähähä! Ich beende das Experiment ›Ewigkeit‹ nach 10.000 Jahren ... Eigenmächtig ... Hähähä!«

Er stürzte den *Planetengurgler* hinunter, und sein Gesicht nahm vorübergehend eine relativ gesunde Farbe an – gemessen an den Standards der eliseptischen Quirulogen jedenfalls. –

Ich will nicht behaupten, – *fuhr der Sterbende fort* – dass das Experiment seinerzeit gegen meinen Willen gestartet worden wäre – ganz im Gegenteil. Ich hatte mich vielmehr als Freiwilliger auf eine Holo-Annonce in einem damals weit verbreiteten Galaktoweb-Journal hin gemeldet. Ein geregeltes Einkommen war garantiert, das durch einen Fundamental-Fonds finanziert wurde. Nur wenige Auflagen waren mit dem Job verbunden: regelmäßige Gesundheits- und Bodychecks, eine Lebensweise, die einen gewaltsamen Tod weitgehend ausschloss, Zustimmung zu Aufzeichnung, Verarbeitung und gegebenenfalls Weiterleitung sämtlicher Körperfunktionsdaten einschließlich mentaler Disposition und Septifizierung, Zustimmung zur Persönlichkeitsüberwachung, die mit einem Maximum an Diskretion erfolgen sollte, Übertragung sämtlicher Körperrechte an die Projektverwalter und deren Nachfolger, desgleichen Übertragung sämtlicher Vermarktungsrechte. Überschreibung der Körperhülle und Mentalsubstanz sowie deren Überreste und Nebenprodukte. Verzicht auf vermögenswirksame Leistungen.

Also, seinerzeit erschien mir das alles nicht weiter tragisch. Zumal ja ewiges Leben in Aussicht gestellt worden war. Man musste lediglich mit regelmäßigen Laboraufenthalten zu Test- und Regenerierungszwecken einverstanden sein. Diese Medo-Checks würden ein erträgliches Maß nicht überschreiten, hieß es. Ich erfuhr erst

später, dass dies natürlich eine Sache der Auslegung war
... Wie sollte ich auch ahnen, dass diese Laboraufenthalte
zuletzt mehrere Planetenjahre am Stück (!) betrugen ...

Alles ließ sich sehr gut an. Der erste Besuch im Labor
war relativ kurz; er dauerte kaum länger als ein üblicher
Medo-Check und wurde im Hochsicherheitstrakt eines
übergroßen Transportraumers der Kakteen-Klasse
durchgeführt. Über die Inhalte, Sinn und Zweck der
Untersuchungen sowie der entnommenen Proben als
auch der verabreichten Mittel erfuhr ich, gemäß der ver-
traglichen Vereinbarungen, absolut nichts.

Der zweite Laboraufenthalt dauerte schon länger, und
zwar mehrere Tage. Ein Tag – Moment, das hatte irgendwie mit Umlaufbahnen um Sonnen oder Monde zu tun ...

Er fand auch nicht mehr im Raumschiff statt, sondern auf dem Laborplaneten Chir'Opraxis I. Hier musste
ich mich zu dieser Zeit jedes halbe Jahr zum Controlling
einfinden, was meine Bewegungsfreiheit doch merklich
einschränkte und in dieser Form dem Vertrag nicht zu
entnehmen gewesen war. Vermutlich hatte das mit dem
Verbot zu tun, bei Vertragsabschluss einen Rechtspraktiker hinzuzuziehen.

Bald darauf änderte sich die Controlling-Frequenz
auch wieder zu meinen Gunsten, sodass sich meine Beunruhigung legte. Ich konnte nun relativ ungebunden
das Universum bereisen. Völlig ungebunden – in *dieser*
Beziehung – war ich, nachdem Chir'Opraxis II eingerichtet worden war: eine mobile Laborgroßeinheit von der
Größe eines Roten Riesen, die mir auf meinen Reisen
einfach folgte. Allerdings erfuhr ich meine Dates jetzt
nicht mehr im Voraus, sondern ich wurde von speziellen
Agenten ohne Voranmeldung abgeholt, gleichgültig welcher Beschäftigung ich gerade nachging.

An die damit einhergehende Allround-Überwachung
habe ich mich nie gewöhnen können, immer blieben ein

ungutes Gefühl des Beobachtetwerdens, kontrollierende misstrauische Blicke über die Schulter, Angstzustände, Verfolgungswahn und so. *Y-Syndrom* nannten sie das in ihrer Fachsprache. Keine Ahnung, was das bedeuten sollte.

Übrigens habe ich nie herausbekommen, wer hinter dem Projekt »Ewigkeit« steckte, wer die Initiatoren oder Projektleiter waren. Es muss sich allerdings um eine wenigstens multiplanetare Organisation gehandelt haben. Möglicherweise ein Medo-Giga-Konzern. Oder die Pharmas – wer weiß?

Alle Nachteile, die sich im Laufe der Zeit herauskristallisierten, wurden aufgewogen durch die Tatsache, dass mir im Hinblick auf Essen und Trinken sowie sonstiger Lebensgewohnheiten keinerlei Beschränkungen auferlegt waren, jedenfalls nicht in dieser Phase des Projekts – und vor allem nicht auf dem Gebiet der sexuellen Betätigung. –

Ein schwerer Hustenanfall unterbrach den Erzähler an dieser Stelle, beutelte ihn regelrecht hin und her, und bräunlich-grüner Schleim rann aus seinen Mundwinkeln. Nur langsam erholte sich der Quiruloge und blickte dann grinsend in die Runde.

»Ihr habt Angst, dass ich schlapp mache ...«, konstatierte er hämisch. »Dass ich den Löffel abgebe, bevor die Geschichte zu Ende ist ... Keine Sorge, so lange halte ich noch durch. Ich kenne diesen Körper in- und auswendig, obwohl es nicht die ganzen 10.000 Jahre lang derselbe war. Jedenfalls kann ich seine Zeichen deuten und weiß, wann es zu Ende geht ...«

Allgemeines Aufatmen. –

Im Laufe der Zeit wurden an mir – vermutlich an unzähligen anderen Testpersonen auch, wiewohl ich nie einen oder eine von ihnen zu Gesicht bekam – vielfältige Versuche im Hinblick auf Lebensverlängerung oder -erhaltung angestellt.

Eines dieser Programme, so erläuterte mir wenigstens eine Automatenstimme in eher allgemeinen Worten und nur auf drängendes Bohren meinerseits – anscheinend hielt es irgendein Programm im Sinne des Experiments für erforderlich, meine Psyche mit gewissen Daten zufrieden zu stellen –, zielte darauf ab, den Alterungsprozess der Körperzellen zum Stillstand zu bringen oder doch zumindest wesentlich zu verlangsamen, sozusagen in Richtung Stillstand.

Die Methode zeigte zwar Erfolg, doch es stellte sich heraus, dass mit zunehmendem Anhalten des Alterungsvorgangs auch die sonstigen Wirkungsprozesse der Zellen, wie Stoffwechsel und Motorik, minimiert wurden, sodass, exponentiell hochgerechnet, der Alterungsstillstand gleichbedeutend mit völliger Bewegungslosigkeit gewesen wäre.

Diese Erkenntnisgewinnung nahm – nach der damaligen Zeitrechnung – einige Jahrhunderte in Anspruch. Meine Bewegungsfreiheit in dieser Phase des Experiments war, wie ihr euch vorstellen könnt, bis zum Extrem eingeschränkt.

Irgendwelche Projektmitarbeiter sollte ich erst viel später kennen lernen. Ich vermute, dass das Programm in der Hauptsache vollcomputerisiert ablief. Jedenfalls müssen sich Generationen von Forschern mit mir befasst haben.

Die folgende Programmphase stellte das genaue Gegenteil der vorherigen dar: Statt auf absolute Verlangsamung hatte man es nun auf Beschleunigung der Zellfunktionen abgesehen. Die Theorie, die dahinter steckte, war die, zu jedem Zeitpunkt einen absolut verjüngten Körper zu erzeugen, indem gealterte Zellen mit erhöhter

Geschwindigkeit abgestoßen wurden, beziehungsweise ihnen keine Zeit zum Altern gelassen wurde.

Auch hier überwogen schließlich nachteilige Begleiterscheinungen: rasanter Haarwuchs sowie eine zunehmende Staubschicht abgestorbener Zellen um die Körperhülle. Beides war ziemlich unangenehm.

Man arbeitete an einem Schutzanzug, der diese E-piphänomene ausmerzen sollte, und hätte diese Phase des Experiments wohl noch länger fortgesetzt, wenn nicht noch ein unbezähmbarer Bewegungsdrang meinerseits hinzu gekommen wäre, in dessen Folge ich eine Abteilung des Labors vollständig in Trümmer legte, einer Vielzahl von Projektmedikern in Hände, Waden und Ohrläppchen biss sowie sämtliche Medopraktikantinnen, die in meine Reichweite gerieten, schwängerte, bevor es ihnen gelang, mich wieder einzufangen.

Es folgte eine Zeit relativer Ruhe, in der höchstwahrscheinlich neue Theorien und Pläne geschmiedet wurden.

Überbrückt wurde diese Periode durch Neo-Kloning. Ihr kennt das ja: Das alte Gehirn oder wenigstens dessen Inhalte werden in einen neugeklonten Körper verpflanzt. Die Methode ist aus einem einfachen Grund umstritten: Niemand weiß, wie lange das alte Gehirn mitspielt, wie viele Informationen und Eindrücke es sammeln kann, bis es vor Überlastung ausrastet oder zusammenbricht, niemand weiß, ob nicht irgendwann eine Körpergeneration herangezüchtet wird, die das alte Gehirn abstößt. Niemand weiß, wie viele Informationen auf ein neues, sozusagen leeres Gehirn aufgespielt werden können, bevor es überlastet.

Mittlerweile waren etwa 1.000 Jahre – habt ihr überhaupt einen Begriff davon, was das heißt? – vergangen. Man benutzte diese Zeiteinteilung längst nicht mehr, doch ich rechnete die mir verfügbaren Datensätze um;

zuerst, weil ich nur mit den alten Jahren etwas anfangen konnte, später, als mir auch dies abhandengekommen war, aus Tradition.

Ungefähr zwei Drittel dieser Zeit hatte ich im Labor verbracht. Festgeschnallt auf Operationstischen, eingetaucht in Vegetationstanks, eingepfercht in Bestrahlungskanäle. So hatte ich mir das ewige Leben nicht vorgestellt. Bei Vertragsabschluss hatte man mir paradiesische Zustände vorgegaukelt. Stattdessen begann das Projekt gänzlich unzumutbare Konditionen anzunehmen. Ich hatte schlicht und ergreifend keine Lust mehr. Im Übrigen hatte mein Leben, die Labor- und Operationsaufenthalte abgerechnet, lange genug gedauert, wie ich fand. Es begann mich zu langweilen. Es begann mich zu nerven. Aber ich war durch den Vertrag gebunden.

So versuchte ich, dem Experiment zu entfliehen. Vielleicht konnte ich ja irgendwo, in völliger Abgeschiedenheit, endlich sterben. Doch sie spürten mich selbst in den entlegensten Winkeln des Universums auf.

Einige wenige Male gelang es mir, ihnen tatsächlich für längere Zeit zu entkommen. Gleich wollte mir das Leben wieder lebenswert und aufregend erscheinen. Dann fingen sie mich wieder ein.

Andere Male schloss ich mich in lebensüberdrüssiger Stimmung Himmelfahrtskommandos an – doch ich überlebte selbst die ausweglosesten Situationen, nur um wieder von meinen Jägern eingeholt zu werden.

Nach einem denkwürdigen Klinikaufenthalt waren sämtliche depressiven Anwandlungen meinerseits merkwürdigerweise verschwunden. Bald kam mir der Verdacht, dass sie meine Psyche manipuliert hatten. Ein Mental-Blocker oder etwas in der Art, das meine suizidalen Neigungen eliminierte und womöglich noch weitere Auswirkungen hatte, von denen ich nicht einmal etwas weiß.

Das Experiment trat in eine Phase zunehmender Automatisation. Nach und nach wurden zunächst die Gliedmaßen durch Hochspezial-Prothesen ersetzt, darauf die inneren Organe. Zunächst nahm jedoch eine gewisse verbleibende Bio-Komponente relativ großen Platz ein.

Durch diese gelang es mir, ein heimliches Anti-Psycho-Training aufzunehmen, das mir mit der Zeit erlaubte, eingebaute Sperren zu umgehen. Ich brachte sogar diesen Knebelvertrag an mich und drang gegen entschiedenste innere Widerstände tatsächlich bis zu einem Rechtepraktiker vor. Doch die letzte Sperre erwies sich als unüberwindbar: Ich brachte kein Wort heraus. Ich konnte einfach mit niemandem über mein Problem reden. Eine Gedankenschleife, oder was auch immer, verhinderte das. Bei verschiedenen Versuchen verlor ich regelrecht jede Orientierung und entging nur mit Mühe der Einweisung in eine geschlossene Anstalt.

Im Übrigen erwies sich die Projektleitung als recht rigoros. Jedes Mal, wenn es ihr gelang, meine Spur aufzunehmen und mich wieder einzufangen, löschte man bedenkenlos und auf den puren Verdacht hin mögliche Kontaktpersonen meinerseits aus. Verschiedene Rechercheure, Rechtspraktiker, Medo-Techniks und Privat-Protektoren fanden so einen gewaltsamen Tod.

Im Laufe des nächsten Jahrtausends verfestigte sich daher in mir die Einsicht, dass ich selbst der Einzige war, der mir helfen konnte. Auf fremde Hilfe durfte ich weder bauen noch hoffen. Ich selbst musste es tun.

Doch die Zeit der relativ eigenständigen Entscheidungen war spätestens in dem Augenblick vorbei, in dem mein altes Resthirn kollabierte und sein substanzieller Gehalt sowie sämtliche Funktionen auf einen Hyper-Chip überspielt wurden.

Was sie jetzt erzeugt hatten, war nichts anderes als ein Roboter. Vollautomatisch, maschinenhaft. Es waren keinerlei biologische Reste von mir mehr übrig. Ich, oder was von meinem Bewusstsein noch übrig war, steckte in einem Speicherchip. Und das war in keinster Weise das, was man ursprünglich wollte: ewiges Leben nämlich.

Allmählich drang diese Erkenntnis auch in das Bewusstsein des Projektmanagements vor. Die Automatisierung wurde behutsam zurückgenommen, mein alter Körper sorgsam restauriert. So verrückt das auch klingen mag. Möglicherweise hatte es in der Projektleitung einen Generationenwechsel gegeben ...

Zellmaterial war zur Genüge konserviert worden, nach verschiedensten Gesichtspunkten und den unterschiedlichsten Methoden, stets auf der Höhe des technisch Machbaren, sodass mein mechanischer Körper nach und nach wieder mit Biostoff gefüllt werden konnte.

Allerdings wuchsen mit zunehmender Bio-Komponente hinwiederum auch meine Eigenständigkeit, meine Entscheidungsfreiheit, mein Widerspruchsgeist. Wenigstens in gewissem Maße. Diesen Nebeneffekt galt es zu unterbinden, war doch eine äußerst sensible Phase des Experiments angebrochen, in der jede Störung des Ablaufs zum Verfall führen konnte. Was weiß ich!

Sie versuchten daher, einen bestimmten Einfluss auf meine Mentaleinheiten auszuüben, indem sie, grob gesagt, gewisse Erinnerungen löschten, hier geeignete Assoziationsketten anlegten, dort sublime Gedankenbrüche schufen.

Als Schwachstellen erwiesen sich dabei, so erkläre ich mir das im Nachhinein, die verschiedenen Schnittstellen. Es traten immer wieder Überlappungen auf, die man so nicht gewollt hatte, bzw. die nicht auszumerzen waren: sich widersprechende Wahrnehmungen und Erinnerungen, Lücken oder Gleichzeitigkeiten in der Temporalfolge, antagonistische Sinneseindrücke zur selben Sache und zur selben Zeit ... solche Dinge. Kleinigkeiten, gewiss, die darüber hinaus vermutlich keinem Lebewesen fremd sind. Doch sie traten in meinem Fall in alarmierender Häufigkeit auf.

Der Moment, in dem ich als relativ bewusst denkendes Individuum wieder dieses Universum betrat, traf mich wie ein Schock.

Es waren 7.000 Jahre vergangen. Gedächtnis- und Wissenslücken machten mich nahezu orientierungslos. Man sprach eine mir völlig unbekannte Sprache, trug verwirrende Kleidung, aß und trank Dinge, die ich unmöglich als Nahrung bezeichnen konnte, benutzte eine Technik, die mich völlig überforderte, betätigte sich in Sexualpraktiken, die ich nicht mal als solche erkannte. Kurz, einfach alles schien meinen Verstand sprengen zu wollen. Oder was davon übrig war. Oder vielmehr: was man mir als Verstand mitgegeben hatte.

Ich verstand es trotzdem, zwischen echten und falschen Erinnerungen zu unterscheiden. Fragt mich nicht, wie und wieso. Es war zudem ein langwieriger und schmerzhafter Prozess. Eine Tatsache jedenfalls, die ich dem Projektmanagement tunlichst verheimlichte; zunächst eher aus einem unbestimmten Gefühl der Panik heraus, später in vollem Bewusstsein.

Es gelang mir, sie zu täuschen.

Auch in anderer Hinsicht erwies ich mich nun in steigendem Maße als eher kontraproduktiv: Es glückte mir, Einfluss auf diverse Kontrolltests zu nehmen und die Ergebnisse zu fälschen.

Doch das konnte nicht alles sein. Erneut reifte in mir der Entschluss, das Experiment zu beenden. Dabei konnte es nicht genügen, sämtliche Daten, die im Laufe der Zeit über mich und von mir angesammelt worden waren, aufzuspüren und zu löschen, am Ende musste die totale Vernichtung meiner körperlichen Existenz stehen. Von »Leben« konnte in meinem Fall schon lange nicht mehr die Rede sein.

Genügend Zeit stand mir zur Verfügung. So begann ich damit, mich mit dem neuesten Stand der Technik vertraut zu machen. Ich wurde zum Dauergast in den verschiedenen Techno-Bibliotheken der berühmtesten Galaktik-Universitäten.

Meine Aktivitäten blieben den Projektleitern natürlich nicht lange verborgen. Wenn es mir auch gelang, sie zunächst über meine wahren Absichten im Unklaren zu lassen, machten sie sich doch bald ihren eigenen Reim, verfolgten meine Studienobjekte – und wurden unruhig. Nun, das war ganz in meinem Sinn.

Man ließ mich eine Weile gewähren, dann wurde ich mitten aus meinen Studien gerissen. Schwerbewaffnete Überwachungsdroiden verfrachteten mich an Bord der Chir'Opraxis II, wo ich von einem semiflorianten Amphibienwesen, dessen Herkunft mir völlig unbekannt war, empfangen wurde. Dass man mir diesmal nicht mit Automaten, wie sonst üblich, gegenübertrat, zeigte mir schon, wie wichtig sie die Sache nahmen. Die Pflanzenkröte oder Krötenpflanze gehörte übrigens nicht zur oberen Führungsspitze des Projekts, wie ich durch ebenso gezielte wie beiläufig gestellte Fragen rasch in Erfahrung bringen konnte, sondern war einer unteren Ebene zuzuordnen, die sich wohl in erster Linie mit Personenüberwachung und Objektschutz befasste. Ich grinste in mich hinein. Zweifellos ihr erster, schwerer Fehler.

»Es gefällt uns nicht, was du in letzter Zeit unternimmst. Nicht nur stimmt deine Handlungsweise nicht mit dem vorgegebenen Psycho-Programming überein, es lassen sich darüber hinaus zerstörerische Absichten deinerseits erkennen.«

Ich schwieg.

»Wir haben dein Wahrnehmungszentrum über Relais mit unserem Controlling verbunden, sodass wir jederzeit genau wissen, was du tust und womit du dich beschäftigst. Es hat keinen Sinn, irgendetwas abstreiten zu wollen.«

Ich schwieg eisern.

Er oder sie oder es machte eine abwartende Pause.

»Du schweigst. Schön. – Wir haben Grund zu der Annahme, dass du unser Programm sabotierst. Wir wissen noch nicht, wie. Aber wir werden es wissen – nachdem wir dich auseinander genommen haben!«

»Ihr werdet keine Zeit dazu haben«, sagte ich tonlos.

Die Pflanzenkröte blähte sich auf vor Erstaunen. Ihr Erstaunen wandelte sich zu schierem Entsetzen, als ich per Gedankenbefehl die Relaisverbindungen zwischen meinem Gehirn und ihrem Controlling unterbrach. Ich hatte meine Zeit besser genutzt, als sie es sich vorgestellt hatten.

Bevor die Pflanzenkröte Alarm auslösen konnte, riss ich ihr die beweglichen Gliedmaßen aus und stampfte auf dem verbleibenden Torso herum, bis nur noch gallertige, tote Masse übrig war. Was mich, ich gestehe es, ungemein befriedigte.

Ich deponierte ein etwa fingergroßes, dafür aber unglaublich schmutziges Geschenk, bevor ich das Befragungszimmer durch den Luftschacht verließ, mir ein fernflugtaugliches Boot aneignete und mich mit Vollbeschleunigung davonmachte.

Der Zünder war relativ knapp eingestellt, sodass es darauf ankam, möglichst schnell möglichst viel Distanz zwischen mich und das rechnerische Zentrum der Vernichtung zu bringen. Der Wirkungsradius der neu entwickelten Waffe war in der praktischen Anwendung noch nicht getestet, und noch musste ich überleben ...

Vereinfacht gesagt handelte es sich bei dem Gerät um einen Schwingungsgenerator, der zunächst die eigenen und dann lawinenartig die sie umgebenden Atome in Oszillationen versetzte, und zwar in Oszillationen zwischen der vierten und fünften Raumdimension. Die Folge ist natürlich eine Auflösung der Raum-Zeit-Bindung, ohne dass ein neuer, fester Bezug geschaffen wird – und das geht nur Bruchteile von Mikro-Zeituntereinheiten lang gut. Selbst im Überraum spürte ich noch die Ausläufer der anschließenden Detonationen.

Ich nehme an, Generationen von mir zugegebenermaßen unbekannten Wissenschaftlern dürften mit dankbar sein für dieses unerwartete Forschungsgeschenk. Womöglich haben sie mir längst ein Denkmal gesetzt. »Dem unbekannten Attentäter« oder so. Wenig später fand sich der »Schwing-Zerbläser«, wie man das Gerät in Fachkreisen damals nannte, auf der Liste der verbotenen, verabscheuungswürdigen, geächteten Waffen wieder, die in keinem sauberen Krieg eingesetzt werden dürften oder sollten. Als ob es einen sauberen Krieg gäbe ... Jedenfalls werden seither in den entsprechenden Kreisen horrende Summen für den Zerbläser erzielt ...

Mit der Vernichtung von Chir'Opraxis II war die Sache selbstverständlich noch längst nicht erledigt. Das war klar. Die Annihilation musste umfassend sein – und ich war bestens darauf vorbereitet.

Ihr erinnert euch vielleicht: In der Folgezeit erschütterte eine Serie von Attentaten weite Teile des Universums. Unzählige Terrorgruppen übernahmen in Bekenner-Holos die Verantwortung, doch letzten Endes wurden die Vorfälle niemals aufgeklärt.

Tatsächlich dienten diese Anschläge keinem politischen Zweck, sondern hatten einzig und allein das Ziel, die im Bau befindlichen Chir'Opraxen III bis IV sowie den Prototyp von Chir'Opraxis Omega zu zerstören.

Was mir, in aller Bescheidenheit, auch vollständig gelungen ist.

Mein Erfolg beruht vor allem – ich will nicht aufschneiden, darf das an dieser Stelle aber doch gebührend herausstellen – auf meiner Methodenvielfalt. Ich kann mich rühmen, niemals ein noch so erfolgreiches Schema wiederholt zu haben. Was verschiedene Sicherheitsdienste in den Wahnsinn trieb.

Phase 2 meines Planes sollte mehr Probleme aufwerfen.

Es ging nun um die Beseitigung meines konservierten Zellmaterials und sonstiger Körper-Geist-Komponenten. Die jeweiligen Standorte auszumachen, war schon schwierig und zeitraubend genug. Und ich musste ja auch ständig vor meinen Verfolgern auf der Hut sein. Manches Mal jagten sie mich jahrelang durch die Galaxien, bevor ich sie abschütteln konnte.

Langsam geriet ich in Panik, die Zeit könnte mir davonlaufen, ich könnte sterben, bevor ich mich gelöscht hätte – und sie würden mich erbarmungslos zurückholen ...

Doch es scheint, irgendein Versuchsabschnitt des Experiments »Ewigkeit« hatte Erfolg – denn ich lebte weiter. Jahrhunderte lang. –

Die Luft im *Houndsndogs* war schwül geworden und zum Schneiden dick. Hitze- wie Kältewallungen schüttelten uns Zuhörer. Überall aufgerissene Augen und zuckende Sehstiele. Pfeifender Atem.

»Was war es?«, wurde der Quiruloge von allen Seiten bestürmt. »Was hat für dein langes Leben gesorgt?«

Er lächelte nur. Gequält.

»Das würdet ihr gerne wissen, nicht wahr?«

Erwartungsvolle Stille.

»In den Jahrhunderten kontemplativer Meditation, die mir zur Verfügung standen«, fuhr der Sterbende endlich fort, »bin ich zu dem Schluss gelangt, dass ewiges Leben kein Geschenk ist, sondern ein Fluch. Unsterblichkeit – ein Dreck! Für eine Weile mag es ja angehen, und die Angst vor dem Tod nach einem vermeintlich kurzen Leben schnürt einem die Kehle zu … Ihr werdet das nicht nachvollziehen können. Nehmt es einfach hin. Es ist so. Glaubt es oder nicht. Einfacher wäre es für euch, wenn ihr mir glaubt.«

Entrüstete Aufschreie aus heiseren Kehlen.

»Erzähl keinen Scheiß!«

»Das will ich selber sehen!«

»Blödmann!«

Der Quiruloge hob eine zitternde Hand.

»Ich werde euch das Geheimnis nicht verraten. Euch nicht und niemandem sonst. Es wird mein Geheimnis bleiben. Nicht einmal diesen hoch verehrten Projektleitern ist es bekannt. Und von mir werden sie es nicht erfahren. Niemals.«

Das Geschrei im *Houndsndogs* war unbeschreiblich.

»Aber … *Du* weißt es? Du kennst das Geheimnis des ewigen Lebens?«

Der Quiruloge blickte ins Leere. Dann sagte er mit krächzender Stimme: »Ich kenne es.«

Ein in Worten unmöglich zu schildernder Tumult folgte. Gläser, Flaschen, Stühle, Tische, Gegenstände aller Art, Leiber, ganze Personengruppen flogen, zischten, hechteten, schleuderten, krachten, heulten, peitschten kreuz und quer durch den Raum.

Danach glich die Bar einem Schlachtfeld, und ich könnte beschwören, dass nicht wenige der Anwesenden im Aufwall der Gefühle Hand und Tentakel und Greifarme an den Sterbenden gelegt hatten.

Jedenfalls war sein Zustand mehr als bedenklich, nachdem wieder leidlich Ruhe eingekehrt war.

Er lag in einer Lache seiner Körperflüssigkeit, die Wunde im Brustbereich klaffte und – er lächelte!

»Ich bin hierhergekommen, um zu sterben«, sagte er mit seltsam klarer Stimme. »Starker Abgang, was?«

Flüssigkeit rann ihm aus Mund und Ohren.

»Nachdem es mir gelungen ist«, fuhr er liegen bleibend fort, »alle, aber auch alle gespeicherten Daten, sämtliches Zellmaterial, alle gesammelten Bio-Komponenten, jede noch so kleine Aufzeichnung meiner Person zu vernichten – und ihr könnt mir glauben, es ist nichts mehr davon übrig, obwohl sie tückischerweise mein Material über die Galaxien verteilt hatten ... Dezentralisation nennt man das wohl ...«

Er merkte, dass er den Faden verloren hatte und wollte sich darüber ausschütten vor Lachen. Spuckte blasigen Schleim dabei.

»Hehehe! Bei meinem letzten – hm – Einsatz habe ich dafür gesorgt, dass sie mich erwischten. Sonst hätte ich ja weiterleben müssen. Ihr Anti-Suizid-Programming ist wirklich gut gewesen ... Schöne kleine bittere Ironie des Schicksals: Sie selbst löschten ihr Werk aus, nachdem sie sich so lange so viel Mühe gegeben hatten ... Ein übereifriger Securityman – und zack: Vorbei! ... Ich lach mich tot ...«

Und das tat er wirklich. Seine Augen begannen zu flackern.

»Das 10.000-Jahre-Experiment ist hiermit beendet. Sie können mich nicht wiederherstellen, wie schon so oft. Sie haben ausgespielt. Ich gehe ein ins große Nichts.«

Mühsam richtete er sich ein letztes Mal auf.

»Ins Nichts? In eine andere – wie sagt man so gern? – höhere Daseinsform. Das gefällt euch besser, nicht wahr?«

Er sank zurück und hörte auf zu atmen. Der Quiruloge war tot.

»Man könnte etwas von seinem Zellmaterial in einen Überlebenstank geben, so lange noch Zeit ist!«, schlug

Herm Quantro Hunz vor. Sein selbst für einen triokularen Ornithopoden überdimensionaler Schnabel verlieh ihm ein eher heimtückisches Aussehen. »Nur um ihm ein Schnippchen zu schlagen, meine ich ...«

Womöglich hätte er seinen Einfall in die Tat umgesetzt, wenn nicht die Zeit einen erbarmungslosen Tribut gefordert hätte: Die Leiche des eliseptischen Quirulogen verschlackte vor unseren Augen und sonstigen Sehorganen, bildete von einem Moment zum nächsten eine übel riechende Schleimmasse, verkrustete, erhitzte sich und zerfiel zeiteinheitstelschnell zu Staub.

Ich versuchte, den Kloß in meinem Hals hinunterzuschlucken, sah mich nach etwas Trinkbarem um, hielt aber sinnloser Weise nur eine zerbrochene Flasche in der Hand.

Nur langsam kehrte Leben in die Bar zurück. Umgeworfene Tische wurden aufgerichtet, Scherben beseitigt, Stühle gerückt, Getränke bestellt.

»Wir wissen nicht einmal, wie er hieß«, sagte jemand.

»Sein Name war Martmarys Elth'H. Oder sollte ich besser sagen: Sein Name IST Martmarys Elth'H?«

Unsere Köpfe zuckten herum. Sehstiele wurden ausgefahren. Okularfäden zitterten büschelweise.

Ein bleicher, zwergwüchsiger Ektoplast von Gugelhupf Enzephallo legte seinen gallertigen Gesichtsauswuchs in hämisch grinsende Falten, bevor seine gliederlosen, schlangenartigen Arme den Kragen seines Tarnmantels hochschlugen. Sofort wurde er zum kaum sichtbaren Fleck in einer Raumnische. Kein Wunder, dass ihn zuvor wohl niemand von uns bewusst wahrgenommen hatte!

Mit raschen Bewegungen verstaute er verschiedene Geräte in seinem Mantel, die er vor sich aufgebaut hatte. Die meisten davon sahen seltsamerweise aus wie Salzstreuer in handelsüblichen Automatikboxen.

Unbehelligt schlängelte sich der Ektoplast in Richtung der Ausgänge.

»Ich habe die Worte des Martmarys Elth'H einer audiovisuellen Aufzeichnung unterzogen«, erklärte er blubbernd.

Unsere fragenden Blicke schienen ihn zu dieser Erklärung zu bewegen. Ektoplasten sind ja für gewöhnlich leicht einzuschüchtern. Vermutlich rührt daher auch ihr Bestreben, sich möglichst unauffällig zu geben.

»Wir arbeiten mit der Technik der multifrequentalen Modulation«, fuhr er in seiner Erklärung fort. »Eine Art Körperkloning auf der Basis pandimensionaler Ton-, Bild- und Strahlungsaufzeichnung. Das doch etwas behäbige Hantieren mit Biostoffen, Mentalsubstanzen und ähnlich flüchtigen Teilchen wird dadurch hinfällig. Wir werden Martmarys Elth'H vermittels meiner technisch zweifellos einwandfreien und hochwertigen Aufzeichnungstapes über kurz oder lang der vollständigen Restaurierung zuführen. Die Erforschung seiner Erinnerungen an die verschiedenen Daseinsebenen, die er zwischenzeitlich zu durchlaufen die Ehre hat, dürfte sich zu einer hochinteressanten Angelegenheit entwickeln.«

Beinahe bedauernd, dass die Aktivitäten und Energien des Quirulogen Martmarys Elth'H nun doch völlig ins Leere gelaufen waren, ahmte der Ektoplast die bei humanoiden Lebensformen übliche Geste des Schulterzuckens nach.

Was seinen plasmatischen Körper in groteske konvulsivische Zuckungen versetzte.

Neo-Kloning

»Nun sag schon!«, bohrte Starshine Furunkel erbarmungslos weiter. »Du musst es schließlich am besten wissen …!«

Ich bedachte den heruntergekommenen Immobilienmakler mit einem müden Blick und widmete mich wieder meiner Holopost, die ich mir seit geraumer Zeit der Einfachheit halber direkt ins *Houndsndogs* zustellen ließ.

Es war einer jener Abende – wenn es hier Tageszeiten gegeben hätte –, an denen jeder Stuhl, jeder Hocker, jede sonstige Sitzgelegenheit besetzt war, und sich darüber hinaus jede Menge zwielichtiger Gestalten abwartend um die Tische drückte. Seit Stunden – wenn es hier verstreichende Zeit gegeben hätte – löcherte mich Starshine auf seine unerfreuliche, süffisante Art.

Zum Glück bin ich seit jenem Ereignis, auf das er so nervtötend anspielte, durch – fast – nichts mehr aus der Ruhe zu bringen. Im Gegenteil bereitete es mir eine stille Freude, ihn zappeln zu lassen, während ich in stoischer Ruhe die Post öffnete.

Im Übrigen waren seine Motive nur zu offensichtlich. Und sie hatten nicht das Geringste mit Anteilnahme oder so etwas zu tun.

Vielmehr hatte am Nebentisch Cassiopeja Pearl ihren Alabasterkörper hingelagert, die schimmernden Beine wie gelangweilt übereinander geschlagen. Von Zeit zu Zeit warfen wir uns ertrinkende Blicke zu, was Starshine natürlich nicht verborgen geblieben war.

Seit sie ihn an jenem anderen Abend – wie gesagt, es gibt hier in der Bar am Andromeda-Highway keine Abende, aber irgendwie denke ich immer in solchen Dimensionen – unter den Tisch getrunken hat, ist er, gelinde gesagt, nicht gut auf sie zu sprechen. Darüber hinaus ist ihm zu Ohren gekommen, dass ich jüngst die Gelegenheit ergriffen hatte, ihr, also Cassiopeja, in aller Eindringlichkeit zwar nicht meine Briefmarkensammlung, wohl aber die Luxusausstattung der »Sargophag« zu zeigen, jenes exorbitanten Schiffchens, von dem ich mich nun doch nicht mehr trennen wollte. Wohingegen sie ihm, Starshine nämlich, eine nicht zu verachtende Abfuhr erteilt hatte.

In seiner Eitelkeit aufs Tiefste gekränkt, ließ Starshine nunmehr keine Gelegenheit mehr aus, sich einerseits vor der atemberaubenden Konzernchefin aufzuspielen und andererseits mich in Misskredit zu bringen.

»Mach schon, Cephyrillis!«, gurgelte er schon wieder. »Raus damit! Ist es wahr, was man so hört? Dass sie ... du weißt schon?«

Ich lächelte still. Armer, verklemmter Starshine Furunkel. Er konnte es nicht einmal offen aussprechen. Dabei war es nun wirklich kein Geheimnis – und ich zugegebenermaßen einer der wenigen Augenzeugen.

Sie! Gemeint war niemand anders als Shimada Kanbai, die in ihrer hochgeschlossenen Sackmontur am gegenüberliegenden Ende der Bar in ein angeregtes Gespräch mit dem Professor vertieft schien. An Bord ihres Schiffes pflegte sie sich weitaus weniger hochgeschlossen zu bewegen. Wegen des Feelings, wie sie sich ausdrückte.

Starshine wollte also von mir hören, was sie wirklich trug. Shimada. An Bord ihres Schiffes. Wenig nämlich. Oder nichts? (Wollt ihr es etwa auch hören?) Und anschließend wollte er das Gespräch auf das lenken, was sich seiner Meinung nach abgespielt hatte zwischen Shim und mir auf jenem denkwürdigen Flug. Seinerzeit. – Vor Cassiopeja wollte er mich zu Rede stellen. Lächerlich.

Aus den Augenwinkeln nahm ich Cassiopejas amüsiertes Grinsen wahr. Starshine hingegen registrierte es nicht. Wie ihm auch leider verborgen blieb, dass er sich einmal mehr selbst zum Narren machte.

El Ubh, der blasenbeulige Semiote von Quadriphon-Erp, der das Gespräch mit unverhohlenem Interesse verfolgt hatte, wuchtete seine gewaltigen Körpermassen in eine angenehmere Sitz- und Beobachtungsposition, wobei er blubbernde Laute ausstieß. Wer sich mit diesen Semioten auch nur entfernt auskennt, weiß: Dieses Blubbern ist nichts anderes als ein Ausdruck höchster Aufmerksamkeit.

Starshine Furunkel wusste nicht Bescheid, sonst hätte er seine Aktivitäten mir gegenüber womöglich eingestellt oder doch zumindest gezügelt. Ich seufzte. Vermutlich war Starshines Ignoranz gegenüber intergalaktischen Lebensformen und deren Verhaltensmustern ursächlich verantwortlich für seinen beruflichen Misserfolg.

Berv-Ondo-Bruff, der gerade noch an unserem Bistrotisch Platz gefunden hatte, nahm von den Vorgängen um ihn herum im Augenblick keinerlei Notiz. Vielmehr beschäftigte er sich vornehmlich mit den Resten seines scharfen Getränks. Wie bei diesen windigen Mondflötern von Garlupp-Tropp üblich, hatten sich seine drei Köpfe nicht darüber einigen können, welcher von ihnen den Vorzug erhalten sollte, das Getränk durch die Gurgel laufen lassen zu dürfen. So staken nun drei Strohhalme in dem riesigen Gefäß, drei Münder saugten gierig und ohne Unterbrechung, damit nicht einer der jeweils beiden anderen mengenmäßige Vorteile erzielen sollte. Die Geschwindigkeit, mit der der üble Stoff in den Körper gepeitscht wurde, war daher atemberaubend.

Ich hatte inzwischen meine Post erledigt und ging dazu über, die ausgewählten Werbe-Hochglanz-Holos mit den stellaren Börsenberichten zu korrelieren; eine Tätigkeit, die sich im Hinblick auf anstehende Aktiengeschäfte stets als hilfreich erwiesen hatte, gleichzeitig aber meine Konzentration nicht über Gebühr in Anspruch nahm. So bemerkte ich gleich, wie Starshine Luft holte zur nächsten Tirade. El Ubh fiel ihm jedoch ins Wort.

»Starshine«, brummte der Blasenbeulige. »Ceph scheint nicht im Geringsten geneigt zu sein, diese Geschichte zum Besten zu geben.«

Ich sah überrascht auf. Dass El Ubh ein derartig großes Interesse an der Sache hatte, war mir bislang doch entgangen. Er hatte verschiedene zusätzliche Sehbeulen ausgebildet und fixierte mich scharf. Der Mondflöter half mir über meine Überraschung hinweg.

»... allo ...«, lallte Brev.

»... Wirtsch'schaft ...«, ergänzte Bruff mit Mühe.

»Nochma' d'sselbe fü mich unn meinn Freunde«, stieß Ondo hervor.

Und alle drei Köpfe wackelten in jeweils die Richtung, in der sie die Theke vermuteten. Es waren völlig verschiedene Richtungen.

Kaum war die Bestellung ausgeführt, da umringte uns auch schon eine Traube jener strengiden Osmoten, blähte die Geruchskolben, zuckte genüsslich mit den Sehschlitzen und weitete sämtliche Öffnungen der grobporigen Haut, mit der sie bekanntlich Nahrung und Dünste aufnehmen. Man konnte regelrecht mit ansehen, wie sie die wabernden Schwaben alkoholischen Ursprungs in sich einsogen.

»Verschwindet, ihr Parasiten!«, heulte Starshine überflüssigerweise. Denn obwohl die Osmoten von den Getränken anderer profitieren, schmälern sie doch niemals die zur Verfügung stehende Trinkmenge, da sie sich – bei aller Aufdringlichkeit doch zurückhaltend – mit dem gasförmigen Anteil begnügen, der von den Gläsern aufsteigt und daher für den Flüssigkeitsgenießer ohnehin verloren ist.

»Weg da!«, keifte Starshine zum wiederholten Mal und bedeckte sein Glas mit den Händen. Unnötig zu erwähnen, dass er sich dadurch wenig neue Freunde machte.

Die Osmoten zwitscherten aufgebracht und wabbelten mit den dicken Hälsen.

Ich genehmigte mir einen langsamen Schluck *Spacetravellers Grave*. Den Osmoten schenkte ich keine Beachtung. Wenn sich die erste Dunstwolke verflüchtigt hatte, würden auch sie sich verziehen.

El Ubh saß währenddessen regungslos.

»Ich hatte bislang keine Ahnung«, begann ich stochernd, »dass sich die Semioten von Quadriphon-Erp auch für die Reize humanoider Frauen begeistern.«

El Ubh beulte seine Mundöffnung zu einem Grinsen aus.

»Also!«, triumphierte Starshine. »Heraus mit den nackten Tatsachen!«

»Nun ...«, sagte ich gedehnt und ließ El Ubh nicht aus den Augen. »Tatsache ist, dass man mich an Bord ihres Schiffes schleifte und sofort in einen Überlebenstank packte. Die gallertige Survival-Flüssigkeit verklebte natürlich meine Augen, sodass ich schon dadurch kaum irgendetwas sehen konnte. Darüber hinaus saßen mir der Zeitschock und das Alter in allen Gliedern. Ihr wisst ja, dass ich durch die falsche Tür ...«

»Ist uns bekannt.«

»Ich kann euch sagen: In Augenblicken um Jahrhunderte zu altern, ist kein Pappenstiel. Mein Augenlicht war beinahe erloschen. Der schlagartige Alterungsprozess überstieg meine einfache Lebenserwartung um ein Vielfaches ... Ich war vollauf damit beschäftigt, am Leben zu bleiben ... Und ihr fragt mich nach der Oberweite der Frau, die sich bereit erklärt hatte, mir zu helfen. Die mich rettete.«

Starshine gluckste vor Aufregung.

»Aha, aha!«, überschlug sich seine Stimme. »Okay, okay! Red nur nicht lange um den heißen Brei herum, Cephyrillis! – He, Cassiopeja, spitz die Ohren! Hier geht's um die puren, nackten Tatsachen! Hähähä!!!«

»Ich sah schemenhafte Gestalten um mich herum«, fuhr ich fort. »Gestalten, die sich vielleicht um mich kümmerten oder vielleicht Lottoscheine ausfüllten. Gestalten, die vielleicht nur *eine* waren. Gestalten, die vielleicht angezogen waren oder nicht. Muss wohl Shimada sein, versuchte mir mein träges Gehirn zu vermitteln.«

»Da hast du aber mächtig Glück gehabt«, lachte Starshine meckernd, »dass der Tank offenbar mitten in der Leitzentrale aufgestellt war, sodass du sie sehen konntest, was? Hähähä!«

»Ein frit'chornischer Triplonaut verfügt, abgesehen vom Bauchhangar und den unwesentlichen Druckschleusen, nur über einen einzigen Raum«, entgegnete ich mitleidig. Das weiß nun schließlich jeder.

Starshine verstummte, kippte seinen Drink hinunter, sackte in sich zusammen.

»Man könnte also durchaus sagen«, ergriff Ubh das Wort, »sie hielt deinen dahinsiechenden Körper durch pure Präsenz ihres eigenen fest. Auf dieser stofflichen Daseinsebene. Durch Präsentation von Formen und Reizen. Optischer Rettungsanker, stimulierendes Versprechen gewissermaßen ...«

Ich sah noch einmal den gertenschlanken Körper, die geradezu majestätischen Brüste, die dominierende Nase vor meinem geistigen Auge. Meine Sehfähigkeit war in der Tat nicht derart eingeschränkt gewesen, wie ich es gerade geschildert hatte. Nun, etwas Dramatik am rechten Platz schadet nie.

El Ubh schien mich allerdings durchschaut zu haben, denn seine Sinnesbläschen quaddelten amüsiert.

»Es hat ... schon so mancher ... manches gesehen«, kommentierte Brev-Ondo-Bruff abwechselnd und in erstaunlich deutlicher Artikulation.

»Ihr scheint da ein interessantes Thema zu verhandeln«, sagte eine melodische Stimme.

Shimada war unbemerkt an unseren Tisch getreten, angelte sich einen Stuhl und nahm lässig Platz. Doch hinter ihrer Haarsträhne funkelten die irisierenden Augen.

Wieder starrte ich wie gebannt auf ihre Nase, zermarterte ich mein Hirn, wie es kommen konnte, dass diese das Gesicht nicht verunstaltete, sondern ihm stattdessen etwas Übergalaktisches verlieh ...

»Na, Seren?«, machte sie schnippisch und benutzte mit Tücke den kümmerlichen Decknamen, den ich mir bei unserer ersten Begegnung gegeben hatte.

»Ja nun, ich kann nicht umhin ... äh ... einzuräumen, dass gewisse Gedächtnislücken ...«

El Ubh konnte vor Blubbern kaum an sich halten. Shimada grinste und warf aus schmalen Augen einen langen Blick auf Cassiopeja Pearl, die ihrerseits Shimada unverhohlen abschätzte.

Was die äußere Erscheinung betraf, gab es kaum einen größeren Gegensatz als zwischen diesen beiden Frauen: Shimada, eher zierlich und schmal, der Kopf mit Ausnahme der Strähne struppig geschoren, jede Andeutung von Körperlichkeit unter der bis zum Hals geschlossenen Sackmontur versteckt. Cassiopeja, hoch gewachsen und durchtrainiert, wallend herabfließende Mähne, im knallengen Schnürbody, der ihre Anatomie mehr enthüllte als verdeckte. Dennoch waren beide gleichermaßen faszinierend und anziehend.

»Seid schon merkwürdig ...«, sagte Brev und fixierte Cassiopeja mit trüben Augen.

»... ihr Humanoiden«, beendete Bruff und nahm keinen Blick von Shimada.

Ondo, der Mittlere, nutzte die Gelegenheit und saugte wild an seinem Strohhalm.

Es trat eine knisternde Stille ein, die auch ohne das allgemeine Gemurmel im Barraum nicht tiefer hätte sein können.

»El Ubh«, beendete Shimada das spannungsgeladene Schweigen. »Du solltest deine Informationen an der richtigen Stelle einholen. – Obwohl hochgradig betroffen, war der sehr verehrte Herr Phagoneres Cephyrillis damals doch nichts weiter als ein leidtragender Statist. Vermutlich spielt ihm die noch dazu überstrapazierte Phantasie so manchen Streich. Im Übrigen kann ich mir nicht vorstellen, dass dich voyeuristische Motive antreiben oder gar das Interesse an Humansexualpraktiken ...«

Ubh bildete schlagartig den Großteil seiner Sinnesbeulen zurück und machte einen irgendwie beschämten Eindruck. Seine eben noch ausgelassene Stimmung war wie ausgewechselt.

»Du hast natürlich völlig recht«, brummte er leise. »Ich habe nur einen Weg gesucht, mit dir ins Gespräch zu kommen. Du bist arg zugeknöpft, das musst du zugeben.«

Ich stimmte ihm, mit sehnsüchtigem Blick auf Shimadas Halsansatz, in Gedanken bei.

»Die Gelegenheit war günstig ...«

Mit seinem untrüglichen Gespür für ungewöhnliche Entwicklungen hatte sich auch der Professor zu uns gesellt. Unauffällig nahm er Starshine Furunkels Platz ein, den er kurzerhand vom Stuhl gezogen und an die Theke gelehnt hatte. Starshine schien den Unterschied nicht wahrzunehmen.

»Die Sache ist die ...«, fuhr El Ubh fort. »Ich komme in das Alter, in dem die lebensverlängernden Dämpfe von Quadriphon-Erp ihre Wirkung verlieren. Bevor sich

der Alterungsprozess wirklich besorgniserregend be-
schleunigt, wollte ich mich kundig machen. Ich habe
schließlich nicht vor, mein restliches Dasein ausschließlich hier in dieser Kneipe zu fristen wie dieser traurige
Blem Siebenschön.«

Shimada lachte ihr silberhelles Lachen.

»Du hast ja keine Ahnung, wie mich das beruhigt, El!
Ihr blasenbeuligen Semioten macht immer einen so ab-
geklärten Eindruck ... Und nun erfahre ich, dass auch ihr
– entschuldige bitte – schlicht und einfach Angst vor
dem Tod habt!«

»Sagen wir so ...«, blubberte El unbehaglich. »Ich
möchte mir noch ausreichend Zeit lassen, bevor ich in
die große Blase eingehe.«

»Ich verstehe deine Besorgnis nicht«, warf ich ein.
»Heutzutage ist Neo-Kloning doch kein Problem mehr.
Es sind da erhebliche Fortschritte gemacht worden.
Schau mich an ...«

»Es widerspricht ihrer ethischen Grundhaltung«, erläuterte der Professor. »Die große Blase spendet Leben
durch ihre Dämpfe. Für eine zugegebenermaßen erstaunlich lange Dauer. Aber leider auch kein Zeitbruch-
teilstel länger. Wer andere, nun, Maßnahmen ergreift,
vergeht sich gegen das Gesetz der großen Blase. Er muss
damit rechnen, aus dem Sozialverband der Semioten
ausgestoßen zu werden, und der Weg in die große Blase
bleibt ihm versperrt.«

El Ubh rutschte unbehaglich auf seinem Stuhl herum.

»Diskretion ist natürlich Ehrensache«, sagte Shimada.

Brev-Ondo-Bruff flötete einen teilnahmsvollen Drei-
klang.

Ich versenkte mich in meinem Glas *Spacetravellers.*
Im bekannten Universum gibt es keinen Ort, an dem
Gerüchte und Geheimnisse schneller die Runde machen

als die Bar am Andromeda-Highway. Soviel zum Thema Diskretion. Doch ich hielt geflissentlich den Mund.

»Wenn ich also recht verstehe«, fasste Shimada zusammen, »möchtest du vor allem wissen, was beim Kloning so abgeht. Die mehr oder weniger würdigen Begleitumstände.«

»Der – nennen wir es – *technische Ablauf* ist relativ klar und einfach«, dozierte der Professor. »Dem Anwärter werden geeignete Zellkulturen entnommen, sofern nicht bereits ein DNS-DNA-Profildepot angelegt worden ist, auf das man zurückgreifen kann. In einem beschleunigten Wachstumsverfahren wird der Körper entwickelt und gegebenenfalls neu modelliert, bis zuletzt das alte Gehirn in die Neohülle transponiert oder aber dessen Inhalte sozusagen überspielt werden. Übertragungsfehler sind mittlerweile nahezu ausgeschlossen, und auch hier besteht die Möglichkeit zu einem, allerdings persönlichkeitsverändernden Eingriff. Das heißt, man kann sich gewissermaßen eine neue Persönlichkeit aufspielen lassen ... Es gibt selbstverständlich die verschiedensten Auffassungen, Forschungsrichtungen, Lehrmeinungen, was sowohl das Körper-Forming als auch den Individualitäts-Transfer betrifft, doch das Grundprinzip bleibt sich in etwa gleich. – Einzig das sogenannte ›multifrequentale Moduling‹, also Kloning auf Basis reiner Datenaufzeichnungen ohne jede Biokomponente, ist zurzeit noch hoch umstritten und wohl auch erst in der Erprobungsphase. Es haben sich da, wie ich höre ...«

»Lass gut sein, Professor«, unterbrach Shimada seine Vorlesung. »Die Theorie ist unserem Freund wohl auch geläufig. – Ich ergreife die Gelegenheit, um zwei Fliegen mit einer Klappe zu schlagen: Erstens bekommt El seinen Tatsachenbericht, und zweitens räume ich die anzüglichen Bemerkungen und Fragen nach den Vorgängen bei Phagos Neo-Kloning ein für alle Mal aus dem Weg.«

Shimada warf die Haarsträhne aus ihrem Gesicht. Ihre Nase schien ein klein wenig spitzer als üblich, wie ich fasziniert feststellte. –

Es gibt – *begann Shimada leise, als müsse sie nach den richtigen Worten suchen* – im uns bekannten Universum unendlich viele Gen-Ingenieure, oder wie immer sie sich nennen mögen. Ein Blick in das interuniversale Branchenverzeichnis wird dir das bestätigen. Die Wahl fällt dementsprechend schwer. Hinzu kommt, dass die besten, wie üblich, nicht in den allgemein zugänglichen Medien inserieren …

Ich selbst habe … Erfahrungen gemacht mit Alexander Yoyophant, einem allerdings merkwürdigen, nicht unumstrittenen Wissenschaftler, der einerseits auf sämtlichen schwarzen Listen verzeichnet ist, andererseits aber – vermutlich genau aus diesem Grund – unter Schwarzloch-Travellern als *der* Spezialist für außergewöhnliche Fälle gilt. Der Andrang ist dementsprechend groß.

Der Flug zum Kamelhuf-Cluster, wo Yoyophant praktiziert, verlief ereignislos. Nur das permanente Brummen des Überlebenstanks war etwas gewöhnungsbedürftig, sowie die Tatsache, dauernd diese starren Blicke im Rücken zu spüren. Phagos Körper war vorläufig stabilisiert, seine Lebensprozesse auf ein Minimum reduziert.

Ich verließ den Überraum weit außerhalb des Clusters. Bei dem herrschenden Zulauf war man gut beraten, sich zunächst in aller Ruhe ein Bild der Lage zu machen.

Alexander Yoyophants Auswahlverfahren entzieht sich übrigens jeglicher Logik. Willkürlich, womöglich nach Lust und Laune, oder aber nach Größe der Herausforderung, pickt er sich seine Kunden aus dem unüberschaubaren Haufen heraus. Da kommt es vor, dass jemand schon seit mehreren Zeitdekaden in Warteposition hängt, während Neuankömmlinge, kaum dass sie eingetroffen sind, vorgelassen werden. Nicht wenige sollen beim Warten auf ihren Termin weggestorben sein. Kein Wunder, wenn unter solchen Umständen manch einer zu Kurzschlussreaktionen neigt.

Ziemlich bald nach Einflug in den Kamelhuf-Cluster wurde mir klar, dass seit meinem letzten Besuch grundlegende Veränderungen stattgefunden hatten. Ich hatte die gewohnte ungeordnete Traube sich drängender Schiffe erwartet, einen wirren Haufen, in dem jeder versucht, die anderen auszumanövrieren, kurz: ein absolutes Chaos. Stattdessen hingen die Raumfahrzeuge in relativer Ordnung auf einer sich nach außen vergrößernden Spiralbahn um Yoyophants Planeten und hielten diese Ordnung auch treu und brav ein. So schien es jedenfalls.

Yoyophants Planet ist tatsächlich kein Planet, sondern der siebte von neun Trabanten eines gelben namenlosen Gasriesen, ziemlich im Zentrum des Kamelhufs. Ein gewaltiger Eisbrocken ohne nennenswerte Atmosphäre. Yoyophant selbst stammt von der Sauerstoffwelt Prätz, dem zweiten Planeten des Systems, von innen gezählt.

Auf Prätz hatte er ursprünglich mit seiner Tätigkeit begonnen, war jedoch von der planetaren Regierung ausgebürgert worden, nachdem er so erfolgreich geworden war, dass seine Patienten die Welt überschwemmten – und in deren Gefolge zwielichtige Gestalten aus aller Herren Galaxien mit enormer krimineller Energie. Yoyophant verfügte damals schon über derartig gewaltige Mittel, dass er kurzerhand den Eismond in Besitz nehmen und unter dessen Oberfläche die gewaltigen Laboratorien anlegen konnte.

Mit der Wirtschaft von Prätz ging es, nebenbei bemerkt, kurz darauf völlig bergab – man hatte schlicht und einfach nicht zur Kenntnis genommen, wie abhängig man vom Fremdenverkehr geworden war. Die Versuche, Yoyophant zur Rückkehr zu bewegen, blieben erfolglos. Die Prätzsche Regierung stürzte über diese Affäre, und Anarchie hielt Einzug. Heute hält sich Prätz mehr schlecht als recht über Wasser. Doch das nur der Vollständigkeit halber.

Ziemlich erstaunt also musterte ich das Bild, das sich mir bot. Noch bevor ich dazu kam, mein Signal abzusetzen, war ich schon von zehn Schiffen der Hackfleischbrigaden umringt. Jetzt entdeckte ich auch, dass diese pausenlos um die Spirale patrouillierten und wohl mit harter Faust die öffentliche Ordnung aufrecht hielten.

Ihr Anruf knallte regelrecht durch meine Geräte. Der Kommunikationsschirm blieb wie üblich dunkel. Die Hackfleischbrigaden melden sich selten optisch.

»Name! Zweck des Besuchs! Geplante Aufenthaltsdauer! Dieser Anruf ist gebührenpflichtig!!!«, brüllte es im interstellaren Sprachcode aus meinen Lautsprechern.

»Moment mal!«, protestierte ich.

Die Hackfleischer reagierten wie erwartet unglaublich schnell.

»Shimada Kanbei!«, fauchte es. »Identifikation positiv. Deine Kreditwürdigkeit rangiert unter Null. Führst du Barmittel an Bord?«

»Was soll denn das?«

»Also nicht! – Warteposition Omega minus. Ein Haltefeld wird dich zum vorgesehenen Standort bringen und dich dort arretieren. Sämtliche Systeme auf Aus! Zuwiderhandlungen werden mit Aufbringung deines Schiffes, Einzug der verwertbaren Einrichtung und Deportation auf Prätz geahndet!«

Krachend verstummten die Lautsprecher. Ich beeilte mich, den Forderungen vorerst nachzukommen, schließlich sind zehn Brigadenschiffe nicht zu unterschätzen. Außerdem hatten sie momentan jeden Vorteil für sich.

Ich begann, den spärlichen Funkverkehr zwischen den nächstliegenden Schiffen zu sondieren. Offensichtlich hatte man mich unter die Zahlungsunfähigen eingereiht, die hier ohne irgendeine Aussicht auf Service festgenagelt waren. Vermutlich würden die Brigadiers die hier hängenden Schiffe nach zermürbender Wartezeit aufbrechen und ausweiden. Die Tatsache, dass nicht wenige der Raumer keinerlei Lebenszeichen mehr von sich gaben, sprach für sich.

Ohne Phago am Hals hätte ich auf der Stelle einen Ausbruchsversuch unternommen. Ich warf einen trüben Blick auf den Tank.

»Phagoneres Cephyrillis, du bereitest mir große Schwierigkeiten!«, sagte ich und legte mich schlafen.

Als ich erwachte, blinkte die Kommunikationsanzeige wie wild. Den akustischen Melder hatte ich deaktiviert, um ungestört der Ruhe pflegen zu können. Nach angemessener Zeit in der Erfrischungszelle nahm ich ab.

»He, Triplonaut! Endlich meldest du dich!«

»Und?«, wollte ich wissen, entnahm dabei der Robotküche eine Mahlzeit, rekelte mich in meinen Sitz, begann zu essen.

»Was: und? Was: und?!«, heulte es. »Wer bist du? Meldung!!«

Mit vollem Mund klinkte ich mich in die optische Erfassung ein. Wie gewöhnlich stockte der Redefluss sofort, klappte die Kinnlade herunter, wurde der untere Rand des Bildschirms fixiert. Ungerührt löffelte ich indessen weiter. Ich war längst an diese Reaktion gewöhnt.

Dass die Hände meines Anrufers zitterten, lag an seiner deutlichen Annäherung an seinen biologischen Endzustand – sprich: Er war ziemlich alt. Dass ihm mit einem Mal Schweißperlen über das Gesicht liefen, hatte vermutlich einen anderen Grund.

»Äh ...«, röchelte er endlich. »Mit wem ... habe ich ... die Ehre?«

In die Aufnahmeoptik der anderen Seite drängten sich plötzlich die Schädel mindestens der halben Zentralbesatzung, und die Augen fielen ihnen fast heraus.

»Kanbei«, entgegnete ich kalt.

»Äh ... ja ...«, hustete er heiser. »Ist mir ... bekannt. Vom ... äh ... Hörensagen.«

Mittlerweile tropfte ihm der Schweiß prachtvoll vom Kinn.

»Ja!«, riss er sich mit Mühe zusammen. »Die Lage ... Die Lage dürfte dir inzwischen hinreichend ...«

Ich zuckte die Schultern.

»Nun. Genau! Die Lage!«, gewann er seine Fassung zurück, wischte mit einem Lappen über den kahlen Schädel und drängte seine rotgesichtige Mannschaft zur Seite. »Haben eine Allianz gebildet! Erarbeiten einen Fluchtplan! Kopple dich in unsere Konferenzschaltung! Jeder Neuzugang erhöht unsere Aussichten!«

Seiner Ausdruckweise nach zu schließen musste er ein ausgedienter Militär sein.

»Eine Allianz ...«, gurrte ich. »Mit dir als Chef, wie ich vermute.«

»Exakt!«, warf er sich in die Brust.

»Und wer bist du?«

Prompt verlor er die wieder gewonnene Sicherheit und brach erneut in übermäßige Transpiration aus. Konnte es sein, dass jemand ihn nicht kannte? Gar seinen Führungsanspruch in Frage stellte? Noch dazu eine Frau?

»Khering Th'off«, krächzte er. »Obermajor Khering Th'off.«

»Obermajor a. D., nehme ich an«, schmunzelte ich.

Er schluckte schwer.

»Nun. Äh. Ja«, musste er widerwillig zugeben und zerrte mit fahrigen Fingern am zu eng werdenden Stehkragen seiner Uniform. »Ähem. Gut ... Dürfen Funkverkehr nicht über Gebühr ausdehnen. Äh. Hackfleischbrigaden kennen da keinen Spaß. Melde mich dann wieder.«

Unverzüglich kappte er die Verbindung. Der Situation zum Trotz musste ich lachen. Da hatte er gerade noch einmal seine Autorität gewahrt.

Tatsächlich aber war ein Pulk Brigadiers wie zufällig in unsere Nähe geraten, glitt nun in Sichtweite majestätisch an uns vorüber. So macht man das.

Die Strategie eines gewaltsamen Ausbruchs war natürlich völliger Schwachsinn. Der geballten Feuerkraft der ultramodernen und -brutalen Hackfleischbrigaden hatten wir nichts entgegenzusetzen.

Ich beobachtete. In einem ausgeklügelten System kreuzten die Pulks der Brigadiers um die Wartespirale, sodass sie totale Kontrolle hatten. Anerkennend pfiff ich durch die Zähne.

Die nächste Zeit verbrachte ich vor meinen Aufnahmegeräten und dem Bordcomputer. Vor allem die Feinabstimmung erwies sich als zeitraubend, doch letzten Endes war ich mit dem Probedurchlauf hoch zufrieden.

Danach begann der schweißtreibende Teil meines Plans. Ich stöpselte Phago los und zerrte ihn aus dem Tank. Nicht mehr von Nährflüssigkeit umgeben, färbte sich seine Haut sofort aschfahl. Mit Mühe steckte ich den schlaffen Körper in eine Sicherheitsmontur mit eingeklinkten Überlebenssystemen. Ab jetzt lief unerbittlich die Zeit, denn die Montur würde die Funktionen des Tanks nur kurzfristig übernehmen können. Darüber hinaus waren seine Energiereserven begrenzt. Mein Kampfanzug lag einsatzbereit. Ich stülpte ihn über und verließ, Phago im Schlepptau, den Triplonauten.

Meine Antriebsimpulse gingen im simulierten Überlastungsflackern der Kommunikationsanlage des zurückbleibenden Schiffes unter. Gutes Timing war alles. Wir waren unterwegs.

Wenig später begann der Computer in Zufallsschaltung meine vorbereiteten Anrufe abzunudeln. Sollte tatsächlich direkter Funkkontakt entstehen – Khering Th'off würde es sich gewiss nicht nehmen lassen, aktiv einzugreifen –, würde der Computer im Rahmen seiner Möglichkeiten die eingespeicherten Aufnahmen oder auch nur Bruchteile davon in geeigneter Reihenfolge ausstrahlen. Das dürfte alle Beteiligten für einige Zeit beschäftigen. Hoffte ich.

Nun, um es kurz zu machen: Die Rechnung ging auf. Im vielfältigen Impulsgewitter und Ortungsschutz der Raumschiffleiber drifteten wir unangefochten dahin. Es dauerte anscheinend endlos lange. Ich registrierte vergnügt, wie sich die Brigadiers um meinen Triplonauten kümmerten und mich dazu bewegen wollten, die Anrufe endlich einzustellen. Der Erfolg war natürlich mehr als gering, und wie erwartet nahm Th'off meinem Bordsystem jede Menge Arbeit ab, indem er wichtigtuerisch die Brigaden in nicht enden wollende Diskussionen verstrickte. Hatten sie ihn doch einmal zum Schweigen gebracht, legte mein Computer wieder los. Als er sein Programm plötzlich rückwärts abspielte, fiel das niemandem sonderlich auf. Dennoch verbiss ich mir ein Grinsen; wir hatten es längst noch nicht geschafft.

Vorsichtig hangelte ich uns an Wrackteilen – frühere Aktivitäten der Brigadiers hatten nicht wenige davon hinterlassen – und Müllverklappungen entlang, bis ich endlich einen geeigneten Transportcontainer auftrieb, nämlich eine ausgediente Fleischpresse der Brigadiers selbst. Der Kolben bot uns ausreichend Platz, nachdem ich sämtliche Trichter und Zerhackersiebe entfernt hatte. Die auskragenden mechanischen Presshebel würden annehmbare Flügel für den Gleitflug abgeben, sobald wir in die wenig ausgebildete Atmosphäre eintraten. Aber was noch wichtiger war: Sein aufgebrachtes Kennungssignal war noch halbwegs intakt. Sie würden uns nicht als Fremdkörper identifizieren. Wenigstens nicht gleich.

Während Khering Th'off sich noch über seine eigene Initiative begeistern konnte und in erster Linie bemüht war, den Anschluss nicht zu verpassen, wurden die Hackfleischer zuletzt doch misstrauisch und enterten mein Schiff. Da hatten Phago und ich nach einem halsbrecherischen, schweißtreibenden Gleitflug, während dem fast die gesamte Fleischpresse unter unserem Hintern wegglühte, Yoyophants Planeten bereits betreten.

Ich wäre mit dem bisherigen Erfolg der Aktion vollauf zufrieden gewesen, hätte Phagos Sicherheitsmontur nicht begonnen, äußerst heimtückisch im Überlastungsbereich zu brummen.

Auf dem Planeten selbst schien alles beim Alten zu sein. Nach kurzer Orientierung fand ich einen Einstieg in die unterirdischen Großanlagen. Ein Lift brachte uns sanft hinunter. Hinter der Luftschleuse erwartete uns ein kalter Empfangsraum.

Ich klappte den Helm in den Schulterwulst und trat vor das Anmeldegerät. Phago hing im Schwerelosefeld an seiner Leine.

Wie erwartet war das Gerät bereit. Ich nannte meinen Namen. Wenig später flammte die Sichtfläche hell auf, und das wuchtige Gesicht eines mir unbekannten jungen Mannes erschien.

»Shimada Kanbei!«, flötete dieser. »Lange nicht gesehen!«

»Alexander?«, fragte ich unsicher.

Er lächelte verstehend.

»Ja klar, du kennst meine letzte Inkarnation noch nicht ...«

Wie zur Identifikation hob er die Hände ins Blickfeld: an der rechten fünf, an der linken Hand sechs Finger.

Bei sämtlichen Klonvorgängen und Gestaltwechseln, die er in unregelmäßigen Abständen vollzog, achtete er stets auf diese spezielle Asymmetrie. Sie war von essenzieller Bedeutung für ihn. Denn nur durch die beiden Daumen an seiner Linken war er in der Lage, die komplizierten Justiervorgänge seiner hochkomplexen Apparatschaften im vorgegebenen, sehr engen Zeitfenster auszuführen. Manch illegaler Eindringling soll sich daran schon die Zähne ausgebissen haben. Oder vielmehr: die Finger gebrochen.

»Was bringst du mir denn Schönes?«, erkundigte er sich und schnalzte genießerisch mit der Zunge, als ich Phago in den Aufnahmebereich bugsierte.

Ohne weiteres Wort öffnete sich ein Teil der Wand. Ich trat in den schmalen Korridor, der scheinbar einfach nur geradeaus, tatsächlich aber weiter in die Tiefe führte. Er endete in einem kleinen, aber umso feineren Labor, mitten in einer künstlichen Parklandschaft.

Yoyophant kam in offenem Kimono und Seidenshorts strahlend auf mich zu, zog mich mit festen Armen an die muskulöse Brust.

»Hat was, findest du nicht?«

»Du warst ja schon immer fürs gestalterisch Außergewöhnliche«, sagte ich möglichst vage und ließ meine Blicke über den Park schweifen.

»Meinen neuen Körper meine ich!«

»Ach. – Geht so.«

Er grinste anzüglich.

»Immer noch die unnahbar Schöne, wie?« Wenigstens ließ er mich frei. »Aber mich kannst du nicht täuschen. Ihr Weiber fahrt auf so was ab! – Und vergiss nicht: Ich kenne dich besser! Einen Drink?«

Während er lockere Konversation betrieb, tauchten lautlose Medotech-Einheiten aus versteckten Falltüren auf, stöpselten Phago um, zogen ihn aus, legten ihn in eine Diagnose-Wanne.

Alexander geleitete mich zu einer Sitzgruppe unter weit ausragenden exotischen Bäumen. Der Anblick seiner alten, abgelegten Körper, die in konserviertem Zustand Spalier standen, ließ mich frösteln.

»Mach dir's bequem. Leg doch ab.«

Ich zog eine Schnute und die Verschlüsse meiner Montur fester.

»Ach so. Verstehe … Ja. – Und wie möchtest du ihn haben?«

Er zeigte mit kantigem Kinn in Richtung Phago, auf den sich gerade ein mit mächtigen Instrumenten bestückter Analyseapparat nieder senkte.

Ich ging nicht darauf ein, sondern legte in knappen Worten die Situation dar. Yoyophant rekelte sich derweil anscheinend gelangweilt in seinem Sessel. Servos versorgten uns mit Synthohäppchen und undefinierbaren Flüssigkeiten in langstieligen Gläsern.

»Aaah, das *Houndsndogs*! Die Bar am Andromeda-Highway …«, sinnierte er genießerisch. Offensichtlich war er nicht so uninteressiert, wie er sich gab. »Es wird wohl am besten sein, wir stellen zunächst den *status ante* wieder her. Cephyrillis kann dann ja selbst entscheiden, welche Veränderungen er gerne hätte. Wenn er wieder bei Kräften ist. Breiteres Kreuz, höherer Wuchs, längerer Schwanz und so.«

Eine oder mehrere Ohrfeigen zuckten in meinen Fingern, doch ich hielt mich eisern zurück. Yoyophant war ebenso abgeschmackt wie unberechenbar. Ich musste mich zurücknehmen, wenn ich Phago retten wollte. Mit einem Mal fragte ich mich, warum ich das eigentlich tat.

Mittlerweile hatten die Geräte die erste Untersuchung abgeschlossen und projizierten die Ergebnisse in verschnörkelten Symbolen vor Alexanders Augen in die Luft.

»Nah dran!«, entfuhr es ihm.

»Wie nah?«

Yoyophant lehnte sich zurück.

»Nun«, belehrte er mich, »außerhalb dieses Labors ist die Wissenschaft ... Lassen wir das. – Hier unterscheiden wir verschiedene Kategorien. Laienhaft ausgedrückt: fast noch lebendig, beinahe tot, ziemlich tot, überwiegend tot, ganz tot, hinüber. – Cephyrillis dümpelt momentan zwischen ziemlich tot und überwiegend tot, mit fallender Tendenz. Wir werden daher zunächst den Prozess einfrieren und dann mit der Abstimmung beginnen. Bis dahin ...«

Er schnalzte mit den Fingern, und ein Plasmagenerator bildete ein Bigband-Orchester auf dem Strand zwischen den malerischen Palmen ab, das sogleich seine Tätigkeit aufnahm. Mit angedeuteter Verbeugung riss er mich wieder in seine Arme und zwang mir die engsten Tanzschritte meines Lebens auf. Eine Frau im Kampfanzug und ein leicht bekleideter Schönling vor der Kulisse eines tropischen Paradieses.

Es dauerte nicht lange, und er begann, die Verschlüsse meiner Montur zu öffnen.

»Alexander, lass das!«, schob ich ihn von mir. »Du weißt, dass du mir manchmal nicht unsympathisch bist, aber – versteh mich nicht falsch – dieser Körper ...« Ein anderes Argument würde er nicht gelten lassen. »Hättest du kein anderes Ideal wählen können? Für mich?«

Er hob bedauernd die Schultern.

»Sind wir nicht alle Opfer unserer Eitelkeiten?«

Ein helles Summen beendete die einigermaßen peinliche Situation. Die Abstimmung war beendet.

Alexander schob Phago mitsamt der Wanne in einen Transformertunnel, warf forschende Blicke auf die Symbolmatrizen der Enduntersuchung, huschte mit sämtlichen flinken Fingern und Daumen über die Displayebenen.

»So. Das war's«, sagte er dann nur.

Wir nahmen wieder Platz.

»Sag mal«, schnitt ich ein neues Thema an, »es interessiert dich wenig, was *draußen* so vor sich geht, oder?«

Er hob die Augenbraue.

»Wenig wäre übertrieben. Eher: überhaupt nicht. Es sei denn, sie hätten vor, mich mit meinem Planeten in die Dimensionen oder sonst wohin zu blasen.«

»Und du fühlst dich nicht als Gefangener?«

»Ach, weißt du, ich habe hier alles, was ich brauche, im Übermaß ... Du verstehst, was ich meine. – Die Arbeit überlasse ich meinen Automaten, lediglich die Fein- und Endabstimmung nehme ich selbst vor, aus sportlichen Gründen, aber auch zum Selbstschutz. Es wäre ein Kinderspiel für mich, einen Mechanismus zu konstruieren, der auch diesen Teil der Arbeit übernähme ... Aber dann wäre ich hier nicht mehr sicher. Du verstehst: Wenn sie herausfänden, dass alles vollautomatisch abläuft, würden sie mich abservieren und das Geschäft selbst machen. Oder es zumindest versuchen. So aber gehöre ich zum unverzichtbaren Inventar ... Hehehe. Sie werden es nicht wagen, Hand an mich zu legen. Sie würden ja ihre Einnahmequelle vernichten ... Tja, so fühle ich mich hier recht wohl. Die Arbeit nimmt mich nicht allzu sehr in Anspruch, ab und zu eine Herausforderung wie dein Freund eben – was soll es mich kümmern, was sie dort droben für einen Zirkus veranstalten? Auf noch mehr materielle Mittel bin ich nicht angewiesen ... Wozu mir also unnötigen Stress machen?«

Gelassen widmete er sich den Speisehäppchen.

»Vielleicht wirfst du trotzdem einen Blick auf deine Systemüberwachung ...?«

Er malte gelangweilt einige Zeichen in die Luft. Das Orchester wurde abgesaugt, an seiner Stelle erschien eine Projektion des Sternenhimmels. Stumm betrachtete er das Bild.

»Sieh an – die Hackfleischbrigaden!«, amüsierte er sich schließlich.

»Du wusstest es gar nicht?«

»Na und? Was soll's! – Die halten ganz schön Ordnung am Firmament, was? Letztes Mal, als ich mir das anschaute, war da ein ziemliches Geschiebe und Gedränge und Gewimmel.«

»Vermutlich partizipieren sie an deinen Einnahmen«, sagte ich spitz.

»Das ist anzunehmen«, lächelte er bloß.

Ich trat vor eines der pseudomateriellen Terminals.

»Mal sehen«, murmelte ich und knackte den Eingangscode.

Yoyophant kicherte nur.

»Eins von den harmloseren Programmen«, erklärte er glucksend. »Wenig Bedarf an hoher Sicherheit.«

»Ja«, nickte ich. »Das haben andere auch schon bemerkt.«

Ich öffnete ein Fenster auf seine Bankverbindungen und blendete die Bewegungen seines Kontos bei den »Intergalactic Banks« ein.

Jetzt verschluckte er sich doch an seinem Drink.

»Da soll mich doch ...!«

Die Hackfleischer zogen 80% seiner Einkünfte ab. Als Vergütung ihrer Sicherheitsleistungen.

»Ich muss wohl ein offenes Wort mit dem Direktorium der ›Banks‹ wechseln!«, entrüstete sich Alexander.

»Wird wenig Sinn haben ...«, orakelte ich leise.

Das Direktorium kassierte 50 der verbleibenden 20%
als Beraterhonorar.

Yoyophant starrte lange auf die Leuchtzeichen.

»Na schön!«, schnaubte er schließlich. »Denen werde ich die Suppe versalzen! Das geht nun doch zu
weit!«

Er schnellte regelrecht in die Höhe und durchmaß
mit raubtierhaften Sätzen die Landschaft.

»Das Kloning von Phagoneres wird noch fünf
Yoyophant-Planetentage in Anspruch nehmen. Danach
noch einmal fünf Tage Rekonvaleszenz und Körperauf-
bau-Training mindestens. Du weißt Bescheid.«

Ich nickte.

»Gut. Ich habe Vorbereitungen zu treffen ... Wird einige Zeit in Anspruch nehmen ... Du wirst allein zurecht-
kommen müssen. – Die Einrichtung steht zu deiner
vollsten Verfügung ...« Er grinste dreckig. »Wenn du
also Zeitvertreib brauchst ... Ich habe da einige ansehnli-
che Modelle eingelagert ...«

Nein, an Zerstreuung fehlte es wahrlich nicht. Nachdem Yoyophant sich zurückgezogen hatte, genehmigte
ich mir zunächst eine ausgiebige Mahlzeit zu den Sphä-
renklängen des Konzerts Nr. 7388 »Rotierende Galaxien
am Rande der Endlichkeit« für elektronische Streicher
und Mondflöterchor von Hacarrado Opalquarz, einem
der exzessivsten Komponisten und Dirigenten unserer
Zeit, dessen Konzerte für gewöhnlich mehrere Planetenzyklen lang dauern. Zusammen mit der Musik mate-
rialisierte sich wieder das gesamte Orchester im Raum.
Alexanders Lebensstil war schon immer recht aus-
schweifend gewesen.

Danach schlüpfte ich in die Nasszelle und legte nach
dem ausgiebigen Massagebad den Kampfanzug nicht
wieder an. Mittels der Projektoren veränderte ich die
Atmosphäre meiner Umgebung und spielte mir die neu-

este Ausgabe der ›Galactic Spaces‹ ein. Doch trotz aller Bequemlichkeit überkam mich eine gewisse Unruhe.

Phago würde noch einige Zeit in dem Membranentunnel liegen. Von den angekündigten zehn Yoyophant-Tagen waren erst zwei vergangen. Merkwürdigerweise sehnte ich mich in die Enge meines Kleinraumers zurück.

Die Zeit verstrich zäh und langsam. Alexander ließ sich vorerst nicht wieder blicken. In den Nächten – Alexander hatte eine Tageszeitenvariation nach eigenen Bedürfnissen arrangiert – hatte ich wieder diesen beunruhigenden Traum, der mich regelmäßig hier auf seinem Planeten heimsucht.

Ich stehe völlig allein in der unendlich scheinenden Einsamkeit einer Kristallwelt. Vielflächige geometrische Kristallkörper bilden sinnverwirrende Formationen. Aufeinandergetürmte, in sich verschlungene Spiegel werfen in nervenzerfetzender Vielfalt mein eigenes Bild auf mich zurück. Ich bewege mich nicht, sondern stehe vorsichtshalber völlig ruhig in dieser unbewegten Landschaft, in der sich kein Lüftchen rührt, das Licht niemals wechselt, die Temperatur stets angenehm bleibt. Obwohl ich mich nicht bewege, beginnen die Spiegelbilder sich zu rühren. Sie verlassen ihre Spiegelflächen und schwimmen in eigenartigen Bewegungen auf mich zu, absolut stumm und gespenstisch, bis mich schließlich Millionen von ihnen umringen. Sie heben die Arme, berühren mich mit unsagbar flehenden Augen. An diesem Punkt wache ich üblicherweise in Schweiß gebadet auf. Mit bitterem Geschmack im Mund.

Endlich hatte der Transformertunnel Phago ausgespuckt. Er hockte mit verwirrtem Blick da und starrte an sich hinunter. Es würde noch eine Weile dauern, bis sein Verstand die Situation verarbeitete. Ich kannte diesen Zustand absoluter Paradoxie: Anwesend zu sein bei gleichzeitiger Abwesenheit. Das irritierende Gefühl würde mit der Zeit nachlassen, aber je nach psychischer Konstitution des Betroffenen in mehr oder weniger schweren Schüben immer wieder auftreten.

Unangemeldet stürzte Yoyophant ins Labor. Hastig schlang ich eines der Badetücher um mich, was im Grunde überflüssig war, denn er bedachte mich kaum eines Blickes.

Vielmehr hetzte er mit langen, fliegenden Haaren durch die Landschaft, hantierte hier und da an Apparaturen, die ich vorher nicht mal als solche erkannt hatte, beäugte Phago sozusagen im Vorbeirennen, war mit dem Ergebnis anscheinend zufrieden – denn er murmelte: »Schön. Sehr schön. Bestens, bestens.« –, hechtete in ein Schrankelement, kramte darin herum, zog ein röhrenförmiges Gerät mit asymmetrischen Verdickungen und gezackten Enden hervor, starrte zähneknirschend darauf, schleuderte es wütend zurück, hopste an Phago vorbei, brabbelte: »Wie geht's?«, wartete auf keine Antwort, sondern tätschelte dessen nackte Brust: »Wird schon!«, um schnaubend hinauszustürzen.

Langsam und vorsichtig leitete ich das Körperprogramm ein. Glücklicherweise kannte ich mich damit aus. Leib und Hirn, womöglich auch die Seele, haben einiges zu tun in so einer Extremsituation.

Yoyo erschien jetzt häufiger, wenn auch nur für kurze Zeit, warf sich regelrecht durch die Laborlandschaft, war mit meinen Maßnahmen sowie Phagos Fortschritten aber offensichtlich zufrieden.

Acht Yoyophant-Tage waren verstrichen, glaube ich wenigstens, als der herumwirbelnde Gen-Operator mich erstmals wieder mit Bewusstsein ansprach.

»Es geht los«, sagte er.

Er trug eine Schwerkampf-Einsatzmontur mit offenem Visier und machte einen zu allem bereiten Eindruck.

»Ich weiß«, wischte er meinen Einwand mit harscher Handbewegung beiseite, »viel zu früh für diesen Cephyrillis. Aber die Dinge beschleunigen sich. Du wirst ein bisschen improvisieren müssen, wenn du ihn zurückbringst.«

»Zurückbringen? Wohin denn? Wie denn?«

»Du hast doch wohl ein Raumschiff, oder was?!«

»Die Brigaden haben es.«

»Jaja. Sie werden es dir aushändigen. Unbeschädigt. Eine meiner Bedingungen. Habe ich dir das nicht gesagt?«

»Nein!«, verschränkte ich trotzig die Arme vor der Brust.

»Wie auch immer ...«

Ein Außenruf peitschte mit heulender Wucht durch seine Rede. Instrumente klirrten.

»Brigaden an Yoyophant! Letzte Aufforderung! Stell deine Aktivitäten ein! – Ein Teil deiner Forderungen wurde mittlerweile erfüllt. Der Triplonaut steht bereit. Weitere Zugeständnisse unsererseits wird es nicht geben!!!«

Alexander warf mir einen triumphierenden Blick zu.

»Ich verhandle nicht!«, bellte er. »Ihr kennt meinen Standpunkt! Verschwindet! Verschwindet von meinem Planeten! Ich werde die Arbeiten erst wieder aufnehmen, wenn der Himmel leer ist von euch und euresgleichen!«

Inzwischen hatte ich begonnen, Phago in einen dieser selbst handelnden Anzüge zu packen. Seine Bewegungen waren noch reichlich unkoordiniert, sodass er keine große Hilfe war. Das Gebrüll, mit dem sowohl Alexander als auch die Brigadiers ihr Verhandlungsgespräch führten, trug wenig dazu bei, Phagos Nervenkostüm zu beruhigen.

Offenbar standen das Ende der Verhandlungen (keine Ahnung, was sie überhaupt verhandelt hatten) und damit der Beginn der Kampfhandlungen unmittelbar bevor.

»Wir eröffnen das Feuer!!!«, kreischte es wie bestätigend aus den Lautsprechern.

Etwas wie ein fernes Grollen ließ sich vernehmen, und das Kunstlicht flackerte. Die Sprechverbindung brach pfeifend zusammen.

»Also schön!«, bleckte Alexander die Zähne. »Darauf bin ich vorbereitet!«

Ich hatte es geschafft. Phago steckte in dem Selbsthandler. Ich aktivierte das Programm.

»Du kennst die Räumlichkeiten«, sagte Alexander knapp. »Dein Triplo steht über Tor delta. Du hast nicht viel Zeit. Viel Glück!«

Er nahm mein Gesicht zwischen die Pranken, stieß mir, bevor ich mich von meiner Überraschung erholt hatte, die Zunge in die Kehle, bekam gleichzeitig meinen Busen zu fassen und grinste schon wieder hämisch.

»Brauchst nicht auf mich zu warten!«, grölte er noch und stürzte davon.

Dumpf donnerten die Einschläge. Rückten näher. Der Boden begann zu vibrieren. Ich wunderte mich, dass Alexander anscheinend keine Schutzschirme einschaltete.

»Okay!«, straffte ich mich. »Anzug, du bleibst dicht hinter mir! Bei Gefahr übernimmst du selbstständig alle Maßnahmen zum Schutz deines Trägers!«

Der Anzug gab sein Positiv-Signal, und wir setzten uns in Bewegung. Ich trug natürlich längst wieder meine eigene Montur.

Wir rannten durch schmale Gänge. Das heißt, ich rannte, und Phago stolperte, ließ sich ziehen oder stoßen. Wir hetzten über steile Treppen, rutschten gewundene Gleitbahnen entlang. Danach wieder Gänge, Röhren, weitere Gänge. Die Detonationen nahmen an Lautstärke und Intensität merklich zu. Das Licht setzte teilweise vollständig aus. Mehr als einmal bäumten sich Boden und Wände kreischend auf. Ich überprüfte meine Waffen.

Kurz vor dem Ausstieg brach die Beleuchtung endgültig zusammen. Doch durch das offene Tor kroch träge diffuses Tageslicht herein.

Der Ausstieg führte senkrecht in die Höhe. Ich ignorierte die Steigstufen, brachte stattdessen das Gegenschwerkraft-Aggregat auf Höchstleistung. Ohne weitere Anweisung reagierte der Selbsthandler entsprechend. Wie Geschosse rasten wir in den Himmel.

Die erste Salve fetzte weit unter uns hindurch. Ich lachte grimmig und erwiderte beidhändig das Feuer. Natürlich hatten Kampfeinheiten der Brigadiers am Ausgang auf uns gewartet. Natürlich konnte ihnen mein klägliches Feuer nicht wirklich etwas anhaben; aber es störte vielleicht ihre Ortung.

Meine Automatics mit integrierter Zielerfassung hämmerten pausenlos, sodass sie mir durch mein eigenes Feuer beinahe aus den Händen gerissen worden wären. Unter uns spritzten Brigadiers in Stellung. Ihre nächste Salve schlug voll ein. Unsere Schutzschirme sprühten kochende Energie, blieben aber stabil. Schlagartig stieg die Temperatur in unseren Anzügen. Leider war Phagos Selbsthandler nur ein Defensivmodell.

Weit entfernt hingen Brigadenschiffe über dem Horizont. Sie spuckten Blitze. Brodelnde Entladungen kotzten flüssiges Gestein aus, der Himmel verdunkelte sich, ein Orkan kündigte sich brausend an, die Mondkruste klaffte auf.

Tatsächlich hielt mein Automatikfeuer die Bodentruppen leidlich auf Distanz. Überheblich, wie sie waren, hatten es die Hackfleischer nicht für nötig gehalten, uns mit schwerem Gerät oder gar einem eigens abgestellten Schiff zu erwarten. Ich lachte höhnisch. Hatten wir sie doch richtig eingeschätzt!

Über uns wartete mein Triplonaut. Ich brüllte zwischen jaulenden Energieentladungen meinen Erkennungscode ins Richtmikro. Sofort wurde das Bordsystem, das garantiert unter der Kontrolle der Brigadiers stand, lahmgelegt und das verdeckte Kampfprogramm aktiviert.

Augenblicke später flammte der giftige Schutzschirm auf, ruckte das Schiff im Alarmstart aus dem Fesselfeld, schleuste uns durch eine Schirmlücke. Kühle Luft pfiff durch unsere Helme, während die Anzüge qualmten.

Wir verankerten uns auf der Außenhülle des Triplo. Der stieß mit Höchstwerten ins All. Zwei Brigadenschiffe nahmen die Verfolgung auf. Ich grinste. Zwei Schiffe würden nicht reichen ...

Das große Handicap der Hackfleischbrigaden ist, dass sie sich allzu leicht vom ersten Eindruck täuschen lassen. Was mochte nun in ihren Hirnen vorgehen? Nicht nur, dass mein Triplonaut einfach so aus ihrem Fesselfeld gehüpft war, er steckte auch ohne weiteres mehrere Volltreffer weg. Jetzt dämmerte es ihnen. Sie stellten ihr Feuer ein und wandten sich mit Vollschub zur Flucht. Zu spät. Denn mein Triplo erwiderte das Feuer.

Ich biss die Zähne zusammen, als die subatomarfeinen Gigaimpulse durch die Schirme der Brigadiers schlüpften. Noch bevor die Schirme zusammenbrachen, zerblies es die Schiffe.

»Arschlöcher!«, kreischte ich irgendwie hysterisch. »Glaubt ihr, ich hätte euch mein Schiff überlassen, wenn ich nicht noch ein paar Spezialitäten auf Lager hätte?!«

Der Triplonaut bezog Halteposition etwa in Höhe der Umlaufbahn von Planet Nr. 8 des Prätz-Systems und baute den Hochsicherheitsschirm ab. Bei aller Leistungsfähigkeit verbrauchte er doch unanständige Energiemengen. Zudem bestand im Moment keine direkte Gefahr mehr, sodass der einfache Defensivschirm vollauf genügte.

Noch immer klebten wir an der Außenhülle des Triplo. Ich atmete durch und warf einen forschenden Blick auf Phago. Der ruderte mit bleichem Gesicht und aufgerissenen Augen hilflos mit Armen und Beinen. Der Anzug gestattete diese leisen Bewegungen.

Die Wartespirale über Yoyophants Planet befand sich in heilloser Auflösung. Gleich zu Beginn der Kampfhandlungen hatte vermutlich die allseits kopflose Flucht eingesetzt. Das Durcheinander war kolossal.

Die Hackfleischbrigaden hatten sich über Yoyophants Planet gesammelt. Ihr Bombardement war mörderisch. Ich biss mir auf die Lippen.

Mit ultrahellem Lichtblitz riss die Eiskruste endgültig auf. Fontänen aus Gestein und geschmolzenem Eis peitschten ins All. Ich schloss geblendet die Augen und nahm stumm Abschied von Alexander Yoyophant.

Die Detonationen flammten in derart unerträglicher Helligkeit, dass sie selbst durch die geschlossenen Filter meines Helmvisiers hindurch Schmerzen verursachten. So erkannte ich erst nach geraumer Zeit meinen Irrtum.

In der Oberfläche des Eisriesen, der einstmals Yoyophants Planet gewesen war, klaffte ein gezacktes Loch, das nicht allein vom Beschuss der Brigadiers herrühren konnte. Schlagartig wurde mir klar: Ein Teil der inneren Labors hatte in einem Gewaltstart abgehoben und war durch die Angriffsformation der Brigaden gepflügt. Ausglühende, atomare Wolken markierten die Flugroute – die letzten Reste der Brigadenschiffe, die in Yoyophants direktem Weg gelegen hatten.

Ich riss den Kopf herum, justierte hastig die Fernoptik meines Helms. Und wirklich – weit außerhalb des Systems verschwand Yoyophants ›Kampflabor‹, aus allen Rohren feuernd, im Überraum. Anerkennend pfiff ich durch die Zähne.

Zurück blieben einige wenige, höchst angeschlagene Brigadenschiffe, die sichtlich Mühe hatten, ihre Stabilität zu halten. Der schwer mitgenommene Eisplanet schlingerte bedenklich in seiner Umlaufbahn, während die Schiffe der aufgelösten Wartespirale ungeordnet das Weite suchten.

Ich gab mir einen Ruck. Bevor sich die Brigadiers erholt und neu gesammelt hatten, musste auch ich verschwunden sein.

Mit leicht zittrigen Fingern fischte ich den Kontaktschlauch aus dem Funktionsgürtel meiner Kampfmontur und stöpselte mich in Phagos Selbstbeweger ein. Dieser hatte vorausschauend den Helm verspiegelt, sodass Phago in zwar wohltuender, aber gleichzeitig auch beängstigender Dunkelheit hing.

»Alles klar?«, wollte ich wissen.

Positiv-Signal.

»Möchtest du durch die Hauptschleuse gehen?« Es war mehr eine spaßhafte Frage.

Negativ-Signal.

»Schlauer Bursche!«, grinste ich.

Ich schraubte den Kopf des Funktionsschlauchs in eine der Außenkontaktbuchsen des Triplonauten.

»Hört mal alle her!«, sagte ich, und durch das Vibrationsmoment wurde meine Stimme zu einem Donnern. »An die Hackfleischer an Bord meines Schiffes – erste und letzte Aufforderung: Raus aus meinem Schiff!!!«

Keine Antwort.

»Wenn ihr freiwillig geht, geschieht keinem was!«, schrie ich. »Haltet mich nicht für blöd!«

Alles blieb still.

Sie hielten mich für blöd.

In Gedanken verabschiedete ich mich von verschiedenen beweglichen Einrichtungsgegenständen und gab den Öffnungsimpuls.

Die Pollamellen des Triplonauten glitten auseinander. Der Defensivschirm fiel in sich zusammen. Das Schiff nahm leichte Fahrt auf.

Eine lautlose Wolke Inventars stob aus den offenen Polkappen, darunter der Überlebenstank, den wir zum Glück nicht mehr brauchten, aber auch eine Kampfeinheit der Brigadiers.

Diejenigen von ihnen, die es nicht für nötig befunden hatten, ihre Kampfanzüge zu schließen, zerplatzten ins Vakuum.

»Idioten!«, knirschte ich und enterte das Schiff.

Kurz darauf brachen auch wir in den Überraum.

Die meiste Zeit des Rückfluges verbrachte ich mit der Suche nach letzten Gastgeschenken der Brigadiers. Die Kontrollblockaden des Bordsystems waren leicht zu lösen. Als etwas schwieriger erwies es sich, die versteckten Sprengladungen aufzuspüren. Ihrer Bauart nach zu schließen, wären sie nach dem Wiedereintritt in den Normalraum durch Langstreckenimpulse gezündet worden. So drehten wir für einige Zeit Warteschleifen im Überraum, bis das Schiff sauber war. Für Phago im Grunde gewonnene Zeit, das Trainingsprogramm zur Regeneration fortzusetzen. Für mich ... Nun ja ... Keine Ahnung. –

El Ubhs Sinnesbläschen hatten jegliche Geschmeidigkeit verloren, wirkten spröde und rissig. Innerlich aufgewühlt, doch äußerlich vor Beherrschung schwitzend, ergriff er mit überkontrollierter Bewegung sein noch randvolles Glas und kippte es auf einen Zug hinunter.

Shimada lehnte sich zurück.

Brev-Ondo-Bruff gab dissonante Flötentöne von sich.

Cassiopeja am Nebentisch hob fragend die Augenbrauen.

»Jaaa …«, sagte der Professor gedehnt und blickte ins Leere. »Das war natürlich eine Extremsituation. Die Umstände des Neo-Klonings sind für gewöhnlich andere. Nicht so … rasante.«

Für El – an niemand anders waren die Worte gerichtet – war das kein Trost. Er hatte mehr zu hören bekommen, als ihm lieb sein konnte. Wie verunsichert er war, erkannten wir daran, dass er sämtliche Sinnesblasen zurückbildete und völlig in sich versank. Oder waren das lediglich die Auswirkungen seiner reichlich genossenen Drinks?

»Für das Prätz-System bedeutete das damals natürlich das völlige Aus«, erläuterte der Professor ebenso ungefragt wie ungerührt. »Nicht nur wirtschaftlich. Das wäre übrigens das kleinere Übel gewesen, wenn ihr versteht, was ich meine. Yoyophants Eismond brach vollends auseinander, wodurch der Gasriese und folglich das Systemgleichgewicht in arge Mitleidenschaft gezogen wurden. Gelinde gesagt. Meiner Kenntnis nach ist heute keiner der Planeten des Systems mehr bewohnbar.«

Starshine ächzte voller Mitleid.

»Das konnte man doch nicht wissen … Nicht mal ahnen … Das konnte man nicht!«

Also ächzte er voller Selbstmitleid.

Es war ein offenes Geheimnis, dass man damals ihm, dem interstellaren Immobilienmakler, weite Teile des Systems zu einem wahren Freundschaftspreis angeboten hatte. Und er hatte natürlich zugegriffen. Noch heute befindet sich das Prätz-System im Prozess der fortschreitenden Kollision, sodass nicht einmal dessen Bodenschätze ausgebeutet werden können. Jeder noch so niedrige Schnäppchenpreis, der dafür bezahlt wurde, war zu hoch. Folgerichtig meldete die damalige »Starshine-Immo-Finanz« prompt Konkurs an. Allerdings nicht zum ersten und auch nicht zum letzten Mal.

Ich begegnete stumm Shimadas Blick und ertrank beinahe darin. Sie zuckte unmerklich die Schultern, und ich wandte die Augen ab.

Nachdenklich, doch wie überschwemmt vom Gefühl unerklärlichen Glücks, nippte ich an meinem *Spacetravellers Grave*. War es möglich, dass sie sich damit zufrieden gaben?

Denn Shimada hatte nicht die ganze Wahrheit erzählt, sondern lediglich die, wie es so schön heißt, offizielle Version ... –

Meine eigenen Erinnerungen sind in der Tat bruchstückhaft, aber dennoch glasklar. Ich scheine bewußtseinsmäßig verschiedene Phasen und Sprünge durchwandert zu haben.

Es geschah während einer der Perioden, in denen mein Verstand überscharf und hoch sensibilisiert arbeitete. Wie ich später rekonstruierte, muss es wohl am dritten Yoyophant-Tag gewesen sein, nachdem ich den Transformertunnel verlassen hatte. Und Yoyophant wusste genau, dass ich gerade zu diesem Zeitpunkt aufnahmefähig war.

Das Licht war zur Ruhephase herab gedimmt. Shimadas Luxuskörper lag hell schimmernd auf irgendwelchen Erholungskissen. Sie schlief. Ich hingegen saß hellwach in einem Sessel und starrte auf die Laborgeräte. Diese gaben allerdings keine Antwort auf meine unausgesprochenen Fragen.

Mit meinen im Augenblick ungewöhnlich wachen Sinnen erkannte ich die Funktionsweise sämtlicher mich umgebender Techno-Blocks, ohne dass mir irgendje-

mand vorher auch nur die geringsten Hinweise gegeben
hätte. Ich erkannte die Zusammenhänge, die Synapsen,
die Schnitt- und Transferstellen, die Über- und Umlei-
tungen, die Vermittlungs- und Quantifizierungspunkte,
die Überrollschleifen und Abfallbügel. Ich erkannte alles
– auch wenn ich die genauen Details mittlerweile wieder
vergessen oder verdrängt habe.

Lautlos war Alexander Yoyophant ins Labor getreten.
Jetzt legte er mir von hinten die Hand auf die Schulter.
Ich erschrak nicht, denn auch seine Anwesenheit hatten
meine geschärften Sinne frühzeitig wahrgenommen.

Er bedeutete mir, ihm zu folgen. Wir verließen das
Labor und gelangten in ein verschachteltes Labyrinth
von Gängen, Kabinen, Schächten, Treppen, Hallen und
Abstellkammern; vermutlich der Teil des Labortrakts,
der Außenstehenden üblicherweise verwehrt blieb.

Schweigend schritten wir durch röhrenförmige Tun-
nel. Unzählige Kabelstränge zogen sich an der Decke
entlang. Einer davon sprang mir geradezu gleißend-
strahlend in meine momentan hellsichtigen Augen, obwohl er sich tatsächlich in seiner Beschaffenheit durch
nichts von den übrigen unterschied, und wies uns quasi
den Weg.

Alexander Yoyophant brach das Schweigen.

»Schmerzen, nicht wahr?«, forschte er mit glitzern-
dem Seitenblick.

Ich nickte und vermied den direkten Sichtkontakt mit
ihm. Dennoch nahm ich aus den Augenwinkeln wahr, wie
sich ein anderes Antlitz über seine allzu glatten Züge
schob, diese scheinbar überlagerte und schließlich auflöste.
Ein unangenehmes, dunkles, Furcht einflößendes Antlitz.

»Es geht vorbei«, sagte Yoyophant, und auch in seine
Stimme mischte sich eine andere, fremdartige Modulation. »In diesem Stadium entwickeln sich Psi-Fähigkeiten
durch das Zusammenwirken von Körper und Geist und

Maschine. Fähigkeiten, von deren Existenz man zuvor nie etwas ahnte. Ich brauche dir das jetzt nicht näher zu erläutern. Du verstehst einfach so, was ich sage, nicht wahr?«

Wieder nickte ich bloß.

»Außerdem hätte es nicht den geringsten Sinn, dir jetzt etwas erklären zu wollen!« Er lachte ein meckerndes Lachen. »So, wie du diese Fähigkeiten in absehbarer Zeit verlieren wirst, wirst du auch die meisten Einsichten verlieren, die du dank ihrer im Augenblick gewinnst. Verlieren und vergessen! Aber nur die Einsichten ... Die Erinnerung wirst du behalten ...«

Wir hielten vor einer verschlossenen Tür. Dahinter befand sich ein weiterer, hermetisch abgeriegelter Labortrakt. Diesmal ohne Landschaftsillusion. Yoyophant betrachtete mich abwartend. Lauernd. Ich wusste, was vor mir lag. Allein der Anblick brachte mein Hirn zum Kochen.

Yoyophants Körperform verschwamm vor meinen tränenden Augen. Waberte, wucherte, schrumpfte zur gleichen Zeit. Bildete groteske Gliedmaßen aus. Verdrehte, verkrümmte sich. Mutierte zu einer breiigen Masse. Verzerrte Fratzen wuchsen aus seinem Leib.

»Du wirst dich bestimmt fragen«, schrillte hohl seine Stimme, wie ein Chor aus verschiedenen Welten, »wie hoch der Preis für meine Dienste ist. Dein Preis. – Nur ein Narr wird annehmen, dass es ein neues Leben umsonst gibt ...«

»Du brauchst nicht weiter zu reden«, krächzte ich mit trockenem Hals, dem jede Silbe, jeder einzelne Laut Qualen verursachte.

Yoyophant legte eine krallenartige Hand auf meinen Rücken und schob mich vorwärts.

»Wir brauchen nicht weiter hinein zu gehen«, stieß ich mühsam hervor. »Ich weiß, was da drin ist ...«

Es war nur allzu deutlich. Ich wusste genau, welchem Kabelstrang wir gefolgt waren.

»Wir werden hineingehen!«, fauchte Yoyophant erbarmungslos, und seine Augen funkelten gelblich. »Du wirst es sehen. Du musst es sehen! Magst du auch vieles wieder vergessen im Laufe der Zeiten – diesen Anblick nicht! Du wirst den Preis kennen. Alle kennen den Preis ...«

Ich wollte ihm in den Arm fallen, doch meine Glieder versagten ihren Dienst. Mit unwiderstehlicher Gewalt schob er mich vor sich her, und ich taumelte schwindelnd vorwärts wie in ein abgrundtiefes Loch.

Licht flammte auf. Wie harte Schläge direkt gegen mein Gehirn. Der Boden zu meinen Füßen wurde lebendig, warf Wellen und Blasen, brandete, hob mich an die Decke, warf mich in dumpf brodelnde Abgründe. In meinen Ohren brauste es – Yoyophants Lachen.

Raumhohe Regalwände, schmale Durchgänge dazwischen, aufgestapelte, durchsichtige, sargähnliche Container. Unzählige. Bestückt. Ein Gewirr von Schläuchen, Versorgungsleitungen, Nährflüssigkeitstanks, brummenden Energiebatterien, sensorischen Anzeigetafeln, Bedienungselementen, Steckdosen. Mein Atem kondensierte noch im Mund. Schneidende Kälte unter meinen nackten Fußsohlen.

»Sie sind voll funktionsfähig«, erklärte Yoyophant überflüssigerweise. Seine Stimme dröhnte unter meiner Schädeldecke. »Die Gehirne sind natürlich ohne Inhalt, aber ich kann sie jederzeit nach meinen Vorstellungen füllen ... Sie stehen für mich bereit. Zu was auch immer ich mit ihnen anfangen möchte ...«

Ein Monster.

Ich stand schwankend vor den sich auftürmenden Containern, legte die heiße Stirn gegen das kühlende Oberflächenmaterial, obwohl mir die darin aufgebahrten

Körper, einer in jedem der Särge, sowie das, was diese Sammlung bedeutete, den Magen umdrehen wollte.

In den Containern: Shimada Kanbai.

Wie schlafend auf dem Rücken. Nackt. Röhrchen in den Körperöffnungen. Auf Abruf bereit. Verfügbar gemacht durch eine monströse Maschinerie. Ein Knopfdruck genügte, und sie erhoben sich.

»Was ... hast du ... mit ihnen vor?«, stammelte ich.

Yoyophant zuckte die Schultern.

»Es gibt gewisse Möglichkeiten. Unendlich viele Möglichkeiten! Der Phantasie sind keine Grenzen gesetzt. Und meine Lager sind unerschöpflich! Du verstehst, weshalb mir die Zeit in dieser angeblichen Abgeschiedenheit niemals lang werden kann ...«

Ich verstand sehr gut.

Um mich drehte sich alles.

Die Zeit! Niemals lang! Unendlich viele Möglichkeiten!

Er packte mich am Arm, zerrte mich zwischen den Reihen hindurch. Ich wusste, was mich erwartete.

Und tatsächlich. Dort lag ich. Reproduziert. Völlig entspannt, die Augen offen, doch blicklos starr. Wie tot, und doch lebendig. Lebendig?

Entsetzt verfolgte ich mit, wie ich den Kopf drehte und mich anstarrte. Für einen kurzen Moment sah ich, wie ein hünenhafter Yoyophant mich vorwärts schob, während ich selbst hinter gallertigem Glas lag und beinahe erstickte.

»Wie viele ...?«, gurgelte ich würgend.

Er lachte schallend mit geifernden Mäulern.

»Genug!«

Ich kam halbwegs wieder zu mir, als wir längst auf dem Rückweg waren. Yoyophant sprach quallend auf mich ein.

»... die im Grunde einzig adäquate Art der Bezahlung. Was soll ich mit noch mehr Kredits, noch mehr Zahlungsmitteln? Nicht, dass diese zu verachten wären ... Meine Konten quellen über, meine Finanzberater betrügen mich, was mir gleichgültig wäre, ginge es nicht ums Prinzip ... Meine Arsenale haben unbegrenzte Speicherkapazität. Nicht wahr, nur die interessantesten Objekte sind bereits körperlich eingelagert. Im Grunde genügt ein einfaches Reagenzglas, ein einziger Mikrochip für Millionen von Neu-Inkarnationen!«

Er beugte sich zu mir herüber und fuhr mit gezackten Fingernägeln über meine Brust.

»Nette Vorstellung, nicht wahr? He, Cephyrillis, wie gefällt dir das? Zu wissen: Ich selbst liege da bereit? – Und mach dir nichts vor, Cephyrillis, es sind keine Kopien, Abziehbilder oder Matrizen! Es sind nicht deine Brüder oder so was ... DU SELBST BIST ES! Bereit, meinen Wünschen und Vorstellungen zu genügen ...«

In Panik schüttelte ich ihn ab, stürzte kopflos davon.

»Und sie alle kennen nur einen Willen!«, kreischte er hinter mir her. »Meinen nämlich! MEINEN!!!«

Er überschlug sich vor Lachen. Ein Lachen aus hundert Kehlen, das ich nie in meinem Leben vergessen werde.

Ich rannte und rannte in eine lange, tiefe Dunkelheit hinein. Wie lange und wohin ich rannte, weiß ich nicht. Als es wieder hell wurde, stand Shimada über mir.

»Du hast ... sie ... gesehen?«, fragte sie leise.

Ich zwang mich zu einem Lächeln.

»Das ist der Preis«, nickte sie dunkel. »Hoch. Aber vielleicht nicht zu hoch. Wer weiß?«

Sie strich mir durch die Haare.

Danach schlief ich und schlief und schlief. Immer, wenn ich kurzzeitig erwachte, war sie da. Meine Sinne beruhigten sich, kamen zu sich. Zu mir. Ich kam zu mir.

Die Psi-Fähigkeiten waren verloren. In meinem Gedächtnis klafften Lücken, über die ich im Grunde dankbar war.

Yoyophant erschien mit seinem ebenso strahlenden wie widerlichen Grinsen. Sein Körper war wieder stabil, und nichts deutete mehr darauf hin, dass die muskulöse Bodybilder-Gestalt nur eine Maske war. Mit keinem Wort kam er auch nur andeutungsweise auf unseren »Ausflug« zu sprechen. Doch das war nicht nötig.

Shimada präsentierte sich ihm ausschließlich im hochgeschlossenen Kampfanzug. Ich wusste jetzt, aus welchem Grund.

Höhnisch glitzerte Yoyophant mich an.

»Du machst Fortschritte, Cephyrillis«, warf er Shimada einen Zähne bleckenden, eindeutigen Blick zu. »Aber das ist ja kein Wunder, nicht wahr, bei *der* Stimulation!« –

Nachdenklich drehte ich das Glas, in dem sich mein *Spacetravellers Grave* befunden hatte, zwischen meinen perfekt regenerierten Fingern und pochte es auf den Tisch. Hart. Mit dem Boden nach oben. Ich hatte genug.

Es war Zeit zu gehen.

»Was bin ich schuldig?«, fragte ich zum Tresen gewandt und deutete dabei mit dem Daumen zuerst auf Shimada, dann auf mich, um auch das klarzustellen.

»Geht aufs Haus«, lächelte Hounds, ohne sich auch nur im Geringsten vom Auswischen diverser Gläser ablenken zu lassen. »Ich schreib's ab, wie alles andere, was gewöhnlich zu Bruch geht, wann immer du anwesend bist ... Wenn du zahlen willst, dann ...«

»Ist klar. Beim nächsten Mal.«

Guter alter Hounds – er war mit Abstand der beste Barkeeper des gesamten Sternensystems ... und der zuvorkommendste.

Ich nickte ihm zu und schenkte Shimada einen fragenden Blick: »Kommst du?«

»Mal sehen«, schmunzelte sie achselzuckend, »womöglich haben wir ja dieselbe Richtung ...«